徳間文庫

有栖川有栖選　必読！ Selection 6

求婚の密室

笹沢左保

徳間書店

C O N T E N T S

THE MARRIAGE-PROPOSING LOCKED ROOM

1978

Design：坂野公一（welle design）

Introduction

有栖川有栖

舞台は軽井沢の洋館の別荘で、全館に蔦《つた》が絡まっている。曰《いわ》く因縁《いんねん》のある人物らを含む十三人がパーティに招待され、やがて密室で悲劇が――。

この作品は一九七八年に光文社のカッパ・ノベルスから刊行された。初出は「小説宝石」（光文社）七八年四月号から六月号。

「著者のことば」を引用しよう。

〈もう新しい密室トリックは絶えた、という声がきかれるようになって久しい。事実、画期的な密室トリックという宣伝文句が泣くような、使い古されたトリックの焼き直しや、安易な機械的トリックにぶつかることが多い。そこで、初の密室トリックによる長編本格推理小説に、あえて挑戦してみようという意欲を覚えて、この作品に取り組んだ。〉

作者の自信のほどが窺《うかが》える。ここまでの啖呵《たんか》を切っておいて、「使い古されたトリック」や「安易な機械的トリック」で読者が納得するはずがない。

タイトルに密室の二文字を入れたことにも自信が顕《あら》われている。「密室トリックにはあまり期待しないでください。それ以外のお楽しみを色々と用意してあります」という作品であれば、作者はタイトルに密室と付けないのが通例だ。

密室トリックのみならず、ミステリのトリック全般が出尽くしたのではないか、という言説は、この時代よりもずっと前から出ていた。アガサ・クリスティが新進作家だった一九二〇年代にまで遡《さかのぼ》れるかもしれない（当時、すでにパロディ的なミステリが書かれだしている）。

独創的なトリックがほぼ出尽くしていようとも、その巧みなバリエーションや新しい演出があればよし、という見方があり、現在は概《おおむ》ねそこに落ち着いているが――この作品を書いた時の笹沢左保のように、「画期的な密室トリック」に「あえて挑戦してみよう」とする野心的な作家も現れる。

付言すると、笹沢はデビュー作『招かれざる客』を始め、いくつかの先行作品で密室の謎を書いている。「著者のことば」の「初の密室トリック」とあるのは、本作で描いたのは〈施錠《せじょう》によって出入り不可能の犯行現場〉という最も狭《せま》い意味で密室だ、と強調したかったようだ。

それにしても、『求婚の密室』とは風変わりなタイトルである。当時、大学の推理小説研究会にいた私は、「左保の新作はキューコンの密室」と先輩から聞いて〈球根の密室〉と勘違いし、水耕栽培をしている温室で事件が起きるのだろうか、と思った。

「著者のことば」には、こうも記されていた。「（前略）ロマンとムード・サスペンスの味つけにも十分に工夫を凝らしたつもりである」。その工夫とは、密室の謎・事件の真相解明に三人の男性が挑み、正解にたどり着いた者が作中のマドンナ・美貌《びぼう》の女優に求婚できるという前代未聞の設定である。

さながら貴公子たちが無理難題にチャレンジし、かぐや姫の心を射止めようとするお伽《とぎ》噺《ばなし》の現代ミステリ版で、求愛者の数が『竹取物語』より少ないが、難問に挑む三人の中に『他殺岬』で名探偵ぶりを発揮した敏腕ルポライター・天知昌二郎《あまちしょうじろう》がいる。

結婚相手を知的ゲームのような推理合戦で決めるとは、非現実的で非常識だと思われるかもしれない。この小説はリアリズムの地平からふわりと浮いて、お伽噺に片足を突っ込んでいる。

密室は、世界最初のミステリとされるエドガー・アラン・ポーの短編『モルグ街の殺人』（一八四一年）にも登場している極めて伝統的な謎だ。かつ現実味が乏しいがためにロマンティックな雰囲気をまとう。

そんな密室の謎を、お伽噺の設定に投げ込んだのが本作で、いかにもデビュー当初に〈新本格推理〉を自称した作者らしい。ちなみに綾辻行人のデビューで始まった〈新本格ブーム〉が幕を開けるのは、本作が発表された九年後のこと。本格の退潮期に書かれた『求婚の密室』は、時代や流行におもねらない作者による尖《とが》ったミステリなのだ。

尖っていますよ、とても。

1978年　初刊　光文社　カッパ・ノベルス

求婚の密室

THE MARRIAGE-PROPOSING
LOCKED ROOM

☆主な登場人物

天知昌二郎　36　ルポライター
天知　春彦　5　昌二郎の長男
西城　豊士　60　東都学院大学文学部教授
西城　若子　54　豊士の妻
西城富士子　27　豊士の長女。女優
西城サツキ　6　豊士の次女
石戸　昌也　35　医師
小野里　実　34　弁護士
綿貫　純夫　33　西城豊士の甥
綿貫　澄江　29　純夫の妻
浦上　礼美　22　東都学院大学学生
前田　秀次　23　東都学院大学学生、礼美の恋人
大河内洋介　51　東都学院大学医学部教授
大河内昌子　38　洋介の妻
進藤　信雄　44　東都学院大学文学部助教授
進藤季美子　39　信雄の妻
沢田　真弓　30　西城豊士の元秘書
内海　良平　55　別荘管理人
内海　乙江　48　良平の妻
田部井浩三　38　「婦人自身」編集長

第一章　密室の死

1

赤坂《あかさか》の東洋ホテルの小宴会場『白銀の間』には、二百人からの男女が集まっていた。まだ乾杯もすんでいないので、私語も少なく、宴会場は静まり返っていた。正面の飾りつけの中に、『第一回ジャーナリスト大衆賞・受賞記念パーティ』の文字が見える。

その手前の壇上に、天知昌二郎《あまちしょうじろう》は突っ立っていた。白の三つ揃いの背広に、ＥＰレコード盤ぐらいの大きさの赤いバラの花をつけて、天知昌二郎は目のやり場に困っていた。どうしても、怒ったような顔つきになる。

晴れの舞台といったものや、華やかな存在になることが、性格的に苦手である。背広が窮屈に感じられるし、二百人からの人々の視線が痛かった。天知昌二郎の彫りの深い顔が、いかにも苦しそうであった。

すぐ脇にあるマイクの前に、司会者と挨拶や祝辞をのべる人たちが次々に立つ。それに対して、天知昌二郎はいちいち頭を下げなければならない。挨拶や祝辞の内容は、まるで聞いていなかった。

「天知昌二郎、三十六歳。身長一メートル八十センチ、体重が七十四キロだそうでございます。四年前に奥さまを病気で亡くされてから、ずっと独身を続けております。ただし、春彦君という五歳の坊っちゃんがおられるので、子連れでございます。当人は大変モテるらしいんですが、再婚の意志はないそうで、一つ彼を一瞬にして陥落させるような女性の出現を、われわれは期待しているわけなんですが……」

「天知昌二郎には、だんまりのアマさん、あるいは鬼の天知といった異名がある。これらの異名は、若いライターの諸君が天知昌二郎を慕《した》い、尊敬するが故に奉ったものと聞いている。しかし、天知昌二郎はライターの世界におけるボス的存在になることを嫌い、決して同業者の後輩たちの集まりに顔を出そうとしない。そうかと言って一匹狼を気どっているわけでもない。天知昌二郎は、横の連絡を密にしてあちこちに顔を売って歩くのは、ゴシップ記者のやることだと明言する。彼は常に、孤独な男なのです」

「天知さんはフリーのライターとして、常に第一人者の立場を維持されてこられました。正確な記事、重厚な内容、中立厳正な批評眼、真剣な取材態度、ヒューマニズムを世に訴えかけようとする使命感、現代感覚による巧みな文章と、この世界での信頼は厚く、われわれ後輩の励みとなってくれているのであります」

「署名原稿が多くなり、単なる名なしのルポ・ライターからジャーナリストとして、世の中に認められるようになったのは、天知昌二郎氏の存在によるものと、同業者の一員であるわたしなども、大いに感謝しているわけです」

「この度、新たにジャーナリスト大衆賞という功労賞が設けられたことを知ったとき、その第一回の受賞者は天知さんを除いてほかにないと、誰もが意見の一致を見たのです。結果はやはり、その通りでした。これほど、嬉しいことはございません」

「第一回ジャーナリスト大衆賞候補にノミネートされたのは天知昌二郎氏ただひとり、しかも天知氏の女性週刊誌『婦人自身』に連載中の〝シリーズ人生の標本〟と一般週刊誌『週刊アントニム』に連載中のエッセイ〝日本人再発見〟に授賞と、満票の三十三票によって決定を見たことは、いかにも第一回授賞に相応《ふさわ》しい選考会だったと、三十三名の選考委員が喜びの拍手に沸《わ》いたものです」

このような挨拶と祝辞が延々と続き、最後に受賞者のお礼の言葉というのがあった。そこで天知昌二郎は、ありがとうございますと一言だけの挨拶を終えた。二百人の男女のあいだから、拍手と笑い声が起こった。

いかにも天知昌二郎らしいあっさりした挨拶であり、その照れ臭そうな顔と態度が何となく滑稽だったからである。会場は急に和《なご》んだ雰囲気になり、どよめきが広がって、人々はあちこちへと移動を始めた。

ボーイが一斉に散って、ビール、水割り、ジュースなどを配った。乾杯が行なわれたあとは、騒々しい立食パーティとなった。ジャーナリズム関係だけではなく、政・財界からの代理人、芸能人、写真家、画家、それに小説家なども姿を見せていた。

主催がジャーナリスト協会ということもあったし、天知昌二郎の顔の広さもまたいろいろな世界の人々を集める力になっていたのだ。天知昌二郎は人波の中に分け入って、握手を繰り返すこととなった。

「どうも……」

寡黙な天知昌二郎は、そう言って握手を交わすだけであった。

その天知を、カメラのフラッシュが追った。鮨屋、そば屋、ヤキトリ屋、ダンゴに汁粉屋といった模擬店の周辺は女たちで埋まっている。その女の群れの中にはいると、一緒に写真をとってくれという注文が乱れ飛んだ。

一時間ほどかかって会場を一巡したとき、天知昌二郎はふと春彦のことを思い出していた。春彦も今日は三つ揃いの背広を着て、この会場に来ているのである。さっきはステージの左端の下に、その姿があった。

天知がステージをおりてからも、春彦はそのあとを追おうともしない。親ひとり子ひとりでも、春彦は相変わらず甘えることを知らないのだ。ひとりぽっちで時間を過ごすという孤独に、春彦は慣れっこになっているのである。

天知は、ステージのほうへ戻った。このような会場では、五歳の子どもの姿がかえって目立つものだった。ブルーの背広を着て、半ズボンの足に白い靴下をはいている春彦は、ステージの左端の壁際に立っていた。

大きな目を見開いている。色白の顔で、頬がピンク色に染まっていた。大勢の人々が飲み食いをしている会場の雰囲気に、圧倒されているようだった。それでもいつものように、あどけない紳士というポーズは崩れていなかった。

しかし、春彦はどうやら、ひとりではないようである。すぐそばに、春彦と同じくらいの年頃の少女が立っている。その少女の背後にいる女が、春彦にヤキトリの皿をすすめていた。

春彦は少女と一緒に、女から手渡されたヤキトリの皿を受け取った。恐縮してか、礼儀正しく挨拶している。女は楽しそうな笑顔で、ヤキトリを食べ始めた春彦と少女を眺めやっていた。

二十七歳になる女であった。二十四、五に見えるが、天知昌二郎はその女の二十七歳という年齢を知っていたのだ。白のシフォンのロング・ドレスを着ている。髪は緩《ゆる》やかなウエーブのかかったセミ・ロングである。

その上品で知的な美貌は、よく知られている。

女優の西城富士子《さいじょうふじこ》であった。

芸名も本名も西城富士子で、女優歴は十年近くになるだろう。高校を卒業すると同時に映画女優となり、女優を続けながら大学を出たのだった。最近では、テレビのドラマによく出演している。

デビューした当時は、大スターになるだろうという評判であった。だが、西城富士子は大スターどころか、スターにもならずじまいだったのだ。最初の頃の二、三本の映画で、主演を演じただけに終わったのである。

それ以後は、脇役の美女を専門に演ずるようになった。テレビに移ってからも、使われ方、役どころが決まってしまっていた。薄倖の人妻、金持ちの夫人、美しくて若い後妻、冷酷な愛人、ヒロインと対決する若い未亡人といった脇役ばかりであった。

その理由は、ひとむかし前の洋画のスターに相通ずる美貌のせいである。チャーミングな美貌は申し分ないのだが、上品で知的すぎるのだ。一般的で平凡な美貌が売れるという時代の風潮に、西城富士子はそぐわなかったのであった。

いわば、西洋の古城に住むお姫さまという美貌では、役どころが定まってしまう。それが、女優としては悪い意味での、強烈な個性になったわけである。そうした女優は、主役には向かなかった。

それに西城富士子は、裕福な家の娘であり育ちもよかった。芸能界ズレをしないし、そのことが彼女から色気を引き出さなかった。堅いのである。堅さが西城富士子の暗い翳《かげ》りを強調していて、どうしても陰気な女という印象を拭いきれない。

実生活においても、西城富士子は堅かった。この十年間、西城富士子がゴシップやスキャンダルで騒がれたことは、ただの一度もなかった。結婚はもちろん婚約とか恋愛とかで、噂になることすらなかったのである。

華やかさに、欠けている。ゴシップやスキャンダルのタネにならないような女優はスターになれない、という一部の人々の評価を西城富士子は実証して見せた女優のひとりだった。

好きな男が、まったくいなかったとは思えない。ただ西城富士子は好きな相手がいても、それを恋愛という行動にまで発展させなかっただけなのだろう。二十七になったいまでも、恋人はいないようである。

ほかにも、理由があるという噂を聞いた。西城富士子の両親が、恋愛を禁じているというのだ。彼女の両親は、娘が芸能界入りすることに大反対をした。芸能界はふしだらな世界で、良家の子女が出入りするところではない、というのが反対の理由だった。

しかし、西城富士子はどうしても、女優になりたかった。そこで話し合いの結果、条件つきで両親の許しを得ることになった。芸能界およびその関係者との恋愛、結婚はタブーとする、結婚は両親のすすめる相手を選ぶ、という二つの条件だった。

西城富士子は、その条件を守ることを誓約したというのである。

いずれにしても、西城富士子は未だに独身であり、女優を続けている。いまさら主役への野心などないし、脇役としては貴重な存在であった。

地味な女優だが、その美貌には多くのファンが魅せられている。爆発的な人気には無縁でも、第一線級の女優として結構売れているのである。

「どうも……」

近づいて、天知昌二郎は手を上げた。

春彦は、知らん顔でヤキトリを食べている。少女がヤキトリの串を横にくわえたままで、天知昌二郎を見上げた。

「今日はどうも、おめでとうございます」

西城富士子が少女を押しのけるようにして前に出ると、白い歯を覗《のぞ》かせてから丁寧に頭を下げた。西城富士子は天知がここへくるものと察して、待ち受けていたようだった。

「ありがとうございます」

天知昌二郎には、西城富士子の上品で知的な笑顔がまぶしかった。本物の美貌だと、彼は改めて思った。西城富士子という女優は、天知にとって好みのタイプだったのだ。

「義理の妹という言い方は変なんですけど、これがサツキなんですよ」

西城富士子が、少女の頭を軽く撫《な》で回した。

「こんにちは……」

サッキという少女が、気どった笑顔になって挨拶をした。小柄で、フランス人形のような顔をしている。可愛らしい美貌のせいか、大人っぽい感じだった。早熟で無邪気、可憐でオシャマな女の子である。

「いくつかな」

天知は、少女に笑いかけた。

「六つです」

サツキという少女が、大きな目をくるりと回して答えた。

「美少女ですね」

天知は、西城富士子に言った。

「さあ、どうでしょう」

西城富士子は、サツキの水色のドレスのまくれている裾を引っ張った。

「六つというと、うちの坊主より一つうえですか」

天知はサツキと、澄ました顔でいる春彦を見比べた。

「そうですね。春彦ちゃんのほうが、背が高いけど……」

西城富士子は、少年と少女を正面から見るためにも、天知昌二郎の隣へ足を運んで来た。

ロング・ドレスが揺れて、全体的に流れているプリーツが動き、彼女のボディ・ラインを描き出した。

「あなたに、よく似ているみたいですね」

「サツキがですか」

「ええ」

「みなさんに、そう言われますの」

「母娘《おやこ》みたいですよ」

「そう間違えられることもあるんです」

「隠し子ですか」

「事情を知っている方たちは、隠し子だろうなんて冷やかすんですよ」

「あなたが二十一のときの子どもってことになるから、年の点でもおかしくはないでしょう」

「いやですわ。天知さんまで。そんなことをおっしゃって……」

「しかし、血はまったく繋《つな》がっていないのに、そっくり似てしまうなんて不思議みたいだ」

「わたくしも、ふっと錯覚するときがあるんです。サツキがわたくしのことを、ママって呼ぶでしょ。その瞬間、この子はわたくしの娘じゃないのかしらって、ふっと思ったりするんです」

「ママって呼ばれたりすれば、なおさらでしょうね」

「サツキは本気でわたくしのことをママだと思っているらしいし、わたくしも実の娘みたいに可愛がっているでしょ。だから、何となく妙な気がして……」

西城富士子は、照れ臭そうに笑った。

西城富士子の父親は西城豊士《とよじ》、母親は若子という。西城豊士は六十歳、若子は五十四歳になっている。だが、西城夫妻は富士子の実の両親ではなく、養父母ということになるのである。

西城夫妻は結婚して十五年も、子どもができなかった。それで西城豊士が四十一、若子が三十五のときに、養子をもらうことにした。たまたま西城豊士の親友が事故死を遂げたことから、その娘を養女に迎えようと話がまとまったのである。

そのとき、養女に迎えられたのが富士子だったのだ。富士子は当時、八歳であった。そのまま十三年がすぎて、西城豊士が五十四、若子が四十八、富士子は二十一とそれぞれ年をとった。

その前の年の秋口に、結婚して二十七年ぶりに、若子が妊娠したのである。驚きと喜びと苦悩が、西城夫妻を襲った。何としてでも実の子が欲しい、だがあまり例のない高年齢の初産ということになるし、孫みたいな子どもでは将来が不安だと、西城夫妻は迷いに迷ったのだった。

しかし、三カ月、五カ月となっても胎児は順調だということから、西城夫妻はついに生む決心をした。西城豊士の勤務先である大学の医学部の付属病院で、教授が責任を持って出産を成功させるということになったのである。

ただし、通常分娩ではなく、帝王切開による出産だった。すべてが、うまくいった。予定日に生まれることになったし、帝王切開手術にも障害はなかった。生まれたのは女児で、体重が標準を下回っていたが、健康そのものであった。

母体にも、異常はなかった。若子は四十八歳にして、初めて母親になったのだ。西城夫妻は実のわが子を得て、手放しでの喜びようであった。五月に生まれたことから、わが子にサツキという名前をつけた。

富士子には、二十一も違う妹ができた。戸籍謄本上は姉妹だが、富士子とサツキは赤の他人であった。それで富士子はサツキのことを、義理の妹だなどと、妙な言い方で紹介したのである。

西城夫妻は、サツキが可愛くて仕方がない。しかし、世間に対しては恥ずかしさが先に立つし、当のサツキにも親としての面映ゆさがある。四十八の恥かきっ子と、むかしから言われている。数え年と満年齢の差を考えると、なおさら恥ずかしい。

それで西城夫妻はサツキに自分たちのことを、おじいちゃま、おばあちゃまと呼ばせた。サツキはいつの間にか、富士子のことをママと呼ぶようになっていた。サツキが幼稚園にはいってからは、富士子が対世間的に母親役を務めるようになった。

サツキは西城夫妻に、孫として甘え、懐《なつ》いていた。富士子には、母親としてのあらゆる要素を求めた。富士子のほうにも情が湧き、母性愛を刺激される。時間が許す限り、富士子はサツキと一緒にいて、母親らしく振る舞ってやる。

サツキもいまでは本気で、富士子を母親と思っている。富士子もサツキが自分の娘みたいに、錯覚することがある。それは、当然の結果と言えるかもしれない。サツキがもう少し成長すれば、富士子との仮の母娘関係も解消されることだろう。

そう考えれば気が楽だし、西城夫妻もいまはサツキとの不思議な間柄を楽しんでいるようである。西城夫妻も祖父と祖母の心境にあって、サツキの母親役を富士子に任せっきりらしい。

「ママ……」

サツキが西城富士子の手に、ヤキトリの皿を押しつけた。

「はい」

極めて自然に応じて皿を受け取り、西城富士子は代わりにハンカチをサツキに渡した。傍目《はため》には間違いなく、母娘に見える二人であった。無意識のうちに、母と娘になりきっているのだ。

天知は、美少女の顔を見守った。サツキは富士子に凭《もた》れかかるようにして、ハンカチで口のまわりを拭いている。富士子を振り仰ぐサッキの目も、サッキを見おろす富士子の目も、ともに笑っている。

西城富士子がゴシップやスキャンダルに無縁であり、恋愛にも結婚にも無関心でいられる理由の一つに、サツキの存在ということがあるのではないかと、天知は思った。西城富士子は、サツキの母親でいたいのかもしれない。

サツキについては、話だけをよく聞かされていた。だが、サツキと対面したのは、今夜が初めてである。西城富士子とサツキが一緒のところを初めて見て、天知はその意気の合った模擬母親ぶりに驚かされたのであった。

「あなたの結婚は、いったいどうなるんでしょうかね」

天知は、髪の毛をかき上げた。

「え……?」

その瞬間に、西城富士子の顔から笑いが消えていた。西城富士子は、目を伏せた。彼女特有の暗い翳りが、顔に広がった。深刻に考え込み、明らかに困惑の表情を示しているのである。

「どうかしましたか」

おやっと思うくらい強い相手の反応に、天知のほうも戸惑っていた。

「実は今夜、天知さんにお会いしたら、そのことでお話ししようと思っていたんです」

沈みきった顔で西城富士子は、形のいい唇を重そうに動かした。

2

天知昌二郎はさっきから、自分に向けられている視線を感じ取っていた。いや、天知だけを見ているのではない。その男は天知と西城富士子に、視線を投げかけているのである。

天知にとっては、知りすぎているほどよく知っている男であった。『婦人自身』の編集長、田部井浩三《たべいこうぞう》である。田部井と天知は、仕事のうえで密接な関係にあり、付き合いも古く、ツーカーの仲だった。

天知のことなら田部井に訊《き》けと、この世界では言われているくらいであった。田部井の頼みなら、大抵のことは引き受ける天知である。また田部井は常に、天知のよき協力者だった。

天知昌二郎には友人が少ないが、田部井に限り親友と言ってもいいだろう。天知の住まいにも遠慮なく出入りして、プライベートなことに首を突っ込んだりする他人は、この田部井浩三しかいないのである。

田部井浩三が、パーティ会場に姿を見せているのは当然であった。だが、その田部井が素直に近づいてこようとしないのは、どう考えても不自然だった。少し離れたところにいて、天知たちを見守っているというのは、およそ田部井らしくなかった。

田部井はもちろん、西城富士子のこともよく知っている。女性週刊誌の編集長だし、芸能界には顔が広かった。天知よりも田部井のほうが、西城富士子とは古くから親しい間柄にあるはずだった。

それなのに、田部井編集長は妙に遠慮しているのである。あるいは話が途切れたときに、天知か西城富士子のどちらかが自分に気づくのを、田部井は心待ちにしていたのかもしれない。

いずれにしても妙な遠慮をされると、天知のほうも素直に声をかけられなくなる。天知は田部井の存在に気づいていながら、あえて彼に背を向けたままでいた。天知の肩越しに、田部井の姿が西城富士子の目に映ずることを、期待するほかはなかったのである。

「あら……」

ようやく西城富士子の目が、田部井の姿を捉えたようだった。西城富士子は暗い眼差しのままで、何とか笑顔を作っていた。

「やあ……」

田部井が、大股に近づいて来た。

「どうも、お久しぶりです」

西城富士子が、腰を屈《かが》めた。

「しばらくでした。相変わらずお綺麗だし、ご活躍のようで何よりです」

田部井がそう言って、取って付けたように大きな声で笑った。

田部井編集長は天知より二つだけ年上だが、四十半ばぐらいに老けて見えた。額が広くて髪の毛が薄く、強度の近視のメガネをかけているせいかもしれない。小柄で肥満型というのも、天知とは対照的であった。

天知昌二郎は精悍《せいかん》で行動的なインテリという印象と、銀行員のような堅さが一つに溶け合っていて、冷ややかなほど、もの静かな男である。その天知と、陽気なくせにひどく神経質な田部井とが絶妙なコンビを組んでいると、周囲の人々は喝采《かっさい》を送るのだった。

「妙な遠慮をしなさんなよ」

天知が、表情のない顔で言った。

「遠慮もしたくなるだろうよ。アマさんとしては珍しく、たったひとりのお相手と、じっくり話し込んでいるんでね」

田部井が、天知と西城富士子の両方を、冷やかすような言い方をした。

「わたくしが、お引きとめしちゃったんです」

西城富士子が目のやり場に困ったように、顔を伏せてサツキの両肩に手を置いた。狼狽し、弁解しているのである。

「いや、一向に構いませんよ。どうぞ、彼を独占して下さい」

田部井は、天知を見てニヤリとした。

「独占なんて、そんなんじゃなくて、天知さんに十五分ほどお時間を作って頂きたかっただけなんです」

「するとまだ、話はすんでいないんですね」

「たったいま天知さんに、お話ししたいことがあるって、申し上げたところなんです」

「そうですか。だったら、わたしは遠慮しましょう」

「いいえ、遠慮なさらないで下さい。田部井さんでしたら、一緒に聞いて頂いても構わない話なんですから……」

「それなら早速、場所をセットしましょう。アマさんはなかなか、積極的にならない男でしてね。仕事に関しては鬼ですが、それ以外のこととなると常にわたしというお膳立て役が必要になるんです」

「すみません、いきなりそんな役目を押しつけてしまったりして……」

「何の何の……」

田部井は手を振りながら、通りかかったボーイを呼びとめた。田部井は、気軽に動く男である。そして、場所がどこだろうと、強引に自分の要求を通してしまう。その厚かましさが、田部井の自慢のタネにもなっていた。

ボーイと話し合いがついたらしく、田部井が振り返って手招きをした。天知は春彦を、西城富士子はサツキを、それぞれ促して歩き出した。ボーイは、ステージの右端にあるドアへ向かった。

ボーイがドアをあけると、サツキが真っ先に部屋の中へ走り込んだ。そのあとに田部井、春彦、天知、西城富士子の順で続いた。ボーイが、どうぞごゆっくりと言って、ドアをしめた。

同時に、宴会場の騒音がぴたりとやんだ。宴会場よりも、はるかに涼しかった。二十畳ほどの部屋だったし、人がいないので冷房がよく利《き》いているのである。控え室ということになるのだろうか。

窓のない部屋で、中央に楕円形のテーブルがあり、それを十数脚の椅子が囲んでいる。部屋の一隅に、大型のテレビが据えてある。そのテレビの前に椅子を二つ並べて、サツキが春彦を誘った。

「さあ、ここにおすわりなさい」

「テレビを見るの」

「そうよ」

「だって、話をするのに、うるさいだろ」

「音を小さくすれば、大丈夫よ」

「やり方、知っているの」

「わかるわ、そのくらい……」

「ぼく、わからない」

「大人の話を聞いているより、わたしたちテレビを見ているほうがいいでしょ」

「うん」

サッキと春彦の、そんなやりとりが聞こえた。オシャマな女の子と、母親のいない慎重な男の子の性格が、よく表われている会話だった。それでも二人はすぐ椅子に並んですわり、音量を下げたテレビの画面に見入ることになった。

子ども同士というだけではなく、春彦は人見知りをしない性質《たち》だったのだ。母親というものを知らずに育ち、近所の主婦とか家政婦とかに面倒を見てもらうことが多かった。そのために春彦なりの生活の知恵が、身についてしまっているのである。

「さてと……」

田部井編集長が椅子に腰をおろすと、テーブルのうえの灰皿を引き寄せた。

その田部井の正面に西城富士子が席を占め、二人のあいだに天知昌二郎がすわった。三人のあいだには、それぞれ二つ三つの空席があった。大きな円卓を前にして、三人だけで会議をするという感じだった。

「お話ししても、よろしいでしょうか」

西城富士子が、天知と田部井の顔を交互に見やった。話を聞かせたいのは天知だが、言葉のやりとりの相手をしてくれるのは田部井だと、富士子は敏感に察していたのであった。

天知は、壁の電気時計を見やった。午後七時二十分である。六時から始まった記念パーティは一応、八時までということになっている。八時まであと四十分しかないと、天知はつまらないことを考えていた。

「どうぞ、始めて下さい。わたしが、聞き役になりましょう」

田部井が指先でメガネを押し上げると、忙しい手つきでタバコに火をつけた。

「実は十日後に、父が軽井沢《かるいざわ》の別荘でパーティを催すことになりました」

テーブルにバッグを置いて、西城富士子はそのうえに両手を重ねた。

「お父上が、パーティを主催なさるんですか」

田部井は鼻と口から、エントツのように煙を吐き出した。

「はい、西城豊士が主催するんです」

富士子は、タバコの煙を避けるように、顔をそむけた。

「十日後というと、八月八日ということになりますね」

「はい」

「何のためのパーティなんですか」

「名目は、三つあります」

「名目が、三つもあるんですか」

「はい。一つは父の誕生日を、祝うということになります。八月八日は、父の誕生日で、父は六十一になるんです」

「なるほど」

「第二の名目は、父の引退を記念してなんです」

「引退とは……?」

「つまり、大学をやめるということなんです」

「ほう」

「大学をやめるだけではなく、今後は一切、公的な場所に顔を出さないし、著述も差し控える。東京にも、住まないようにする。軽井沢の別荘に引きこもって、隠遁《いんとん》生活を送るということなんですわ」

「徹底した引退ぶりですね」

「九月からは東京の家に、わたくしがひとりで住むことになります。両親とサツキは、軽井沢の別荘で生活します。夏休みが終わったら、サツキは軽井沢の幼稚園に移ることになるんです」

「誕生祝い、引退記念、そして、第三の名目というのは……?」

「父の引退は、隠居を意味します。東京の家には、わたくしがひとりで住むことになります。そう申し上げれば、お察し頂けると思います」

「お父上が隠居されて、軽井沢の別荘で悠々自適の毎日を送られるようになる。そうすると、西城家の当主は誰かということになりますね」

「はい」

「それに、あなたひとりを東京の広いお屋敷に、おいておくわけにもいかない。そうなれば当然、あなたの結婚問題がクローズ・アップされる」

「実は、そういうことに、なってしまいました」

「縁談が、具体的になったんですね」

「もともと両親は、結婚相手の候補者を決めておりました。いよいよ、そのことで結論を出すことにしたからって、わたくしは両親から宣告を受けたんです」

「お婿さんを、迎えるんですね」

「いいえ、そうとは別に決められておりません」

「富士子さんが、お嫁さんに行ってもいいというわけなんですか」

「はい、それは当事者たちの自由にしていいと言われました。西城家を継ぐのは、サツキということになりますしね。ただサツキが成人するまで、両親とも生きてはいられないだろうと、覚悟を決めているようなんです。それで、わたくしがお嫁に行ったとしても、夫婦ともどもサツキが成人するまで後見人を務めるようにというのが条件なんです」

「後見人ね」

「両親はわたくしの結婚が決まり次第、財産を整理するんだそうです」

「どう整理するんです」

「まず財産の大半を二分して、わたくしとサツキに贈与してくれるという話ですわ。それから残った財産を換金して、贈与税の納入に当てるとかいうことでした」

「つまり遺産としては残さずに、生存中にあなたとサツキちゃんの名義にして、贈与税も払ってくれるというんですね」

「はい。養女と実の娘となると、何もなくても遺産相続に絡《から》んで世間から好奇の目で見られるし、事実またトラブルが起きるかもしれない。それに世事にうとい娘たちでは、相続税を納めるための財産処分で、どんな損をさせられるかわからない。だから生きているうちに財産を贈与して、贈与税も支払っておいてやろう。そうすれば遺産相続でゴタゴタすることもないし、相続税で苦しめられることもないだろうというのが、両親の考えなんです」

「そこまでしてもらったら、ずいぶん結構な話ってことになりますね」

「そのサツキの財産管理についても、わたくしに後見人になれということなんですわ」

「失礼ですが、西城家の財産というのは、どのくらいおありなんです」

「具体的な額や詳しいことは、まるでわかっておりません。ただ父の話では、不動産だけで二十五億円という評価を受けているそうです」

「二十五億円ですか。贈与税の分を生み出すやり方次第では、あなたとサツキちゃんに十億円ずつぐらいは贈与できますね」

「そうでしょうか」

「しかし、あなたにとってはそうした財産問題など、二の次ってことになるんじゃないんですか。あなたに何よりも重大なのは、結婚を押しつけられるってことなんでしょう」

「実は、そうなんです」

「この際、はっきりと確かめておきたいことがあるんですがね」

「何でしょうか」

「もうずいぶん前から、芸能関係者のあいだで、一つの伝説にもなっていることなんですがね。あなたは芸能界入りするときの条件として、自由恋愛は自制する、両親が決められた相手と結婚するって、誓約されたというんですが、それは事実なんですか」

「大変なアナクロニズムみたいで、お恥ずかしいことなんですが、十年前のその話は事実でした」

「そして、あなたはその誓約を忠実に、守ってこられたんですね」

「はい。女優を続けるためには、誓約を守るほかはありませんから……」

「そうなると富士子さんは今日まで、ただの一度も恋愛を経験したことがない、男性を愛したことがないんですか」

「それは……」

「参考までに、教えて下さいよ」

「わたくしだって、健康な青春時代を過ごして来た女ですし、石みたいな人形になりきれって言われても……」

「すると、恋愛の経験はあったんですね」

「過去にも感情を動かされたことがありますし、現在だって……」

「現在にも、意中の人がおられるんですか」

「要するに、プラトニック・ラブに終わったんです。ですから結果的には、誓約を破ってはおりません」

「そうですか」

「同時に、両親が決めた相手と結婚するという約束も、まだ生きているってことになるんですわ」

「ご両親は八月八日のパーティで、その約束もまた実現させようとなさっている」

「はい」

「あなたがそれに、逆らうことは許されない。しかし、生身であるあなたは、約束だからと割り切ることもできない。それが、現在のあなたを、救いようのない苦悩へ追いやっている」

「そうなんです」

「もちろん、あなたはその花婿候補者を、よくご存じなんでしょう」

「以前から、家に出入りしている方たちなので……」

「方たちって、複数なんですか」

「二人なんです」

「ご両親はあなたに、二人のうちのどちらかという選択だけは任せるおつもりなんですね」

「はい。ひとりは法律家で、民事の弁護士さんです。それから、もうひとりはお医者さんなんですけど……」

「若い女性が夫に選ぶ職業としては、両方とも最高なんですがね。富士子さんはそのどちらの男性にも、結婚するだけの魅力を感じないんですか」

「できれば、結婚したくありません。でも、そうはいうものの結局は、どちらかの男性を選ばなくちゃならないんでしょうけどもねえ」

「ところで、いまのような話をアマさんに聞かせたいというあなたの目的は、いったい何なんですか」

「目的だなんて、そんな……」

「しかし、アマさんに対して、何か注文があるんでしょう」

「八月八日の午後一時から、軽井沢の別荘でパーティを開きます。ごく内輪の者だけで、ささやかなパーティをやることになるんですけど、父はお客さまのひとりに天知さんもご招待すると申しておりました」

「それで……?」

「一泊して頂くことになりますけど、是非とも天知さんにご承知下さるように、お願いしたかったんですわ」

西城富士子は、恐る恐る顔を上げた。

「そんなことでしたら、お安いご用でしょう。アマさんだって、喜んで承知するはずですよ」

田部井はタバコをくわえたままで、嬉しそうに笑った。いつものことだが、田部井の前のテーブルのうえは、灰だらけになっていた。

「こんなことを申し上げては、大変に失礼なんですけど、天知さんにいらして頂けるだけで、わたくしとても力強いんです」

富士子は思いきったように、天知の顔を見据えてそう言った。

天知は、黙っていた。富士子という女はまったく美しいと、天知は一瞬、胸に締めつけられるような痛みを覚えていた。むかし、ヨーロッパの王様と結婚したアメリカの映画女優がいたが、その女優の若い頃にそっくりではないか、といまさらのように天知は気づいたのだった。

「わたくしは苦悩しようと迷おうと、最後には屈服させられるんです。でも、せめて結婚に同意するその瞬間まで、わたくしの心の支えになって下さる方が欲しいんです。わたくしの心の支えになって下さる方、それは天知さんのほかに思いつきません」

暗くそして甘えるような富士子の目が、熱っぽく天知を見つめていた。

天知昌二郎はふと、古城で泣いているお姫さまを救出する騎士の姿を、想像しないではいられなかった。

3

盛大な祝賀パーティは、午後八時に終わった。まだ三、四十人の客が残っていたが、事実上パーティは終了したのである。八時前に客の半数以上が引き揚げてしまっていたし、西城富士子もサツキの手を引いて帰っていった。

「まだアルコールもたっぷりございますし、ごゆっくりご歓談下さい」

八時になって司会者が、形式的に挨拶をした。

ごゆっくりご歓談下さいとは言っているが、パーティの終了を告げたのである。そこで拍手が起こり、そのあと客たちは宴会場の出入口へと流れた。

残ったのは、酔った連中ばかりであった。すでにボーイが総出で、会場の片付けに取りかかっている。しかし、酔っぱらいたちは無頓着に、水割りのコップを捜したり、議論に熱中したりしていた。

天知昌二郎もずいぶん二次会に誘われたが、春彦がいるということを理由に辞退した。子どもが一緒では、銀座や新宿へ流れるわけにはいかなかった。そのせいか、春彦がいることを口実に断わると、酔っている連中もあっさり引き下がった。

主催者、発起人、それに実行委員たちに礼をのべて、天知もパーティ会場から消えることにした。居残っている酔っぱらいは、主催者や発起人の有志で引き受けるという。実行委員の若い連中が、記念品、数々のプレゼント、花束などをホテルの駐車場まで運んでくれた。

ホテルの駐車場には、『婦人自身』の旗をつけたハイヤーが待たせてあった。記念品やプレゼントだけで、ハイヤーのトランクはいっぱいになった。天知は花束を、実行委員の若い男女に贈った。

「盛会でしたね。どうも、おめでとうございます」

「これで第二回以降のジャーナリスト大衆賞は、その権威を認められることになります。大成功でしたね」

「わたしたちも、とっても嬉しくって……」

「天知さん、今後も頑張って下さい」

「ご健闘を、お祈りします」

口々にそう言う実行委員の若い男女と、天知はひとりひとり握手を交わした。夜のホテルの華麗な建物を見上げて、天知はようやく感激らしきものを噛みしめていた。豪華な祝賀パーティよりも、若者たちの素朴な祝辞のほうが、天知の心を強く打ったのかもしれない。

田部井編集長が、車のドアの前で待っていた。田部井はタバコを吸いながら、ハンカチを忙《せわ》しく顔に押しつけている。夜の八時をすぎているのだし、七月下旬にしてはそれほど暑くはなかった。

だが、田部井は暑がりで、汗っかきなのである。大変なヘビースモーカーでもあり、夏の田部井はタバコを吸いながら汗を拭く忙しさで、一緒にいると目まぐるしくなるほどだった。

春彦はすでに、助手席にすわっていた。ぐったりと、シートに寄りかかっていた。生まれて初めて、パーティに参加した春彦である。いささか興奮したあとの疲労から、眠くなったのに違いない。

「待っ直ぐ、帰るかい」

「うん」

田部井と天知は同時に、両側のドアから車に乗り込んだ。

「じゃあ、送っていこう」

「毎度、すみません」

「どう致しまして」

「マンションで、改めて乾杯しよう。まずは春彦を寝かせてしまわないと、どうにも動きがとれない」

「二人だけの乾杯というのも、またおつなものだぜ」

「どうせ最後までお付き合い願うのは、田部井さんだけと決まっているしね」

「まあ、おれのほかにもひとり、西城富士子が一緒だったら申し分ないんだけどな」

そう言って、田部井はニヤリとした。

天知は、黙っていた。なぜか西城富士子という名前を耳にすると、天知は気持ちが重苦しくなるのだった。決して不愉快ではないし、天知は西城富士子のことを話題にするのを、むしろ歓迎したいくらいであった。それでいて彼女のことを意識すると、心に負担を覚えるのである。

「池尻一丁目へ、行って下さい」

田部井が、運転手の背中に声をかけた。

ハイヤーは走り出して、ホテルの駐車場をあとにした。天知は、東洋ホテルを振り返った。十五階建てのホテルの顔に、明るい窓が最も多くなっている時間であった。それらの窓に大勢の人たちの人生を感じ、天知は自分も今夜このホテルで生涯の歴史の一ページを飾ったのだと思った。

ジャーナリスト大衆賞を、受賞したということだけではなかった。今夜のパーティ会場で西城富士子と出会い、彼女から話を聞かされたことも、天知の人生に大きな影響を及ぼすのではないかと、そんな気がしてならなかったのである。

「しかし、彼女のおやじさんが引退して、隠遁生活を送ることになったというのは、ちょいとしたニュースだな」

田部井は新しく一本抜き取って、それに短くなったタバコの火を移した。

「西城豊士先生かい」

背広の胸につけたままになっていたバラの花をはずして、天知昌二郎はそれをアタッシェ・ケースの中にしまった。

「とにかく同じ大学の先生でも、西城豊士教授といえばかなりの影響力を持った人物だからね」

田部井は例によって、膝のうえにタバコの灰を散らしていた。

「フランス文学の権威、中世のフランス語研究では国際級、日本における第一人者なんだろう」

天知は、アタッシェ・ケースのポケットから、銀紙に包んだチョコレートを引っ張り出した。

「翻訳、エッセイ集、研究論文、フランス文学の手引き、語源学の専門書といった著書も多いしな」

田部井の声が、次第に大きくなっていた。ハイヤーに乗ってから、急に酔いが回ったという感じだった。

「東都学院大学の教授陣の一方の旗頭で、現在の学長と対立する勢力のボスだという噂もあった」

板チョコの断片を、天知は口の中に押し込んだ。

「当の西城教授は万年お坊っちゃんで、野心家なんかにはほど遠いんだがね。何しろ毛並みはいいし知名度が高いし、それに大資産家と来ているだろう。それでどうしても、ボスに祭り上げられてしまうんだな」

田部井はそう言いながら、タバコの煙に自分が噎《む》せていた。

田部井の言葉通り、西城富士子の父親は著名な大学教授であった。天知は芸能界にも顔が広かったが、俳優やタレントで個人的に親しいというのは、西城富士子を除いてひとりもいなかった。

その西城富士子の名前をデビュー当時から知っていたのも、西城豊士教授の養女だという評判によってだったのである。また西城富士子と個人的に親しくなったのも、西城豊士教授の身辺のトラブルを通じてのことであった。

西城豊士は、明治から大正、昭和の初期の日本に多くのフランス文学を紹介し、文豪とも称され、その翻訳と創作で知られた西城一成の長男であった。西城一成はヨーロッパ通の外交官でもあり、貴族院議員を経験している。

その長男として生まれた西城豊士も、フランス文学の道を順調に歩んで、東都学院大学の教授となった。その後の西城豊士はフランス文学の権威、中世フランス語研究においては第一人者ということで、父親同様に著作も多くなり、有名な大学教授となったのだ。

妻の若子も、戦前は財閥と言われた一族の出身である。西城豊士には父親の遺産として、地方に広大な土地があった。それを売却して資金を作り、西城豊士は電話一本による株式の売買に天才的な能力を発揮した。

その利益で西城豊士は都心と郊外に土地を買い求めて、それを領地のように拡大して資産家となったのだった。現在残っている不動産だけでも、元麻布《もとあざぶ》の大邸宅、軽井沢の豪邸ともいうべき別荘、そのほかの新宿区内、目黒区内、中野区内、世田谷区内、杉並区内の土地ということになる。

現金では教授の月給、著書の印税、株の配当だけでも馬鹿にならない収入になっているだろう。そのほかに有価証券、美術品などの財産がある。そのような西城豊士の毛並みのよさと財力が、彼をボス的存在にしたのだと、田部井は判断しているのだった。

西城富士子も、毛並みがよくて有名で大金持ちの親を持つという三拍子揃った女優は珍しいと、ずいぶん話題にされたものである。両親が毛並みがいいと、養女であろうと娘も毛並みがいいということになるのであった。

西城豊士は美男子でスマートな英国紳士という感じであり、生まれのよさで人あたりが柔らかく、彼の講義もユーモアに富んでいて面白いと、学生たちの人気は大変なものだった。特に女子学生の中には、熱烈なファンさえいた。

その西城豊士教授の名誉と威信を失墜させ、絶大な学生たちの人気を踏みにじるような事件が起きた。

今年の一月のことである。

東都学院大学の女子学生A子が、西城教授を警察に告訴したのであった。西城教授の研究室において、いかがわしい行為を強要されたというのが、告訴の内容だった。

西城教授はA子を招き入れた研究室に鍵をかけて肩を揉むことを強制し、そのうちにA子を抱き寄せて接吻を繰り返しながら乳房に触れ、ソファに押し倒してスカートをまくり上げ、いわゆるイタズラを試みたというのである。

A子は抵抗した際に手足を強く打ち、全治十日間の打撲傷を負った。実質的な被害はなかったし、母校と尊敬する教授の名誉を傷つけまいと、A子は沈黙を守るつもりでいた。しかし、精神的ショックに耐え難く、またそのことを知った恋人のB君の怒りもあって、告訴に踏みきったというわけだった。

警察では一応、西城教授を取り調べた。相手は著名な大学教授であり、社会に対する影響も大きいとして、警察では慎重に参考事情の聴取を行なったのだ。西城教授は一笑に付すとともに事実を否定し、警察のほうも確証を得ることができなかった。

しかし、この事件が一部の新聞に報道され、東都学院大学では大変な騒ぎとなった。新聞の記事には、東都学院大学のS教授としか報道されなかったが、それだけでも誰のことか容易に察しがつく。

大学首脳部、連日の協議。

教授会で大混乱。

査問委員会、紛糾して成立せず。

西城教授が、陰謀と反論。

学長派の教授が、西城教授の辞任を要求。

理事長派（反学長派）の教授が、デッチ上げの非難声明。

学生たちは、半信半疑。

西城教授、謹慎を拒否。

西城教授、これまで通り講義を強行。教室は、超満員。

こうした経緯をたどって三月にはいり、突如としてA子が告訴を取り下げたのであった。告訴を取り下げた理由は、母校のこれ以上の混乱を防ぐためであった。親告罪だから強姦未遂の件については、警察も調べを打ち切った。

あと傷害罪が残っていたが、これも証拠不十分であり、そのまま立ち消えとなった。西城教授が裏工作をして、A子とB君を金によって沈黙させたという噂が流れたりもしたが、これでこの後味の悪い事件も落着したのである。

四月になると今度は西城教授が、病気を理由に大学に姿を見せなくなった。辞表を出したわけではないから、現在もまだ身分的には東都学院大学の西城教授であった。しかし、四月以降ただの一度も、西城教授は東都学院大学の門をくぐっていないのだ。

天知が何とかガードして欲しいと、西城富士子に泣きつかれたのは、この事件に関してだったのである。ニュースとして扱ったのは一部の新聞だけだし、S教授として、本名も明らかにはしていない。

しかし、恐ろしいのは西城富士子の側からゴシップ化する週刊誌などの記事であり、すでにそうした動きが取材となって表われていたのだ。女優西城富士子の父親である有名な大学教授が、強姦未遂で女子学生から訴えられたという記事なら、確かに扱い方によってはセンセイショナルで面白い。

西城富士子は何よりも、自分が女優であるがために、父親に迷惑が及ぶことを恐れたのであった。女優になることを反対されて、いかなる場合もゴシップ記事のタネにはならないと、両親に誓約した手前があるからだった。

西城富士子は以前から面識があって、信頼にたる男と見ていた天知昌二郎に、週刊誌の記事を押えて欲しいと頼み込んだのである。天知は西城富士子の一ファンとして、彼女に協力することにした。

私情からばかりではなく、大勢の人々を不幸にするかもしれない無意味な記事という判断もあったのだ。天知は関係者に会ったり電話をかけたりで、記事にはしないでくれと頭を下げて回った。

会ったこともないフリーの記者たちまでが、天知昌二郎には喜んで協力を約した。すでに取材に動いていた連中も、天知の頼みならと、快く手を引いてくれた。その結果、西城教授も富士子も、窮地を脱することができたのである。

この騒ぎのときに、富士子は何度も天知と会ったし、彼のマンションを訪れて春彦を知ることにもなったのだ。天知のほうも富士子の身の上話を聞き、サツキのことも耳にしたのであった。

天知と富士子は、より親しい知り合いとなった。

西城豊士が軽井沢の別荘で開くパーティに天知を招待するというのも、そうした経緯《いきさつ》があってのことだった。西城豊士は感謝の意をこめて、天知を特別な客として招待するつもりなのに違いない。

「西城教授が引退して、徹底した隠遁生活を送るという気になったのも、やっぱり例の事件が原因になっているのかな」

ハイヤーが停まると同時に、田部井が言った。

「多分、そうだろう」

天知はハイヤーをおりると、助手席のドアをあけた。春彦はぐっすりと寝込んでいる。天知が抱き上げても、熟睡している春彦は目を覚まさなかった。

「真相はともかく、嫌気がさしたんだろうな」

田部井がトランクの中の荷物を、山のように積み上げて両腕でかかえた。

「働く必要もないんだし、大学教授というのもいわば趣味なんだ。気分の悪い趣味なんて、早々に投げ出したほうがいい」

春彦を抱いた天知が先に、世田谷区池尻一丁目にある世田谷パーク・マンションの中へはいった。そのあとを追って、荷物をかかえた田部井が、真っ直ぐエレベーター・ホールへ向かった。

「しかし、アマさん、これは大スクープだぜ」

エレベーターの中で、田部井が相好を崩した。冷やかすように羨《うらや》むように、田部井は目を細めていた。

「何がだ」

天知は春彦の寝顔に、目を落としていた。

「西城富士子が、アマさんに恋をしているってことさ」

田部井が、急に真顔になって言った。

「馬鹿な……」

天知は、表情を変えなかった。

「あれ、アマさんには通じていないのか」

「早トチリも、いいところだ」

「いや、間違いないね。おれには、長年のカンってものがある。アマさんを見るときの彼女の目、あれは普通じゃない。食い入るように情熱的で、甘えながら恥じらっている目だ。それに、その気になれない婚約を押しつけられる場所へ、あんたが救援に駆けつけてくれることを、あれほど強く期待している。心の支えになってくれるのはアマさんを除いてほかにいないって、あの言葉は西城富士子の熱烈な愛の告白じゃないか」

「よせよ」

「彼女はまた言葉を濁しながらだけど、現在も特別な感情を寄せている相手がいるってことを認めた。その相手とは、もちろんアマさんなんだよ。西城富士子と仲のいい女優から聞いた話だけど、彼女はあるジャーナリストを好きになってしまったと言っていたそうだぜ」

「アマさんは、天知のアマだ。甘ちゃんや甘い男のアマには、しないでもらいたいね」

「あんたも、わかっているんだろう。まあ、照れ臭いって気持ちは、仕方がないにしてもさ」

「田部井編集長らしくないな。急に、次元が低くなったみたいだ」

天知は春彦を揺すり上げながら、エレベーターのゴンドラを出た。

六階である。

「何とでも言え。おれは、興奮しているんだ。西城富士子の恋の行方ともなれば、他人事《ひと》でも気が気じゃない。ましてや、相手はアマさんと来ている。こうなったらもう、次元の高いも低いもあったもんじゃない」

背後で田部井が、喚《わめ》くように言っている。無人の廊下に、その大きな声が響き渡った。

「それほど、確信があるのか」

六一一号室のドアの前で立ちどまり、天知はポケットから鍵を取り出した。

「大ありさ。これまで、確信を持ったおれのカンが、一度でも狂ったことがあるか」

「あんたのカンが狂っていなければ、どういうことになるというんだ」

「ひょっとすると、アマさんと西城富士子の結婚が実現するかもしれない」

「いいかげんにしろよ」

「三十六歳の男に二十七歳の女、ともに独身じゃないか。その二人が互いに愛し合うってことになれば、結婚の可能性は十分だろうよ」

「彼女の結婚の相手は、すでに決まっているんだぜ」

「だからこそ彼女は、もがき苦しんでいる。救いを、求めている。あんたの出方次第で、大逆転もあり得るんじゃないかって。そこに西城富士子は唯一の救いと希望を見出そうとしているんだ」

「そうかね」

天知は、部屋のドアをあけた。

生温かい空気が、顔に触れた。リビング・キッチンに洋間と和室の二部屋で、あとは浴室とトイレだけである。入居者の大半が子どものいない夫婦で、それなりに優雅に暮らせる広い間取りであった。

正面に、リビング・ルームのベランダに面したガラス戸がある。それが一面ガラス張りの窓になっていて、その向こうに広大で豪華な夜景が展開していた。玉川通りと山手通りの界隈《かいわい》、遠く世田谷、渋谷、目黒の夜景が一望にできる。

春彦を抱いたまま天知は、きらびやかな夜景に目を走らせた。なぜ田部井の言い分を、頭から否定せずにはいられないのだろうか。それは天知自身も事実として認めていて、思惑はずれになることを恐れる気持ちから、あえて否定しようと努めているのではないのか。

天知はそう思い、また何となく気が重くなっていた。それでいて、いつになく見馴れている夜景が、晴れやかなものに感じられるのだった。受賞の喜びだけではなく、西城富士子への思いも確かに影響しているのである。

天知は改めて、夜景に見入った。

西城豊士から軽井沢の別荘へ招待したいという電話があって、天知昌二郎がそれを応諾したのは三日後のことであった。

4

八月八日の午前十時に、天知昌二郎は世田谷パーク・マンションを出た。春彦も、一緒だった。幼稚園が夏休み中だし、仕事で旅行するわけではない。春彦を連れて行くのは、父親として当然の義務だったのである。

西城豊士から招待の電話がかかったときも、子どもを連れて行くことになりますがと、天知は真っ先に断わっている。それに対して西城豊士は、サツキの友人としても春彦を歓迎すると、答えたのであった。

今日は父子ともに、白の三つ揃いのスーツを着ていた。ネクタイも同じ、明るい紺色である。春彦の半ズボンとストッキングさえ除けば、完全に大小の相似形になるところだった。

上野駅まで、タクシーを走らせた。ウィークデイでも、八月の上野駅は午前中から混雑している。特に、ネコもシャクシも軽井沢へ向かうというのが、十年来の流行になっていた。

軽井沢へ向かう列車の指定席券は、簡単に手にはいらなくなった。列車ばかりではなく国道十八号線も、軽井沢を目ざす乗用車によって渋滞する。なぜ誰もが軽井沢へ行きたがるのか、その理由はよくわからない。

かつての軽井沢は、真夏でも静かな町であった。それはもちろん、避暑地としての軽井沢を利用する人々が限定されていたからである。若者も家族連れも、いわば老人の町である軽井沢など眼中になく、より自由奔放で活動的な行楽地を好んだ。

だが、いまは違う。わざわざ物価高と混雑を求めて、古い避暑地へ集まってくる。九十パーセントが中流階級以上と自任しているという日本人の心理の表われか、あるいは群れをなしてファッションに同調せずにはいられない現代人気質が原因なのかもしれない。

混雑が苦手な天知には、あまり楽しい旅行とは言えなかった。田部井が恋の成就を祈ってプレゼントすると手配してくれた切符が、天知には宝物のように思えた。自分の車は故障しているし、天知はまず足の確保に苦慮しなければならなかったのだ。

　天知はスーツ・ケースを、春彦は父親のアタッシェ・ケースを提げて、金沢行き白山2号に乗り込んだ。満席のグリーン車で、まるで母親が付き添いの子どもの団体列車のようであった。

　特急白山2号は、十一時三十四分に上野駅を発車した。通路を走り回る子どもたちを、春彦はぼんやり眺めやっている。天知も黙って、窓外へ目を投げかけていた。いつものように、口数が少ない父子であった。

　昨日、切符を届けに来た田部井編集長とのやりとりを、天知は思い出していた。田部井はもう、西城富士子と天知が結ばれるものと、決めてかかっているようだった。二人は愛し合っていると、田部井は勝手に思い込んでいるのである。

「西城富士子は外見だけじゃなくて、中身もいい女だよ。その証拠に彼女はスターにもなれなかったし、女優としても中途半端に終わりそうだ」

「変な証拠だな」

「いや、むかしから言われていることなんだ。スターになれない、女優として大成しないことこそ、理想的な恋人や女房になるという証拠だってね」

「そうかね」

「西城富士子というのは、女としてまさに理想的さ。女優としては地味だし、まあ失敗したほうだろう。しかし、彼女をひとりの女として、見てみたまえよ。あらゆる意味で理想的な女だと思っている男のファンが、大勢いるはずだ」

「つまり、女優には向いていないってわけか」

「女優に向いていないから、女房に向いているんだよ」

「彼女は若い人たちと、同性にはあまり人気がないそうだね」

「若い連中はやっぱり、派手なスターに惹かれるしね。それに魅力がありすぎる女優は、同性からの人気を得られないって、相場が決まっているんだよ。彼女は、綺麗すぎるんだ。それにあの気品、知性、清潔感、女らしさが、もうたまらないのさ」

「彼女のファンは、三十代、四十代の男に限られているらしい」

「つまり、彼女を恋の対象か、女房として考える年代の男たちってことになるだろう」

「あんたも、そのひとりだ」

「おれが悶《もだ》えたって、仕方がないがね。彼女は二十七歳で、いわば女盛りだ。それでいて、あの処女のような清潔感、初々しさに瑞々《みずみず》しさだ。彼女が未だに処女だっていう可能性も、十分にあるんだぜ」

「いやらしいな」

「何が、いやらしいんだ」

「年齢的には女盛りで、美しき処女。そこには何となく、中年男の願望が秘められているみたいだ」

「それで、いいじゃないか。人間は願望があるから、生きていられるんだ」

「確かに、彼女は魅力的だよ」

「そうだろう。その西城富士子に愛されているアマさんとしては、男冥利《みょうり》に尽きるってもんだよ」

「勝手に、決めてくれるな」

「アマさんは、女性関係に潔癖すぎるんだ。これまで浮いた噂一つなかったのも、そのせいだしね」

「さあ、どうかね。あんたの知らないところで、何をやっているかわからないぞ」

「亡くなった奥さんへの義理も、もう立派に果たしたと思うんだ。奥さんが亡くなって、もう四年以上になるんだろう。アマさんが新しい恋を見つけようと再婚しようと、亡くなった奥さんに恨まれるはずはない」

「死んだ幸江の手前、独身を通しているわけじゃない。おれには、春彦がいる」

「その春彦君のためにも、再婚したほうがいい」

「どうしても、彼女と結婚させるつもりなのか」

「これまでのアマさんは、女性に冷淡だった。特別な仲になってはならないと、常に意識的にブレーキをかけていた。だけど、今度は違う。あんたは明らかに、西城富士子に魅せられている」

「そうかな」

「女優と結婚するのは、テレビのプロデューサーかディレクターと、決められているわけじゃないんだぞ。痩せ我慢しないで、もっと、自分に素直になって頑張ってこい」

田部井はもともと、天知に再婚をすすめていたのである。そのために、西城富士子と天知が互いに好意以上の感情を抱いていると判断するや、田部井はここを先途《せんど》とけしかけるのであった。

田部井の判断は、まるっきり狂ってはいないと思う。この半年間の接触で、天知と西城富士子が男女としての距離を、急速に縮めたことは確かである。富士子の好意というものを感ずることが、天知にも何度かあったのだ。

天知のほうも、富士子に女を意識している。彼女に惹かれている。魅せられていると言ってもいいだろう。天知が特別な存在としてひとりの女を心の中に置いたのは、妻の幸江が死んでから、初めてのことであった。

だが、それだけのことなのである。

天知と富士子とでは所詮、生きる世界が違うのだ。天知には結婚の経験があり、春彦という子どもがいる。賃貸しマンションに住み、食べるのに困らないという程度の生活しかできない。

一方の富士子は女優であり、著名な大学教授で大した資産家の西城豊士の養女であった。

苦労知らずの彼女であって、結婚するとすれば初婚ということになる。しかも、継母にならなければならない。

ましてや富士子には、すでに結婚の相手が決まっているのである。今日か明日のうちに富士子は、二人の候補者のどちらかを未来の夫として決めるのだった。それは義父母に対する約束であり、富士子はその義務に逆らうことができない。

もし天知と富士子のあいだに愛があったとしても、それから先のことは一切ないのである。富士子は心の支えとして天知を求め、天知はそれに応じた。二人の関係は、そこまでなのだ。

それに、今日のパーティそのものにも、問題があるような気がする。のんびりとした気分で軽井沢の別荘に顔を出すと、そんな暢気《のんき》なことで終わるとは思えないのであった。天知の単なる予感だけではなく、そう判断したくなるような裏付けもあるのだった。

列車が、高崎を発車した。

あと一時間ほどで、軽井沢につく。そう思っただけで、天知は一種の緊張感を覚えていた。取越し苦労だ、杞憂《きゆう》に終わるだろうと楽観する気持ちが、列車の進行とともに心細くなりつつある。

天知は、一枚のメモ用紙を取り出した。そこには、十三人の男女の名前が列記されていた。今日のパーティに招待されて、出席を約した十三人の客の顔触れであった。

西城豊士から招待の電話がかかったとき、どういう人たちが集まるのか念のために知っておきたいと、天知は申し出たのである。西城豊士は気軽に応じて、招待客の名前、年齢、職業などを電話口で並べ立てた。

それを天知が、メモ用紙に書き取ったのであった。その招待客の顔触れが、何か起こるのではないかという天知の危惧《きぐ》を誘ったのだ。あとになって招待客の名前をじっくりと見たとき、天知は妙なことに気づいたのである。

天知昌二郎
同　春彦
石戸《いしど》昌也《まさや》　35　医師。
小野里《おのざと》実《みのる》　34　弁護士。
綿貫《わたぬき》純夫《すみお》　33　西城豊士の甥《おい》。
同　澄江《すみえ》　29　綿貫夫人。
浦上《うらがみ》礼美《れみ》　22　女子学生。
前田《まえだ》秀次《ひでつぐ》　23　学生。
大河内《おおこうち》洋介《ようすけ》　51　大学教授。
同　昌子《まさこ》　38　大河内夫人。

進藤《しんどう》　信雄《のぶお》　44　大学助教授。
同　季美子《きみこ》　39　進藤夫人。
沢田《さわだ》　真弓《まゆみ》　30　西城豊士の元秘書。

以上の十三人であった。このうち天知昌二郎と春彦を除外すると、招待されて軽井沢の別荘にくるのは十一人ということになる。十一人の招待客の名前を見て、天知はおやっと思ったのだ。

まったく聞いたこともない名前というのは、最初の四人だけだったのである。石戸昌也という医師、小野里実という弁護士が、西城富士子の結婚相手に選ばれる二人の候補なのに違いない。

綿貫純夫とその妻の澄江というのも、知らない名前であった。西城豊士には、ひとりだけ弟がいたと聞かされている。西城豊士の甥というのだから、その弟の息子と考えていいだろう。

問題は、あとの七人であった。その七人の名前を、天知は知っていたのだ。いずれも初対面ではあるが、例の西城豊士の女子学生強姦事件に関して、聞かされた名前ばかりだったのである。

浦上礼美とは、西城教授を告訴した当の被害者の女子学生であった。

前田秀次というのも東都学院大学の学生で、西城教授告訴に一役買った浦上礼美の恋人である。

大河内洋介は東都学院大学医学部の有力な教授で、学長派の重鎮として西城教授を真っ向から批判した人物である。その大河内教授が、昌子夫人を伴ってパーティに顔を出すわけだった。

進藤信雄も東都学院大学文学部の助教授で、西城教授の弟子にも等しい存在だったが、裏切って反西城派の側についたという噂があった。その進藤助教授も、季美子という夫人同伴で出席するらしい。

最後の沢田真弓も、東都学院大学の職員で六年近くも西城教授の秘書を務めていたと聞いている。今年の一月に例の強姦未遂事件が新聞に報道されて間もなく、沢田真弓は東都学院大学を辞職したのであった。

こうなると招待客の半数以上が、東都学院大学の関係者と言ってよかった。しかも、西城教授の強姦未遂事件に、何らかの形で関与しているのだ。その点では天知も、例外ではなかった。

更に天知や元秘書の沢田真弓を除くと、西城教授と対立した人々ばかりということになる。西城教授を告訴した人間まで、含まれているのであった。親しい人たちだからと言われればそれまでだが、西城豊士はなぜそうした連中を呼び集めたのだろうか。

招待されたほうも、どうして唯々《いい》として応じたのか。

西城豊士の真意が、まったくわからない。それとも西城豊士には、何の魂胆もないのだろうか。果たして、当たり前なパーティですむのか。いや、やはり何かが起こりそうだと、列車が横川駅についた頃の天知は、ますます悲観的になっていたのである。

田部井の期待を裏切るだけならいいが、何か悲劇が起きてそれが西城富士子の身に波及するということに、天知は強い不安を覚えるのだった。

特急白山2号は、十三時三十分に軽井沢駅についた。パーティは、午後一時からということになっている。すでに、三十分ほど遅刻していた。しかし、午後一時から、飲み食いが始まるわけではないだろう。午後一時というのは、集合時間なのに違いない。

軽井沢の夏空は青かったが、浅間山は雲の中に隠れていた。小浅間も、視界にはなかった。軽井沢駅の周辺には、都会の若者たちが思い思いの服装で集まっている。東京へ引き揚げる者、仲間たちを迎えに来ている連中、翌日の切符を買いに来たグループ、ハイカーの一団、タクシーを待つ列と、かなり賑やかである。

真夏の白昼の日射しが、底抜けに明るかった。別に高原地帯の涼しさは感じられないし、熱気も粘《ねば》りを帯びている。天気が悪ければ、非常に湿度が高いところだった。涼しいのは、軽井沢という地名ばかりである。

天知と春彦は、歩いていくことにした。信号待ちの車で埋まっている国道十八号線を横断して、北へ伸びている道にはいる。商店街が続く。この旧道の軽井沢銀座を中心に東は碓氷峠《うすい》、西が離山、北が三笠、南は軽井沢駅を結んだ一帯が、むかしからの軽井沢であった。

江戸時代は、軽井沢という宿場だった。それが明治二十一年に英国人の宣教師が別荘を建ててから、避暑地として全国的に名前を知られることになった。軽井沢が拡大されるとともに、この一帯は旧軽井沢と呼ばれるようになったのである。

かつての上流階級、旧財閥、古い金持ちの別荘は、旧軽井沢に多い。中軽井沢や南軽井沢の新興別荘地とは違って、旧軽井沢は森に包まれている。樹齢を感じさせる木ばかりで、雑木は少なかった。

カラ松、白樺、ヒマラヤ杉、モミの木などの林が広い。森かと思っていると、その奥に別荘の建物が見えたりする。森が庭の一部になっているのだ。とにかく、豪壮な別荘が多かった。

別荘地へはいると、さすがに涼しかった。森ばかりで緑が多く、日射しが遮《さえぎ》られて道が白くなる。風も冷たくなって、天知は汗を拭きながらホッとした。車の往来が少なくなり、人影も認められない。

どこからともなく、テニスのボールを打つ音が聞こえてくる。自転車に乗った外人の一家が、追い抜いていった。白樺の林の中の道を、乗馬服に身を固めた若い女が馬を進めて来た。

軽井沢らしい雰囲気である。

三笠の南、旧軽井沢カントリークラブの東、スワン・レイクと呼ばれている雲場の池の北に、西城豊士の別荘はあった。北側にカラ松の林があり、あとの三方をモミの木の鬱蒼《うっそう》とした林が囲んでいる。

門からカーブを描いて、車道が続いている。公園のように広い庭で、花畑のほかは芝生におおわれていた。テニス・コートや池の周囲に、白樺の木が群生している。車道は正面の母屋まで通じていた。

母屋は三階建ての洋館で、豪華だが新しくはなかった。ロココ調の造りであり、全館に蔦《つた》が絡まっている。玄関のポーチにたどりつくと、思わず天知と春彦はその場にしゃがみ込んでしまった。

「立派だろう」

天知が、汗を拭く手をとめて、眼前の建物を見上げた。

「うん」

そう応じてから春彦は、上気した顔でクスッと笑った。二人揃ってしゃがんでいるのが、おかしかったのに違いない。

「あら……」

庭のほうで、女の声がした。

手をつないだ二つの人影が歩いてくるのを見て、天知は慌てて立ち上がっていた。バラの花を散らしたTシャツに、白いコットンのショート・パンツをはいた西城富士子だったのである。

白いワンピースを着たサツキが、先に走って来た。サツキは立ちどまって、春彦の顔を確かめてからニッと笑った。春彦も神妙な面持ちで立ち上がると、サツキに向かってぴょこんとお辞儀をした。

「お言葉に甘えて、参上しました」

天知が、西城富士子に言った。

「よく、いらして下さいました」

恥じらうように目を伏せて、富士子が頭を下げた。

天知は、形のいい富士子の胸のふくらみや脚から、視線をはずしていた。

「遅刻ですね」

「お見えにならないんじゃないかって落ち着けないもんですから、お庭をうろうろ歩き回っていましたの」

富士子が、チラッと笑った。

その彼女の晴れやかな顔を見て、天知昌二郎は何事も起こるまいと、あえて自分に言い聞かせずにはいられなかった。

5

三階の十室が、すべて客用の部屋になっていた。古色蒼然とした感じだが、室内は傷んだところもなく清潔にしてあった。ツインのベッドが置いてあって、寝泊まりができるようになっている。

十室のうち八室が、客のために部屋割りしてあった。ひとりで一室宛《あて》がわれているのは石戸昌也、小野里実の両花婿候補と、元秘書の沢田真弓だけであった。あとは天知と春彦、浦上礼美と前田秀次、大河内夫妻、進藤夫妻、綿貫夫妻と一部屋に二人だった。

西城家の家族たちの部屋は、二階にあるらしかった。もっとも家族というのは、西城豊士と若子夫妻、富士子、それにサツキだけである。あと東京の家から、お手伝いをひとり連れて来ていた。

ほかに、以前から別荘の管理を任せてある老夫妻がいる。今日と明日はその管理人の妻を中心に、土地の主婦を五人ほど雇って、料理、客の接待、あと片付けなどを引き受けてもらっているようであった。

招待客が一堂に会したのは、午後三時すぎだった。客たちは午後一時から、一階の広間に集まって雑談を交わしていたらしい。その広間はダイニング・ルームの隣にあって、三十畳ほどのサロンふうな部屋であった。

結局、天知父子と綿貫夫妻が遅刻したために、午後三時をすぎてからの客同士の紹介となったのである。十三人の客と西城夫妻、富士子、サツキの計十七人が広間に顔を揃えた。別荘でのパーティだし、正装している者はひとりもいなかった。

「一言、ご挨拶を申し上げます」

西城豊士が、大きなマントルピースの前に立って、にこやかに一同を見渡した。一メートル八十センチはある長身で白髪、彫りの深い顔立ちだった。色が白くて、上品であった。生まれと育ちのよさを感じさせる教授には、美老年という言葉を進呈したくなる。

なるほど、英国紳士であった。女子学生の人気を集めることはあっても、女子学生を強姦するような教授には見えなかった。もっとも、これは外見のことである。白いズボン、ピンクのワイシャツに白いベスト、首に銀色のスカーフを巻いていた。

その隣にいる若子も、微笑を浮かべていた。やや肥満しているが、若い頃の美貌をしのばせるには十分だった。四十半ばに見えるし、気品があってモダンな感じである。フレンチ・スリーブのサマー・セーターに、藤色のパンタロンをはいている。富士子は、コバルト・ブルーのワンピースに着替えていた。サツキはさっきと同じ服装で、嬉しそうにはしゃぎ回っている。そうしながらサツキの関心は、春彦に向けられているようだった。

「今日はまたご多忙中のところ、快く招きに応じて下さいまして、ありがとうございます。わたしとしては、こうして諸君に頭を下げる機会を得たことを、心から喜んでおります」

西城豊士は、表情と言葉にユーモアをまじえて、見るからに上機嫌のようであった。

笑い声と、拍手が沸いた。

「さて、パーティとは申しましても、堅苦しいことは一切抜きに致します。スケジュールなんてものは、まるでありません。よろしいかな、夕食はバーベキューですぞ。あとは飲んで、食べて喋《しゃべ》って、遊んで、眠って、そして帰って頂くことになります」

西城豊士は話術が巧みであり、聞く者を飽きさせなかった。

「今日は、わたしの誕生日です。わたしにとっては、記念すべき誕生日になるはずです。一つには今日を限りに、教授という務め、著作、講演、研究会、公式のパーティなどから、身を引いて、完全なる引退、隠居、隠遁の生活にはいることを決意したからなんです。その老兵が去る日を記念して、娘の富士子の婚約決定をすませ、みなさんにご披露申し上げるつもりでもおります」

そう言って西城豊士は、富士子、石戸昌也、小野里実に視線を走らせた。

富士子は、顔を伏せていた。

医師の石戸昌也は、微笑を口もとに漂《ただよ》わせている。

弁護士の小野里実は、急に澄ました顔になって姿勢を正した。

「先生に一つ、お伺いしたいことがあるんですが……」

そう発言した者がいた。助教授の進藤信雄であった。

「何だね」

西城豊士は、弟子に対する師の言葉遣いになっていた。

「本日ここにお招きを頂いたことを、光栄に思っておるのですが、先生が引退を宣言なさる記念すべきこの席に、なぜわたしどもが招かれたのか釈然としないものがあるのです。何を基準にわたしどもを、お招きの対象に選ばれたのかを、一つお教え願いたいのです」

進藤助教授が、一気にまくし立てた。

「難しく考える必要はないんだな。みなさんもご承知の通り、今年の一月に、わたしにとっては忌むべき出来事がありました。大袈裟《おおげさ》に取り上げるほどのことではありませんが、どうせ隠居するならば、過去に一つの汚点も残さずに身を引きたい、と考えるのが人情というものです。また次元の低い連中に、あの事件の責めを負って引退したのだなどと、陰口を叩かれたくありません。それで、わたしはこの記念すべき日に、わたしの過去の行動には、何らやましい事実はなかったということを、ご確認願いたい。そのためには、最も相応《ふさわ》しい方々と思われるみなさんを、こうしてご招待させて頂いたわけなんです」

西城豊士は、やや熱っぽい口調になっていた。

発言する者はなく、全員が沈黙を守っている。心持ち表情を固くしたり、気まずそうに横を向いたりした連中が、何人かいただけであった。

「では、詳しいことは追い追い説明するとして、ご挨拶はこの程度にしておきましょう。それでまず、お客さまをおひとりずつ、わたしからみなさんにご紹介申し上げることに致します」

と、西城豊士はマントルピースの前を離れると、手近な客から紹介を始めた。ひとりひとり客の前まで移動して、握手を交わしてから一同に名前と職業を披露するという紹介の仕方だった。

天知は全員の顔と名前を記憶の中で一致させ、瞬間的に示す表情や反応を観察した。その天知の印象というのは次の通りであった。

石戸昌也　35　医師。
長身で、スタイルがいい。背広とネクタイが、よく似合う。頭はよさそうだが、自信家タイプ。冷たい感じがするし、常にニヤニヤしている。余裕を示しているのかもしれないが、何を考えているのかわからないようなところがある。

小野里実　34　弁護士。
生真面目そうで、熱血漢のタイプ。大男だし、熱弁を振るったら迫力があるだろう。レンズが茶色のメガネをかけている。サン・グラスではなく、度のはいったメガネなのに違いない。

浦上礼美　22　女子学生。
日本的な美人である。色が白くて、切れ長の目をしている。だが、口もとが下品であり、何となく油断ができないという顔をしている。白いパンタロン・スーツを着ていると一見おとなしそうな女子学生だが、かなり気の強い女のタイプ。

前田秀次　23　礼美の恋人で学生。
あまり、利口そうではない。成金の道楽息子、知性に欠けている二枚目という感じ。落ち着きがなく、常に貧乏揺すりをしている。ジーンズの上下を着て、ワルぶっているが気弱な青年というタイプ。

大河内洋介　51　大学教授。
医学部の教授として、名医ではあるが権力を振るいたがるタイプ。一生、経済的には困らないし、その代わり金には弱いという感じ。

同　昌子　38　大河内夫人。

肉感的で、まさに女盛りという感じ、目つきに巧まざる媚《こ》びがあり、色気は十分。好色な人妻を、絵に描いたようである。

進藤信雄　44　大学助教授。

身体も小柄だが、いかにも小物という感じ。大物の腰巾着になって出世を図るタイプである。狡猾《こうかつ》で頭もよさそうだから、世渡りはうまいだろう。しかし、助教授どまりで、終わるのではないか。ギラギラした感じで、精力的。

同　季美子　39　進藤夫人。

平凡の一語に尽きる。すべてを夫に任せてのんびり生きている妻という感じ。しかし、いまはこの別荘の豪壮さに圧倒されて、キョロキョロあたりを見回すのに忙しい。

沢田真弓　30　西城教授の元秘書。

ハイ・ミスでもあり、ギスギスした感じは否めない。だが、なかなかの美人であり、チャーミングでもある。かつては有能で、マスクもいい秘書だったことだろう。身体も、熟《う》れきっている。だが、表情に暗さがある。それに、目つきが挑戦的。

綿貫純夫　33　西城教授の甥。

顔の感じ、タイプ、雰囲気など、自分によく似ているので驚く。ただし、もの怖じしない態度と傲慢さが、目につきすぎるくらいである。富士子に対しても冷ややかでよそよそしいし、伯父の西城豊士にもいい感情は持っていないらしい。

不機嫌そうだし、反抗的である。

同　澄江　29　綿貫夫人。

お高くとまった女の感じで、ツンと取り澄ましている。まあ美人ではあるが、いくら気どっていても貴婦人には見えない。服装がかなり派手で、自尊心も強いらしい。無口でもあり、自分からはほかの客に馴染《なじ》もうとしない。

西城夫妻や富士子を無視してかかろうとするのは、夫唱婦随の表われだろうか。

しかし、こうした客たちのあいだで、トラブルが生ずるようなことはなかった。表面上は何とか取り繕《つくろ》っているし、和やかに歓談するように努めてもいるようだった。アルコールがはいると、男も女も陽気になった。

いつの間にか、男のグループと女のグループに分かれていた。男たちは大声で笑ったりして愉快そうだったし、女たちも結構よく喋っている。富士子は、女のグループに仲間入りしていた。

男のグループでは、西城豊士の甥の綿貫純夫が口数も少なく終始、孤立していた。花嫁候補の石戸昌也と小野里実は、さりげなく振る舞いながら、明らかにライバル意識をぶつけ合っている。

互いに、富士子のほうを気にしては、牽制し合っているのだ。石戸昌也のほうは自信と余裕のほどを示して、薄ら笑いを絶やさなかった。それに対して小野里実は、闘志満々というところであった。

夕方から池のほとりで、バーベキュー・パーティが始まった。手伝いの主婦たちも入りまじって、二十数人の賑やかなパーティとなった。男も女も酔っぱらったし、夜になると更に楽しいムードが増した。

水銀灯のほかに、篝火《かがりび》がセットされた。それらの明かりに照らされて、白樺林、花畑、それに芝生の緑が鮮やかであった。池の水面に映える夜景が美しく、そのあたりにいる人々の顔や姿も華やかであった。

春彦とサツキが、池のまわりを走り回っていた。

富士子は客のあいだを万遍なく歩いて、愛嬌を振りまいていた。石戸昌也と小野里実には公平に話相手になっていたし、富士子は天知のところへもよく来た。どうやら富士子は、酔っているようだった。

バーベキュー・パーティは、九時に終わった。一同は一階のダイニング・ルームに席を移して、飲み直すことになった。そのうちにダンスが始まった。ダンスに参加しないのは、綿貫純夫と澄江の夫妻だけであった。

石戸と小野里は、富士子と踊りたかったらしい。だが、富士子は天知と踊り続けていて、彼以外の男にダンスを申し込む隙《すき》を与えなかった。

何となくダンスの時間が終わったあと、天知は西城若子と言葉を交わした。若子の息は、かなり乱れているようだった。夫の西城豊士とずっとダンスを続けていたので、踊り疲れたのに違いない。

「先生は、ダンスがお上手ですね」

お世辞のつもりではなく、天知はそう言った。

「はあ、若いときから自称軟派でしたし、外国へ行くことも多かったもので、ご婦人相手のことなら何でもうまいんじゃないんでしょうか」

若子は、上品に笑った。いまこそやや太り気味だが、若子は大柄で背が高い。西城豊士と踊っていると小さく見えるが、それは教授が長身すぎるからで、若子も一メートル六十センチはあるだろう。若い時分には、スタイルもよかったはずである。

「そりゃあ四十代までは、女性のほうで先生のことを放っておかなかったでしょう」

「まあね、むかしはいろいろあったみたいですわ」

「奥さまも、ご苦労されたわけですか」

「いいえ、わたくしはまるで、気づかずにおりましてねえ。ラブ・アフェアが終わったあとで打ち明けられるものですから、それほどショックを受けませんの」

「奥さまに告白なさるようでは、心配されるほどのことではありませんね」

「それに、わたしどもは古い女ですから、夫の浮気にいちいち深刻にはなれませんのよ。自分の夫だろうと、ご婦人に騒がれるうちが花なのよって、思いますしねえ」

「むかしの女性は、素晴らしい」

「いいえ、いまの人たちだって、年をとればわかります。ご婦人に相手にされなくなった夫なんて、つまらないものなんだなってねえ」

若子は、楽しそうに笑った。あるいは若子も多少、酔っているのかもしれなかった。


十一時になって、まず綿貫夫妻が三階の部屋へ引き揚げていった。

続いて泥酔した進藤助教授が、妻の季美子とともに姿を消した。

大河内教授と妻の昌子も、ご機嫌で三階へ向かった。

十二時前には医師の石戸、そのあとを追って弁護士の小野里がダイニング・ルームを出て行った。最後に前田秀次と浦上礼美の学生カップルが、抱き合うようにして三階へ引き揚げた。

「天知さん、実はあなたに折り入って話したいことがありましてね」

西城豊士が若子と一緒に立ち上がりながら、天知に声をかけて来た。

「何でしょうか」

天知は、富士子と顔を見合わせた。

富士子は遠慮するように天知のそばを離れて、春彦とサツキが眠っているソファのほうへ足を運んでいった。

「明日の朝食前に、応接間までご足労願えますか。応接間は、玄関の突き当たりにあります」

西城豊士が言った。

「わかりました。朝食前に、必ず参ります」

天知は答えた。

「では、おやすみなさい」

「お先に、おやすみなさい」

西城豊士と若子は、笑顔で挨拶をすると、ダイニング・ルームから立ち去った。

あとに残ったのは天知、富士子、それに春彦とサツキだけであった。天知が春彦を富士子がサツキを、それぞれ抱き上げた。二人はダイニング・ルームを出て、階段をのぼった。

二階で、別れることになる。

「すぐ、いらしてね。階段の下で、待っています」

サッキを抱いたままで、富士子がささやくように言った。

天知は頷《うなず》いただけで、立ちどまらずに三階へ向かった。三階の左側のいちばん手前の部屋が、天知と春彦の部屋であった。着替えをさせずに、天知は春彦を一方のベッドに寝かせた。

天知は、すぐに部屋を出た。足音を忍ばせるようにして、階段を駆けおりた。一階の廊下に、富士子の姿があった。一階ももう、静まり返っていた。手伝いの主婦たちも、とっくに帰宅しているのだ。一階で寝ているのは管理人夫妻と、東京から連れて来ている若いお手伝いだけであった。

富士子は先に立って広間にはいり、バルコニーに面しているガラス戸をあけた。富士子と天知は、バルコニーから庭へおりた。月は出ていないが、庭は広々としていて明るかった。二人は水銀灯の光を避けて、母屋に沿って暗くなっている部分を歩いた。

母屋の西側へ出ると庭を横切って、下りになっている斜面へ向かった。斜面を下りきったところに、二十五メートルのプールがある。プールの周囲は暗かったが、遠くの水銀灯に水が青く染まって見えていた。

無人の世界であった。ロマンティックな舞台に登場したように、現実感が遠のいていく。

十本ほどの白樺の木を背にしたベンチに、富士子と天知は腰をおろした。言葉は、不要であった。

極めて自然に、天知は富士子の肩に腕を回した。それを待っていたように、富士子は天知に凭《もた》れかかった。富士子の火照《ほて》るように熱い身体と、柔らかな感触と香料を、天知は痛いほど意識していた。

「夢みたいだわ」

富士子が言った。声が甘かった。

「同感だ」

天知は、田部井の顔を思い浮かべていた。

「酔っているせいかしら」

「そんなに、酔っているの」

「今夜みたいに飲んだのって、生まれて初めてよ」

「どうして、そんなに飲んだんだ」

「酔いたかったの」

「なぜ……」

「半分は、嬉しくてだわ。あなたが、目の前にいて下さるってことがよ」

「あとの半分は、ヤケ酒かな」

「きっと、そうだわ。わたくし、どうしてもいやなの」

「あの二人が……？」

「ええ。だってわたくし、あなたを愛しているんですもの。わたくし、もう半年も前から、あなたに夢中だったの。毎日あなたのことが忘れられなくって、ずいぶん苦しかったわ」

「しかし、約束は守らなければならないし、いまさらどうにもならないだろう」

「春彦ちゃんとサツキを見ていると、羨ましくなるの。せめて春彦ちゃんとサツキを、結婚させたいって気持ちになるわ」

「春彦のほうが、一つ年下だ」

「あら、一つ年上の奥さんって、理想的なんでしょ」

「何だか、不貞を働いているような気分だな」

「わたくしとのことが、不貞だっておっしゃるの」

「違うだろうか」

「いやよ、そんなの……」

「人目を避けなければならない。そうなれば、不倫の恋だ」

「明日がこなければ、いいんだわ」

「明日は、必ずくる」

「いや、気が変になりそう」

「明日になれば、あなたの婚約が決まる。ぼくも、辛い立場だ」

「天知さん、わたくしのことを、愛して下さっているのね」

「皮肉なことに今夜、自分の気持ちというものが、はっきり見極められたんだ」

「嬉しい。わたくし、あなたのことを愛しているわ」

富士子が、天知の肩にすがった。

「ぼくもだ」

天知は衝動的に、富士子を抱きしめていた。

二人は、唇を重ねた。激しい接吻であった。どちらからともなく唇を割り、舌を絡ませた。狂おしいほど情熱的になっていることを、富士子の全身が伝えていた。それが、富士子に本格的なディープ・キスの経験がかなりあることを、物語っている。

しかし、天知はもちろんそのことに失望を覚えるはずもなく、富士子の情熱に応えて長い接吻を続けたのであった。

6

翌朝の食事は、午前八時ということになっていた。天知昌二郎は七時三十分に洗顔をすませて、一階の応接間へ出向いていった。ドアを何度ノックしても、応答がなかった。天知はドアをあけて、応接間の中を覗いてみた。だが、室内に人の気配はなかった。

窓の外の緑が、洗われたように色鮮やかであった。事実、地上のすべては、洗われているのだった。明け方に、豪雨が降ったのである。一時間ほどでやんで、いまは明るい日射しが地上を照らしている。

土砂降りの雨が嘘みたいに、地面には水溜まりも残っていなかった。気まぐれな雨のあと、すぐ夏の日中に一変する。そうしたところが、いかにも山の避暑地らしい。

八時まで、応接間で待っていた。応接間へは、誰もはいってこなかった。天知は諦《あきら》めて、応接間を出た。天知を呼びつけておいて、当の西城豊士は姿を見せなかったのである。夫婦揃って寝坊をしたのかもしれなかった。

天知は、ダイニング・ルームへ向かった。ダイニング・ルームでは、すでに朝食が始められていた。しかし、よく売れるのは紅茶、コーヒー、トマト・ジュースにオレンジ・ジュースであった。

旺盛な食欲を示しているのは、ご婦人連中だけだった。男たちは綿貫純夫と天知を除いて、いずれも二日酔いの顔である。彼らは水分ばかりを要求して、パンやハム・エッグなどには手をつけなかった。

春彦とサツキが、ダイニング・ルームへ駆け込んで来た。二人は席につくと、もう食べることに夢中であった。春彦とサツキは、富士子の両側の椅子にすわった。その真ん中の富士子は、天知の正面に位置している。

「おはようございます」

富士子が天知の前に、紅茶のカップを置いた。富士子はまともに、天知の顔を見ようとはしなかった。

「おはようございます」

大きなモーニング・カップで顔を隠すようにして、天知は富士子に目を向けた。その天知の視線を感じたらしく、富士子の表情を恥じらいの色がよぎった。

ダイニング・ルームにも、西城豊士と若子の姿はなかった。二人がすわるべきところは空席になっているし、朝食もまだすませていないのだ。客たちが全員揃っているのに、西城夫妻だけがまだ寝ているというはずはなかった。

「先生に、奥さんは……？」

進藤助教授が、若いお手伝いに訊《き》いた。

「さあ……」

お手伝いは、首をかしげた。

「まだ、おやすみってわけじゃないでしょうね」

「ええ。寝室には、おいでになりません。先生も奥さまも、朝がお早いんです」

「早いって、何時頃お起きになられるんですか」

「東京にいらっしゃるときでも、起床時間は午前六時なんです」

「じゃあ今朝も六時には、起きられたんですね」

「そうだろうと思います。今朝はわたしたちが起きたのが六時半でしたから、その前にもう……」

「すると、ご散歩かな」

「別荘においでのときは必ず散歩をなさいますから、きっとそうでしょう」

「じゃあ、あなたもまだ今朝は、先生や奥さまを見かけていないんだ」

「ええ。今朝はまだ、お目にかかっておりません」

お手伝いはそう言って、ペロリと舌を出した。

それを見て、みんなが笑った。

お手伝いは逃げるようにして、ダイニング・ルームを出て行った。入れ替わりに、管理人夫妻がはいって来た。夫婦でフルーツを盛った大皿を、運んで来たのである。

「先生と奥さまを、見かけませんでしたか」

今度は天知が、管理人夫妻に訊いた。

「お見かけしておりませんね」

管理人がそう答えてから、妻の顔を見やった。

「わたしたちは今朝、六時半に起きたもんですから……」

管理人の妻は首を振りながら、お手伝いと同じことを言った。

「すると先生と奥さまは、それより早く起きて、お出かけになったんですか」

天知は、管理人の顔を見守った。

「散歩ですよ。いつも六時頃に、散歩に出かけられますからね」

わかりきっていることだと言いたげに、管理人は苦笑を浮かべた。

「しかし、もう八時をすぎているんですがね」

「そうですね」

「六時に出かけられたとしても、もう二時間以上になります」

「はい」

「いつもこんなに長い時間、散歩をするんですか」

「ええ、三時間や四時間は、ザラでしてね。気が向かれると散歩を延長されて、離山のハイキング・コースを一巡なさることもあるんです」

「三時間も四時間も、帰らないことがあるんですね」

「足を鍛えるというのが、先生と奥さまの健康法ですからね」

管理人もその妻も、まったく気にかけていないという顔つきであった。

しかし、天知は何となく、不安を感じていた。今朝《けさ》は、いつもと違うのである。みずから招いた客が、十三人も来ているのだ。朝食ぐらい一緒にとるのが礼儀というものだろう。

客をほっぽり出しておいて、何時間も散歩していられるものではなかった。それとも西城夫妻はそのくらい、自分たちの習慣というものを大事にするのだろうか。あるいは老人性の自己中心主義が、そこまで徹底しているのだろうか。

いや、そんなはずはない。西城豊士は朝食前に折り入って話したいことがあるからと、天知を応接間へ呼んであったのだ。それもすっぽかして散歩に夢中になっているとしたら、もはや正常な人間とは言えないだろう。

西城夫妻は、どこかに消えてしまったのではないのか。やはり何かが、起こったのかもしれない。だが、そうした推測を、軽々しく口にすることは許されない。もう少し、様子を見てみるほかはなかった。

九時まで、食後の雑談が続けられた。

そのあと、プール・サイドに移ることになった。もう真夏の陽光がギラギラと照りつけているし、絶好の水遊び日和であった。午後になると、急に曇ったりすることが多かった。太陽の下で泳ぐには、午前中のほうが確実だったのである。

プール・サイドには、デッキ・チェアが並べてあった。ビーチ・パラソル付きのテーブルのうえにアルコール類が用意してあるのを見て、二日酔い気味の連中は俄《にわ》かに元気づいた。

迎え酒をやって汗をかき、暑くなったら泳ごうという魂胆なのだ。天知は洋服を着たままで、木陰のデッキ・チェアにすわった。泳ぐ気にはなれなかった。何となく全員を監視していなければならない。という思いに捉われていたのである。天知は絶えず、プール・サイドの人々の姿を、目で確認する結果となった。

全員が、水着姿になっていた。

テーブルの一つを、水着姿の大河内教授、進藤助教授、学生の前田秀次と浦上礼美が囲んでいる。もう一つのテーブルには医師の石戸、弁護士の小野里、大河内の妻の昌子、それに進藤の妻の季美子が集まっていた。

彼らはワインやビールを飲んでいる。

少し離れたテーブルの両側のデッキ・チェアに、富士子と沢田真弓が腰をおろしていた。沢田真弓は水着姿だが、富士子はブラウスにスカートという身装《みな》りでいる。石戸や小野里の視線を浴びて水着姿でいることに、富士子は躊躇《ちゅうちょ》を覚えたのに違いない。

水の中にひとりいるのは、綿貫純夫の妻の澄江であった。澄江はこれ見よがしに、飛び込んだり泳いだりしている。孤立しているためではなく、自信のある泳ぎっぷりをご披露しているのである。

春彦も、水の中にいた。泳げないので、プールの縁に摑《つか》まったままでいる。サツキも水着姿で、相変わらずプール・サイドを走り回っていた。

誰かひとりだけ欠けていることに、天知は気がついた。綿貫純夫の姿が、見当たらないのである。妻の澄江同様に孤立していて、ほかの連中に逆らってばかりいるような綿貫純夫だけが、またしても別行動をとっているのだった。

午前十時をすぎると、プール周辺の光景がかなり変わった。

綿貫澄江は、依然として泳ぎ続けている。ほかに進藤助教授と、大河内夫人の昌子が水の中にいた。二人とも酔っているのか、追いかけっこをして、プールの中で大騒ぎを演じていた。

デッキ・チェアのうえに身を横たえて眠っているのは、大河内教授と進藤夫人の季美子、それに学生の前田秀次であった。浦上礼美と沢田真弓は、プール・サイドに寝そべって日光を浴びている。

医師の石戸と弁護士の小野里はプールの端にいて、息が長く続くことを競い合うもぐりっこを繰り返していた。

プール・サイドを歩き回っていた富士子が、目立たないように天知のほうへ近づいて来た。十時三十分になっていた。天知はそのとき、庭の斜面を下ってくる人影を見た。綿貫純夫であった。

綿貫純夫は、洋服を着ていた、靴をはき、サン・グラスをかけている。綿貫純夫はあいているデッキ・チェアにすわると、童心に還《かえ》った大人たちの馬鹿騒ぎの光景を、つまらなさそうに眺めやった。

「もう十時半でしょ」

時計に目を落としながら富士子が言った。

「先生と奥さん、いったいどこへ消えちゃったんだろう」

天知は、立ち上がった。

「帰っているんなら、ここに姿を見せるはずだわ」

不安そうに、富士子は眉をひそめていた。

「六時に出かけたんだとしたら、もう四時間三十分になる」

「いくら何でも、遅すぎるわ。こんなことって、初めてじゃないかしら」

「おかしい。何かあったんじゃないのか」

「何かあったって、事故ですか」

「いや、行方不明になったんだ」

「行方不明……？」

「つまり、この別荘の中にいて、行方不明になっているんじゃないかっていう気がするんだけどね」

「まさか……。そんなことって、あり得ます？」

「もし死体となっているとしたら、あり得るんじゃないのかな」

「死体……！」

富士子が、甲高《かんだか》い声で叫んだ。

同時に、富士子と天知は振り返っていた。近づいてくる足音を、耳にしたからであった。二人は眼前に、困惑しきった管理人夫妻の顔を認めていた。管理人は揃って汗まみれになっていた。

夫婦を並べて眺めてみると、ともに色が浅黒いところが印象的だった。日焼けがしみついて、色が黒くなったのである。もう十年も軽井沢に住みついていて、別荘の管理を任されている夫婦が、なぜ日焼けのとれない肌になったのかと、思いたくなる。

管理人は内海良平《うつみりょうへい》、五十五歳であった。無口な男で、見るからに実直そうだが、陰気な感じがしないでもない。聞いた話では、静かなところでひっそりと暮らしているのが、この中年男の好みだという。

別荘の管理人には、向いているわけである。

妻の乙江は四十八だそうだが、三つ四つは若く見える。陽気で、お喋りのせいだろうか。夫婦のあいだに子どもがいないので、気が若いのだという。それに、子ども好きだというのも、当然のことである。

そうした対照的な管理人夫妻が、いまはまったく同じ暗い表情でいるのだった。

「どうも、妙なことになりました」

管理人が、深呼吸をしてから言った。

「どうしたんですか」

緊張した面持ちで、富士子が訊いた。

「先生と奥さまの靴が、一足も減っていないってことに気づいたんですよ」

「え……！」

「先生も奥さまも、別荘の外へ出られるときは、靴をはいておいでになりますからね。その靴が全部揃っているとなると、先生と奥さまはお出かけになっていないってことになります。家の中にいらっしゃるか、サンダルをはいて庭にお出になったかでしょう」

「それで、家の中には……？」

「手分けして捜してみたんですが、どこにもいらっしゃらないんですよ。それでいま女房と、庭をひとまわりして来たんですけど、やっぱりどこにも……」

「ガレージの中も、見たんですか」

「ええ」

「そんな馬鹿なことって、あるもんですか」

富士子が、激しく首を振った。

「わたしも、そう思うんですがね」

内海という管理人は、頭をかかえ込むようにした。

「別荘の敷地内に、ほかに建物はないんですか。母屋から遠く離れていて、何かなければ人が近づかないような建物っていうのは……」

　天知が、口をはさんだ。

「北側に以前、マキと石炭を貯蔵しておいた建物がありますけど、先生や奥さまがいらっしゃるなんて、とても考えられないようなところですがねえ」

　首をひねりながら、内海管理人が答えた。

「そこへ、行ってみましょう」

　天知は、誰にともなく言った。

　いつの間にか、五、六人が集まって来ていた。富士子の背後に、石戸、小野里、進藤助教授、沢田真弓などの戸惑ったような顔が並んでいた。

「子どもたちを、家の中へお願いね。それから、女性たちもお連れして下さい」

　命令する口調で富士子が、管理人の妻の乙江にそう言い付けた。

　そこで一同は、三つの集団に分かれることになった。管理人の妻の指示に従って、春彦、サツキ、大河内夫人の昌子、女子学生の浦上礼美、元秘書の沢田真弓、それに進藤夫人の季美子が母屋へ向かった。

　プールとその周辺に残ったのは、デッキ・チェアで眠っている大河内教授、学生の前田秀次、知らん顔で泳いでいる綿貫澄江と、プール・サイドの綿貫純夫であった。

母屋の北側にある建物を目ざす内海管理人のあとを追ったのが、天知、富士子、医師の石戸、弁護士の小野里、それに進藤助教授だった。その六人は芝生のうえを真っ直ぐ歩いて、炎天下の広い庭を横切った。

やがて、母屋の北側へ迂回《うかい》した。モミの木の樹間を縫って、小道は更にカラ松の林を抜けている。敷地内では最も薄暗いそのあたりに、コンクリート造りの四角い建物があった。なるほど用がなければ、誰も近づかないような場所だった。

事実、それは用のない建物なのである。マキが台所用、石炭が暖房用の燃料として通用していた時代の遺物だったのだ。木造であれば、とっくに廃屋になっている。それがコンクリート造りの貯蔵庫だったので、いまもなおトーチカのように頑丈そうな姿を残しているのであった。

「いまでも十日に一度ぐらいは、わたしが覗いてみることにしております。一階がマキ、地下が石炭の貯蔵庫だったんです。地下は裸電球が下がっているだけですが一応、電気も通じていましてね」

四角いコンクリートの建物の前で、内海管理人がそのように説明した。

地下三十センチのところからコンクリートの壁が斜めになっていて、そこに五十センチ四方の窓が取り付けてあった。鉄の網を組み込んだ曇りガラスが、窓には嵌《は》めてある。それが地下室の採光用の天窓なのだ。

その採光用の天窓には、取っ手のようなものが付いていなかった。ぴたりと嵌め込まれている窓は、何の手がかりもないので、外からあけることはできなかった。内側から押し上げれば、開くようになっているのである。

一階のドアは、苦もなくあいた。六畳ほどの広さで天井が高く、四方が壁のコンクリートの空洞であった。そこにはもちろん人の姿もなく、板きれ一枚、ワラ一本も落ちてはいなかった。

一同は、地下への階段をおりた。幅の広い階段で、途中に一カ所だけ踊り場があった。階段をおりきったところに、大きな鉄の扉がある。錆《さ》びてはいないが、赤黒く光っている鉄製の扉だった。

扉には、穴のあいている鉄の舌が突起している。鉄の柱に取りつけてある掛け金を、扉の舌に嵌め込んで、そこに南京錠《パッド・ロック》をかければ絶対に開閉できないというわけである。旧式な倉庫の扉に見られる錠の仕掛けであった。

南京錠は、見当たらなかった。内海管理人は一文字の取っ手を握って鉄の扉を引っ張った。管理人としては、簡単に開くものと思っていたのだろう。だが、内側でガチャと金属音が響いただけで、鉄の扉はびくともしなかった。

「あきません」

管理人がいった。

た。

「どうして、あかないのかしら」

　富士子が手で、鉄の扉を叩いた。だが、ノックしたくらいの音さえも、鳴りはしなかっ
「扉の内側から、鍵がかかっているんですよ」

「扉の内側の鍵って、いったい、どうなっているんですか」

「この外側の仕掛けと、まったく同じなんです。掛け金を扉の舌に嵌め込んで、舌の穴に南京錠をかけるようになっています」

「じゃあ、扉の内側に南京錠があるってことじゃないの」

「そうでした。そうなんです。どうせ使わない貯蔵庫ということから、大型の南京錠が扉の内側の一文字の取っ手に引っ掛けてありました」

「その南京錠にかけたり、はずしたりする鍵は、どうなっているんですか」

「南京錠の穴に、差し込んだままになっていました」

「いま、この扉があかないのは、内側から南京錠がかけてあるためなんでしょ」

「そうとしか思えません」

「だから誰かが、この地下の貯蔵庫の中にはいって、内側から南京錠をかけたってことになるんですね」

「はい」

「誰が、この中にいるんです」

「わかりません。でも、この中にいる人間が出てくる気になれば、簡単なんですよ。鍵で南京錠をあけて、その南京錠を扉からはずせば、扉はあくことになるんです」

「だけど、こうして扉はあかないのよ。それは中にいる人間に出てくる意志も、そうする力もないからなんじゃないんですか」

「もしそうだとしたら、お嬢さん……。この中にいる人間は、死んでいるってことになりますよ」

「とにかく、この中に誰かいるのかどうか、確かめてみることだわ」

「しかし、この扉をあけることは、とてもできません」

「あの外の天窓から、中へはいってみたらどうかしら」

「あの天窓は、外からじゃ何の手がかりもないんで、引っ張ってあけるというわけにはいかないんですよ」

「天窓のガラスを、打ち破ればいいんでしょ」

富士子は泣き出しそうな顔で、苛立《いらだ》たしげに足踏みを続けていた。

管理人も、顔色を失っている。水着だけをつけている三人の男たちは、腕を組んで寒そうに震えていた。血相を変えて、という顔つきであった。

「手荒なことはできない。このままの状態を保っておいて、警察に連絡したほうがいい」

天知が言った。

「そうしましょう。電話をかけて来ますから……」

管理人は身を翻して、階段を駆け上がっていった。

天知、富士子、石戸、小野里、進藤の五人も地上へ出た。地上は明るくて、暑かった。蟬《せみ》の声が、聞こえている。地上と地下の相違が対照的すぎて、何か悪戯《いたずら》に引っかかったような気分だった。軽井沢の豪壮な別荘にいるということに違和感さえ覚えるのであった。

二十分後に、二人の制服警官が到着した。制服警官は地下の貯蔵庫の扉をあれこれと調べてから、そのうちの一方がまた連絡に走った。更に三十分ほどして、新たに制服警官が二人と私服の刑事四人が姿を見せた。ガス・バーナーやボンベを担《かつ》いだ二人の作業員が一緒だった。

ガス・バーナーによる焼き切り作業が始まった。鉄扉の下半分に、穴をあけるのであった。やがて人間ひとりが、這《は》いずって出入りできるくらいの四角い穴があけられた。私服刑事たちが、その穴から地下の貯蔵庫にはいり込んだ。

地下の貯蔵庫もまた一階と同じく、六畳ほどの広さであり、天井が高かった。その天井も床も四方の壁も、コンクリートで固めてあった。貯蔵庫内には、何一つ置いてなかった。

やはり板きれ一枚、ワラの一本も落ちていなかったのである。ただコンクリートに囲まれた空洞であり、かつて石炭の貯蔵庫だった名残の黒い粉さえ見当たらなかった。天井に裸電球が、へばりついていた。

天井の端の部分が傾斜して、そこに採光用の天窓があった。鉄の網がはいっている曇りガラスで、五十センチ四方になっていた。その採光用の天窓の高さは、三メートル八十センチだった。

出入りできる鉄扉は、一カ所にしかなかった。あとは三メートル八十センチの高さにある天窓だけで、ほかはすべてコンクリートの天井と床と壁であった。鉄扉は内側から、密閉されていた。

その鉄扉とは反対側の壁際に、西城豊士と妻の若子の死体があった。西城豊士はワイシャツ、ズボン、ベスト、それにスカーフを首に巻くという服装だった。若子はサマー・セーターにパンタロンである。二人とも、サンダルをはいていた。

西城豊士が下になり、若子がそのうえにのしかかるようにして死んでいた。あたりに、嘔吐物が散っている。一目で、毒死と知れる死体であった。遺書のようなもの、あるいは所持品らしい所持品は、夫妻ともに持っていなかった。

死体の近くに落ちているものが、二つだけあった。それは、二本のミネラル・ウオーターの瓶《びん》である。瓶であってもガラスではなく、合成樹脂でできていた。外見は中型のガラスの瓶とよく似ているが、手にしてみると合成樹脂だとすぐわかる。

これは冬期の寒さによって中身が凍り、瓶が割れるのを防ぐためのものだった。合成樹脂の瓶なら割れないわけで、避暑地の別荘で越冬させるミネラル・ウオーターの容器として、よく使われている。

そのミネラル・ウオーターも、西城家の別荘に大量に保存されている合成樹脂の容器入りのものと同種類であり、そのうちの二本を利用したのに違いなかった。合成樹脂の瓶の中に、少量の水が残存していた。

もう一つ、妙なものが見つかった。

それは、コンクリートの床に記された引っかき傷のような、文字であった。若子が右手の指に、王冠を握っていた。合成樹脂の瓶の栓、口金である。その王冠によって若子が死の直前に、コンクリートの床に書き残したものであることは明白だった。

WS

と、読めた。

もちろん、WとSの横書きである。かなり乱れていて大きな字であったが、WとSであることに間違いはなかった。それが書きかけて途中で力尽きたものなのか、あるいはちゃんと書き終えた文字なのか、また何を意味するのか見当のつけようもない。

鉄扉は舌に掛け金を嚙み合わせて、大型の南京錠が嵌め込んであった。南京錠はちゃんと、かかっていたのである。この南京錠をあける鍵は、一つしかなかった。その鍵はいつ

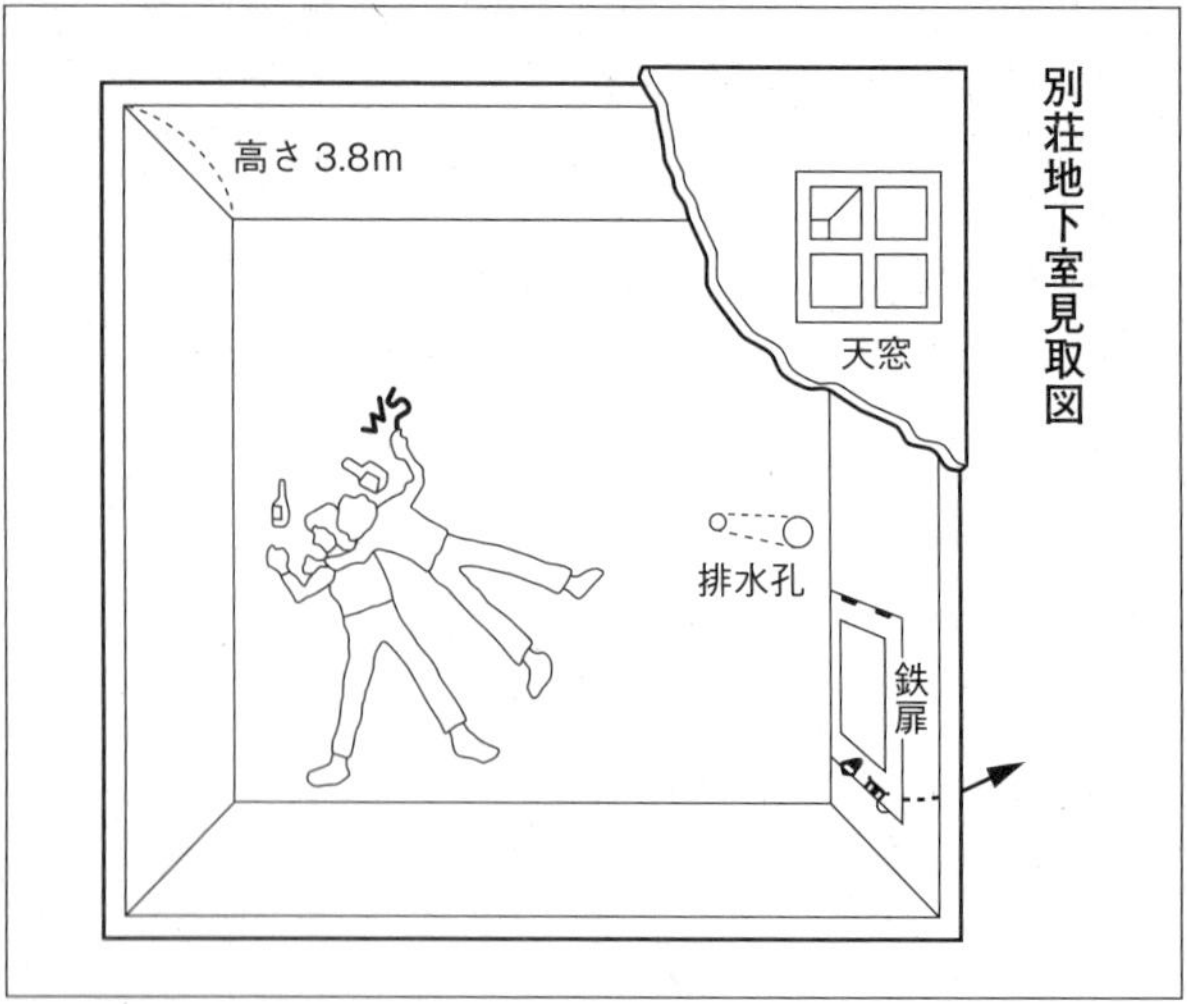

も、南京錠に差し込んだままになっていた。ところが、その鍵がなかなか見つからなかった。刑事たちが必死になって捜索し、ようやく土管の底に落ち込んでいるのを発見した。コンクリートの床を洗ったあと、水を流し込む土管であった。その土管は扉の内側に、タテに埋め込んであるものだった。土管の中は一メートルほどの深さで、完全に詰まっていた。鍵は詰まっている土管の底に、落ち込んでいたのである。

土管の直径は十センチで、腕を差し入れることもできない。ましてや一メートルの深さがあるので、手を突っ込んで拾い上げることは不可能であった。刑事たちも先端を釣り針にした針金を土管の底まで差し込んで、苦心の末に鍵を引き揚げたのである。

　土管の底から拾い上げた南京錠の鍵から、指紋を検出することはできなかった。地下室内の壁、鉄扉、南京錠などに指紋や掌紋が残っていた。だが、いずれも不鮮明であったり、西城夫妻や内海管理人の、検出されて当たり前な指紋、掌紋だったりした。

　天窓の表や裏からも、新しい指紋は検出できなかった。また、ホコリとか汚れとかに人間の身体の一部が触れて、痕跡を残しているということもないようだった。それは天窓にホコリや汚れが、付着していなかったからである。

　夏の軽井沢は天候が変わりやすくて、毎日のように俄か雨や夕立が降る。土砂降りの雨になることも、珍しくなかった。それで天窓の表側も、絶えず雨によって洗われているわけである。

　この日の朝も、凄《すさ》まじい豪雨に見舞われた。そのために天窓の表側のホコリや汚れが、特にきれいに洗い流されたことになるのであった。

　また、天窓の裏側にも、ホコリや汚れは残っていなかった。管理人の内海良平は気が向くと、地下室の中や周囲を掃除する。内海良平は五日ほど前に、天窓をあけてその裏側も雑巾で拭いているのだった。

　それで天窓の裏側から、内海良平の指紋だけが検出された。いずれにしても、鮮明な痕跡は残されていないのだ。何者かが意識的に指紋や痕跡を消したのか、それとも西城夫妻のほかには地下室へ出入りした人間がいなかったのか、そのどちらかである。

　完全なる密室であった。完全なる密室内における死であれば自殺、この場合は心中と判断するほかはない。しかし、遺書もなく死に方が唐突であり、WSなどと奇妙な文字を書き残していることから、殺人という見方も捨てきれない。殺人だとしたら、果たして密室内での犯行が可能だろうか。

　そうした迷いもあって、軽井沢署では長野県警捜査一課に応援を求めた。西城夫妻の遺体も、死亡時間と毒物を明らかにするために司法解剖の必要があった。結果が出るまで、関係者全員に足どめの指示を下さなければならなかった。

　八月九日、西城家の別荘に居合わせた者に長野県警捜査一課から、事件解決のための協力要請が行なわれた。真相が明らかになるまで、別荘から一歩も出ないでくれという協力要請であった。西城家の別荘の門前にはパトカー一台が常駐し、敷地の周囲を制服警官によって固めることになった。

　だが、その別荘の中でも、密室への挑戦が始められていたのである。

第二章　心中説

1

さすがに誰もが沈痛な面持ちであり、別荘内の空気は陰鬱そのものであった。思わぬ事件が起こって、禁足令が出された。もし殺人ということになったら、容疑者と見做《みな》される可能性が全員にあるのだった。

気が楽なのは、管理人夫婦と東京から同行した若いお手伝いだけであった。この三人は最初から、容疑圏外に置かれていたのである。三人は禁足を命じられている人々の食事の世話をするために、別荘内に留まっているのにすぎないのだ。だから、この三人に限って、外出は自由であった。

東京から招かれた客たちは八月九日いっぱいを、電話連絡によって費やした。順番を決めて東京へ連絡を入れることになったし、また東京からかかる電話の応対に忙殺されたのである。一夜明けて、八月十日になった。

ようやく全員が落ち着きを示し、冷静さを取り戻していた。虚脱状態が続き、すっかり憔悴《しょうすい》しているのは当然、西城富士子ということになる。その富士子も気をとり直したように、天知昌二郎に暗い笑顔を見せることがあった。

八月十日の夕方になって、西城夫婦の解剖結果が判明した。

死因は、酸化砒素《ひそ》による中毒死であった。二本の合成樹脂の容器に残存していた水から、酸化砒素が検出されたのである。それぞれ〇・二五グラムぐらいの酸化砒素を水に入れて、飲んだものと判断された。死亡時刻は、八月九日の午前十時頃と推定された。

八月九日の午前十時は、全員がプールに集まっていた時間である。

西城夫妻の死因と死亡時刻が明らかになった八月十日の夜、全員がサロンふうの広間に顔を揃えた。誰かが、呼び集めたわけではなかった。まるで言い合わせたように、次々に広間へはいって来たのである。

退屈なだけではない。気を紛《まぎ》らわせたいのだ。それに、ひとりか二人でいると、何となく心細くなる。この別荘の持ち主が夫婦揃って死んだと思っただけで、賑やかな雰囲気を求めたくなるのであった。

そうした共通した心理が、全員に同じような行動をとらせたのだろう。大勢でいるだけで、いくらかでも気が晴れる。また何人か集まれば、酒を楽しむことができる。男女の別なく、アルコールを求める結果となった。

午後九時をすぎていた。春彦とサツキだけが、寝室へ追いやられた。何事も知らぬげに、二人の子どもははしゃぎ回っている。それが救いになるときもあるが、アルコールがはいった大人たちには煩《わずら》わしい存在だったのである。

春彦とサツキが消えて富士子が加わっているから、人数は十三人であった。その十三人が四つのグループに分かれて、好みの酒を飲みながら話し込んでいた。夕食のときよりも、はるかに陽気であった。

十時を回った頃になって、不意に富士子の叫ぶような声が、広間に響き渡った。富士子は石戸、小野里、それに進藤助教授たちと一緒にいたのである。全員の視線が、そのグループに集中した。

「不謹慎でしょう、そんなの……！」

富士子は、声を張り上げていた。富士子には珍しく、怒声であった。

「どうして、不謹慎なんですか」

弁護士の小野里が大きな声でやり返した。小野里の語調も、これまでになく鋭かった。

「常識です」

富士子の険しい顔には、また違う美しさがあった。

「法律家として、常識は十分に弁《わきま》えているつもりですよ」

　小野里も、かなり感情的になっているようである。一種の興奮状態にあるところに、アルコールがはいったせいだろう。

「わたくしの両親があああいうことになって、まだお線香の一本も上げていませんのよ」

「だから不謹慎だと、おっしゃるんですか」

「世の中には祝儀、不祝儀というものがあって、それを一つに混同しないことを常識としているんです」

「つまり、西城先生ご夫妻が亡くなられたばかりだというのに、ぼくが富士子さんとの結婚について話を持ち出したのが、非常識だとおっしゃるんですね」

「当たり前でしょ」

「それは、形式論というものです」

「無視できない形式もございます」

「もっと本質的なことを、お考えになったらいかがでしょうか」

「わたくしとの結婚のお話が、本質的なことだっておっしゃるんですか」

「いや、そうじゃない。西城先生のご遺志を素直に、率直に尊重すべきだということなんです」

「父の遺志とは、何なんでしょう」

「亡くなる直前まで希望し、期待されていたこと。それが、故人の遺志ということになるんですよ」

「父は亡くなる直前まで、わたくしの結婚を強く望んでいたと、おっしゃりたいんでしょうね」

「事実、その通りじゃないですか。だからこそ先生は、石戸さんとぼくを招待して下さったんですよ。石戸さんもぼくも公人として、多くの義務の中に埋まっています。しかし、これほど大事な話はほかにないと思うからこそ、何事をも犠牲にして、こうしてここにいるのです」

「ご迷惑をおかけして申し訳ございません」

「石戸さんやぼくの意志、あなたの意志、そして先生ご夫妻のご希望というものを、もっと真剣に噛み合わせて考えて頂きたいんですよ」

「でも、いまは……」

「それなんです。いま、こういう事態になったからこそ、より早急に決めなければならないんです。先生は隠遁生活にはいられるために、事前にあなたの結婚問題を具体化させようとお考えだったんですよ」

「その点は、わかっています」

「そして先生は、隠遁生活にはいられた。先生はあの世に、隠遁されたんです。だから、いまこそあなたには杖《つえ》ともなる人間が必要なんだし、先生のご遺志を守ることに真剣にならなくてはいけないんじゃないでしょうか」

「父があの世に隠遁したって、それはどういうことなんです」

「どういうことって、言葉通りですよ」

「わたくしには、よくわかりませんわ」

「先生は、自殺された。つまり、あの世へ隠遁されたんじゃないですか」

「小野里さんは、父が自殺した、父と母が心中したって、決めてかかっていらっしゃるんですか」

「決めてかかっているという言い方は、おかしいと思いますね」

「どうしてでしょう」

「自殺と判断するのが、当然だからです」

「でも、それは小野里さんの判断であって、真実であることが立証されたわけではありません」

「しかし、ほかに判断のしようがないとき、たった一つ残された判断こそ真理であり、真実だということにもなるんです」

「それが、絶対だとおっしゃるんですか」

「絶対です」

「そんな……」

「では、富士子さん。こうしたら、いかがでしょう」

「え……？」

「これからぼくが、先生ご夫妻の死は自殺、つまり心中だったということを、理論的に立証してみせます。もし、そのぼくの理論的立証が正しかったときは、富士子さんとぼくとで結婚について具体的な話し合いを進める。こういうのは、どうでしょうか」

「あなたの理論的な立証が正しいという判断は、どうやって下すんですか」

「それは、ここにおいでのみなさんの判定にお任せするんです。ぼくの理論的立証に納得された人はイエス、納得されない人はノーで採決をとればいいんですよ」

「まるで、裁判ね」

「陪審制度による判決が、こういう場合には最も効果的だと思いますよ」

「でも……」

富士子は目を伏せて深々と肩で吐息した。さっきまでの勢いを殺《そ》がれたようであった。

「石戸さん、そういうことでいかがでしょうか」

小野里が、沈黙を守っている医師の顔を、覗き込むようにした。

「ぼくは、構いませんよ」

石戸が、ニヤリとした。この石戸という医師もまた、自信たっぷりなのである。

「そうですか」

小野里は満足そうに、ブランディのグラスを口へ運んだ。

「ただし、公平にやって頂きたいですな」

石戸が言った。

「その公平にとは……？」

「あなたの理論的立証が終わって、ここにおいでのみなさんの判定が下る。そのあと恐らく、ぼくはあなたの説に反論を加えることになるでしょう」

「ほう、そうですか」

「そのぼくの反論にも、みなさんの判定を頂かないと、不公平ということになります」

「なるほど、よくわかりました。みなさんの採点によって、どっちの説が正しいか、はっきりした答えが出るでしょう。その結果、勝ったほうが富士子さんと話し合う権利を取得する」

「そういうことになりますね」

「これで、決定です」

小野里は石戸のほうへ右手を差し出した。

小野里は、真剣な顔つきだった。

「お先にどうぞ……」

握手に応じながら、石戸はニッと笑った。小野里とは対照的に、楽に構えている石戸であった。

「みなさん、いかがでしょうか。ご賛同を、頂けますか」

小野里が立ち上がって、背後にいる全員を振り返った。

パチパチと気のない拍手が疎《まば》らに鳴った。他人の求婚に協力を強いられるのだから、こんなに馬鹿馬鹿しいことはない。しかし、それで雌雄を決すると豪語する小野里と石戸の理論的立証というものにも、好奇心をそそられずにはいられないのである。

そうした意味を含めての、賛同の拍手だったのだ。

「富士子さん、あとはあなたのお返事だけです」

富士子を見おろして、小野里が言った。

富士子の視線が一瞬、天知の顔に突き刺さった。富士子は天知に、助けを求めたかったのに違いない。しかし、天知としてもここで助け舟の出しようがなかったし、事の成り行きを見守るほかはないのである。天知はあえて、知らん顔でいた。

「結構です」

富士子が、小さな声をこぼした。

短いあいだ、静寂が流れた。

「わたしが、質問役を引き受けよう」

いきなり進藤助教授が、挙手をして言った。いかにも、進藤助教授の好みらしい。どんな場合にも一役買って出たがる、という性格なのに違いない。人の尻馬に乗ってでも、目立ちたいのだろう。

「では……」

小野里が、マントルピースの前まで出て行った。向き直ったときの彼は、威風堂々としていた。急に貫禄らしきものが、感じられた。弁護士として、実際の法廷にも立った経験があるのだろう。体格がいいだけに、なかなかの押し出しであった。

「西城先生ご夫妻のご冥福《めいふく》をお祈りしながら、心中説を理論的に立証させて頂きます。最初にお断わりしておきますが、これから申し上げることは、この場でひょいと頭に描いた思いつきではありません。昨日の午後から三十時間ほどかけて、熟慮し検討を加えて引き出した一つの結論であります」

と、小野里は一礼して、メガネに手をやった。彼は意欲に燃えているし、やる気十分のようであった。

「質問します。ここに一つ、問題があります。それは、この点をまず理論的に解明しないと、心中説は最初から成り立たないということなんです」

進藤助教授が、細巻の葉巻をくわえながら言った。

「具体的に、おっしゃってみて下さい」

小野里はマントルピースの前を、右に左にゆっくりと往復していた。

「それは、コンクリートの床に記されていたWSの意味です。覚悟の自殺を遂げる人間が、死の直前に何かを書き残すということは、まず考えられないでしょう」

「ごもっともな質問です」

「自殺する人間が、なぜWSと何かを訴えるように、書き残したりしたんでしょう」

「人間には、最後に完全に解決しておきたいと思うことがあり、それを咄嗟《とっさ》に実行に移すという場合があります。自殺者にとって、最後に解決しておきたいこととは何か。それは、自分がなぜ、どういう形で死んだかということです」

「この場合は、どういう形で死んだのかを、明確にしたかったんです」

「ですから、心中です」

「すると西城夫人は、心中したのであるということを明確にするために、WSと書き残したわけなんですね」

「その通りです」

「WSがどうして心中を意味するんですか」

「ここには語学の専門家もおられますし、説明するほうが気恥ずかしいくらいなんですが、これは簡単な英語と解釈して頂きたい。心中を英語にすると、Die《ダイ》 Together《トゥギャザー》 for《フォー》 Love《ラブ》というのがまずあります。しかし、これは同じ心中でも、情死ということを意味します。それでもう一つ、Double《ダブル》 Suicide《スーサイド》ということになりましょう。西城夫人はこう書き残したかったんでしょうが、全部のスペリングを並べるだけの余裕はありませんでした。そのためにDoubleをWで表わし、SuicideをSだけに略したんです。それで心中を意味してWS、恐らく誰かがわかってくれるだろうという期待が、西城夫人にはあったのに違いありません」

小野里は、はずしたメガネを、打ち振るようにした。ほう、なるほどというように、小さなどよめきが広がった。

2

WSは、英語に当てはめることによって、『心中』そのものと解釈できる。小野里実の説明は、確かに明快であった。さすがは弁護士と、拍手を送りたくもなる。だが、それはまだまだ結論にはほど遠い、一つの判断にすぎなかった。

医師の石戸昌也は、傍観者の目つきで小野里を見守っていた。さすがに笑ってはいなかったが、自信も余裕も失ってはいない。異論があっても、途中では口をはさまないという約束である。だから黙っているのだと、石戸はそんな面持ちでいる。

西城富士子は、顔を伏せたままだった。考えてみれば、西城富士子を獲得することが、この論戦の目的というわけである。そうした意味で富士子は、一種の晒《さら》し者になっているのであった。

多くの視線があることだし、賞品みたいな自分だと意識すれば、顔を上げてはいられなくなるのだろう。それにもう一つ、富士子には不安がある。小野里なり石戸なりが、もし理論的解明に成功したら、という不安であった。

富士子は、小野里も石戸も結婚の対象にしたくないのだ。しかし、二人のうちいずれかが約束を果したら、それを無視するわけにはいかなくなる。そうした結果を、富士子は恐れているのに違いない。

「次に、基本論に移ります」

ひと息入れてから、小野里弁護士が口を開いた。

「基本論とは……?」

質問役を買って出ている進藤助教授が、葉巻の灰を散らしながら言った。

灰が散るのを見て、天知昌二郎は田部井編集長のことを思い出していた。

「基本論とはつまり、心中説を支《ささ》える最大の根拠です」

小野里弁護士は、両手を腰に宛がって答えた。いかにも、弁護士らしいポーズであった。

「おっしゃってみて下さい」

細巻の葉巻をくわえたままでいるのも、あるいは進藤助教授のポーズなのかもしれなかった。

「はっきり、申し上げます。単純な言い方をすれば、人間の死に方には四つしかありません。他殺、自殺、事故死、それに、自然死です。よろしいですか。この四つのうちから、西城先生ご夫妻の死に当てはまらないものを、消去していきます」

「消去法ですな」

「そして、最後に残った死に方が、西城先生ご夫妻の場合に当てはまる。これこそ理論的にも正しく、また真実だということになるはずです。第一に、先生ご夫妻は自然死、つまり病死だったのでしょうか」

「病死ではないでしょうね。死因は酸化砒素《ひそ》による中毒死と、解剖結果が出ているんですからね」

「では、四つのうちから、自然死というのを消去します。第二に、事故死というのはいかがです」

「わたしひとりが代表して答えるみたいですが、事故死ということにもならんでしょうな。酸化砒素入りの水槽の中に、足を滑らせて落ち込んだとでもいうなら、ともかくとして……」

「その通りだと、思います。いかなる場合を想定しても、あの地下室において事故あるいは過失から、酸化砒素入りの水を飲むということにはなりません。従って、事故死というのも消去します」

「残ったのは二つ、他殺か自殺かですね」

「そこでまず、他殺について考えてみましょう。例の地下室は、完全な密室状態にありました。みなさんも、もう一度よく考えてみて下さい。例の地下室がどのような状態にあったかを、思い出して頂きたい」

「完全なる密室だったということは、誰もが認めていますよ」

「四方の壁、床、天井はコンクリートによって固められております。どこかに、破損している箇所はないか。コンクリートの一部が、取りはずせるようになっているところでもあるのではないか。あるいは、押し破れるような部分はないか。その点を警察では、念のために調べております。しかし、結果はノー、ということでした」

「もちろん、新しくコンクリートで塗り固めた部分というのもなかったそうですよ」

「つまり、あの燃料倉庫全体も、石炭貯蔵用の地下室も、三十数年前に建てたときとまったく変わっていないのです。分厚い鉄筋コンクリートによって固められたトーチカのような建造物であることに、少しの変化も見られません。そうなると、あの地下室に人間が出入りするには、コンクリートの壁、床、天井を除いた部分でなければ不可能というわけです」

「まず、ドアですね」

「ドアは、一カ所にしかありません。扉は鉄製で、錆びてはいても腐蝕しておりません。

人間がかなり専門的な機具を使っても、鉄扉をはずしたり、穴をあけたりすることは不可能です。更に鉄扉の周囲の隙間ですが、ほんの数ミリということで、物の出し入れはできない間隔であります。また、鉄扉の内側から南京錠がかかっていたということは、みなさんもご承知の通りです」

「その南京錠なんですがね」

「ええ」

「壊れていなかったということも、確認されたんですか」

「警察および警察の依頼を受けた専門家が、確認したということです。この大型の南京錠はかなり古いものですが、錆びついてもおらず、故障あるいは破損もしていなかったそうです」

「鉄扉の舌に掛け金を嚙み合わせて、そこに南京錠の半円形に湾曲している棒を差し込んであったんですね」

「南京錠についてはあまり詳しくないんですが、刑事さんから聞いた話で説明しますと、南京錠のことは、パッド・ロックというんだそうです。この南京錠の特徴は、主体と切り離して持ち運びができる錠、ということにあるんだそうです。例の石炭貯蔵庫の場合は、掛け金と嚙み合わされた鉄扉の舌の穴に、南京錠の半円形に湾曲した鉄の棒を差し込み、ガチャンと、錠をおろしてあったということです」

「その、ガチャンと錠をおろすときなんですが、人間が手に力を加えて押せばいいんですね」

「その通りです」

「いったん、錠をおろしてしまうと、もう人間の指先の力では、半円形に湾曲した鉄の棒を引っ張り出すことはできない」

「錠が壊れていないかぎり、びくともしません。特にこの場合は、堅牢な大型南京錠でして、人間の力では動かすことができないそうです。機具を使って無理にこじあければ、南京錠そのものが壊れてしまいます。しかし、南京錠は壊れていなかったし、こじあけようとした痕跡も残っていなかった。従いましてこの南京錠は確実に完全に、役目を果たしていた、ということになります」

「確実に完全に役目を果たしていたということは、南京錠によって鉄扉の開閉はできない状態にあったと、そう断言していいわけなんですね」

「そうです」

「しかも、その南京錠をかけるには地下室の中へはいって鉄扉をしめきり、内側から施錠しなければならない」

「ええ。鉄扉の舌と掛け金とを嚙み合わせたうえで、南京錠をおろすんですから、外側にいたり、ドアに隙間を作って手を差し入れたりして、施錠することは絶対に不可能なんです」

「結論として、鉄扉を外側から開閉するために操作しようとしても、物理的に絶対不可能ということになるんですか」

「そうです。だから鉄とコンクリートの違いはありますが、鉄扉も壁の一部だと考えて頂ければいいんです」

「その南京錠をはずす場合の方法ですが、それは鍵によるしかないんですね」

「ええ。パッド・ロックの本体に、小さな鍵穴があります。その鍵穴に合鍵を差し込み回転させると、半円形に湾曲した鉄の棒がパチンとはずれます」

「その合鍵が一つしかなかったということに、間違いはないいんですね」

「間違いありません。この別荘の管理人の記憶を、信用していいと思います」

「いつもは合鍵が南京錠に差し込んだままになっていた、という管理人の証言についてはいかがです」

「警察は、管理人の記憶と証言を、信頼しております」

「次は、天窓ですな」

「この採光用の天窓は、五十センチ四方の大きさですから、人間が出入りするのに支障は来たしません。ただし、この天窓は下から押し上げ、あるいは引き戻すことによって、開閉できるようになっております。この天窓は地上からだと、容易に近づけるところにあります。しかし、ガラス窓が完全に閉じてあると外からあけることはできません。手や指を引っかけるところがないし、持ち上げようがないんです」

「ドライバーなどを使って、こじあけることもできませんか」

「まあ、無理でしょうね。ぴたっと嵌《は》まってしまって、窓枠と周囲の縁のあいだに、ほとんど隙間ができません。重なったり、凹凸があったりという窓の縁ではないんです。ただ専門的な機具を使って、時間をかけてやればあるいは持ち上げることができるかもしれません。しかし、警察が調べたところによると、天窓を外からこじあけたと見られるような痕跡は、まったくなかったそうです」

「まあ、あの天窓を外からこじあけたところで、あまり意味はなかったということになりますがね」

「そうなんです。密室が密室でなくなるのは、室内から脱出する方法が発見された場合なんですからね」

「とにかく、われわれがあの地下室に駆けつけたとき、天窓のガラス戸は完全にしまっていた」

「ええ」

「天窓のガラス戸に、異状は、認められなかったんですか」

「金網入りの曇りガラスは割れてもいなかったし、ヒビもはいっていなかったそうです。

そのうえ外からは簡単に打ち破れない天窓だということは、警察がガス・バーナーで鉄扉の一部を焼き切って、出入口を作ったという事実が立証しております」

「では、内部から見た場合の天窓は、どういうことになるんです」

「内部からだと、天窓は押しあけることが可能です。ですから、天窓を脱出口と看做《みな》すことはできます。そして脱出口があった場合、そこはもう密室ではなくなるんです。しかし、天窓を脱出口と看做せるというだけであって、実は脱出口にはなり得ません。その理由は……」

「高さですね」

「そうです」

「天窓は非常に高いところにある。ということになりますか」

「ええ。床から天窓まで、高さが三メートル八十センチあります。これは、まったく道具を使わずに人間が跳躍して、手が届くという高さではありません。身長二メートルの人間が、いっぱいに腕を伸ばして跳躍しても、天窓までかなりの距離があります」

「壁をよじのぼる、ということもできませんか」

「不可能です。壁には手がかり、足がかりになるようなものが一切ありません。コンクリートの粗壁でも、垂直に立っていて非常に滑らかなんです」

「すると、道具が必要になりますね」

「ハシゴ、脚立《きゃたつ》、トランポリンなどを使えば、天窓を押しあけることは可能です。しかし、あのコンクリートの貯蔵庫内には、何一つありませんでした。踏み台に利用できるものはおろか、板きれ一枚もなかったんです。もちろん竹竿とかロープとかいったものもありませんし、何一つ置いてないガランドウの貯蔵庫だったんです」

「要するに、天窓はあくまで採光用として存在するだけで、出入口の役はまったく果たさないということなんですね」

「その通りです。天窓もまた、コンクリートの天井の一部だと、考えるほかはありません。つまり、あの石炭の貯蔵庫には、ドアも天窓もなかった。コンクリート壁、床、天井によって作られた四角い空間だったんです。まさしく完全なる密室であり、この密室内で先生ご夫妻を殺し、犯人だけが脱出するといったことが、果たして可能だったでしょうか。物理的に不可能なことを、現実における出来事として、われわれは、認めるべきでしょうか！　われわれは、SF小説を楽しんでいるわけではありません。同一人物が同じ時間に、東京と大阪に存在したというような現象を、どうして信ずることができましょうか！　みなさん、いかがです！」

小野里弁護士は声を張り、語調を強めて、眼前の人々に呼びかけた。両腕を開くようにして、やや前へ出している。それも、演説の効果を狙うポーズのようである。陪審員を前に熱弁を振るう弁護人、そのテレビ・ドラマの一シーンを彷彿《ほうふつ》させた。

確かに、迫力はあった。

なるほどと思わせるし、一種の情感がこもっている。陪審員たちも、圧倒されたように黙っていた。目立ちたい役を引き受けたはずの進藤助教授までが、質問を忘れているようだった。

「では、完全なる密室が、どうしてできたのだろうか。それは、先生ご夫妻が何者の侵入も許さない隔絶された世界を作り、そこで命を絶たれたからなんです」

今度は静かな口調《くちょう》に一変させて、小野里弁護士は低い声で言った。

「作為では、完璧な密室なんて、できないとおっしゃるんですね」

われに還ったように、進藤助教授がすわり直しながら発言した。

「そうです。完全犯罪のための密室なんて、推理小説の中でしか成り立ちません。現実に計画的な密室犯罪が成功したという例が、あるでしょうか」

小野里弁護士は、またゆっくりと歩き始めた。

「心理的な盲点があるといったことは、まったく考えないわけですね」

進藤助教授が、ビールを注いだコップを差し出した。

「物理的に不可能なことに対しては、心理的盲点なんて通用しませんよ」

ビールのコップを受け取ると、小野里はそれを歩きながらうまそうに飲んだ。

「実際問題として、密室内での犯罪など起こり得ませんか」

「たとえば、警察です。捜査担当の刑事に、密室内における殺人が現実にあるものかどうか、訊いてみて下さい。刑事全員が、ないと答えるはずです」

「そうですかね」

「密室であれば、他殺じゃない。自殺か、事故死に決まっている。もし他殺だとするならば、密室であるはずはない。これが、捜査の専門家の意見です」

「この事件についても、警察はそういう見方をしているんですか」

「そうだと思いますよ。他殺ということはあり得ないだろうが、自殺にしても矛盾がいくつかある。そういう判断から軽井沢署は一応、長野県警捜査一課に応援を求めたのにすぎません」

「警察も完全な密室だと、認めていますね」

「完全なる密室では、他殺ということになりません。従って、他殺ではない。これで、自然死、他殺の三つが消去されました。残ったのは、正しい判断ということになります」

「残ったのは、自殺……」

「ご夫妻が一緒に自殺されたんだから、心中というべきでしょう。心中です、WSなんです」

「以上が、小野里さんの基本論というわけですか」

「そうです。それにもう一つ、基本的な問題を付け加えておきましょう。それは、死ぬための手段です。先生ご夫妻は、いわゆる毒死をされました。酸化砒素を入れたミネラル・ウオーターを飲んで、死なれたんです。これは明らかに、自殺のための手段です。毒物を飲むというのは、むしろ最も一般的な自殺の方法と言えましょう」

「しかし、毒殺という殺人手段も、あるんじゃないんですか」

「あります。けれども、毒殺というのは、相手がそれに気づかないという前提条件のもとに、初めて実行が可能になるものです。たとえば日常的な環境にあって、談笑しながら飲んだり食べたりできる場合です。少なくとも相手は、自分が殺されるのではないかなどと、警戒も用心もしていないという状況になければなりません。そうしたときに、さりげなく毒物を飲食物の中に入れる。相手はまったくそれに気づかずに、毒物入りのものを食べるか飲むかする。以上が、毒殺の要件とプロセスなんです」

「西城ご夫妻の場合は、まるで違うとおっしゃるんですね」

「例の地下室は、日常的な環境と言えますか。犯人がご夫妻をあの地下室へ連れ込んだんだとしたら、そのときからご夫妻は不安を感じ、警戒と用心を怠らないでしょう。そうした状態にあって、犯人から飲むようにすすめられたミネラル・ウオーターを、ご夫妻が素直に飲んだりしますかね」

「当然、怪しむでしょうな」

「毒物がはいっていると、誰だって直感しますよ。そうなれば、水を飲むことを拒否するでしょう」

「飲むことを強制されたとは、考えられませんか」

「どうやって、強制するんです」

「刃物などの凶器を突きつけて、飲まなければ殺すと脅迫するんです」

「だったら、毒殺という手段を選ぶ必要はないでしょう。その凶器で、ご夫妻を殺せばいいんです。いずれにしても完璧《かんぺき》な密室になるんだったら、毒殺だろうと刺殺だろうと構わないんじゃないんですか」

「なるほど……」

「毒物入りのミネラル・ウオーターを飲んだのは、あくまでご夫妻ご自身の意志によってと、考えなければなりません。毒物入りのミネラル・ウオーターを二本用意したというのも、そのことを裏付けております。同時に死ぬためには、同時に毒物入りの水を飲まなければなりません。それで、ご夫妻それぞれの分を用意したのです。もし強制的にご夫妻に飲ませるのだとしたら、毒物入りのミネラル・ウオーター一本だけで十分じゃありませんか。つまり、それは死ぬための手段であって、死に至らしめるための手段ではなかったのです。毒死であり、毒殺ではありません。服毒、そうなんです、服毒となれば当然、自殺ということになります。これもまた、基本的な問題だと言えましょう」

　小野里弁護士は、残っているコップのビールを一気に飲み干した。

3

このあと、小野里実は西城豊士と若子の行動について、具体的な推論を試みた。

それによると、西城夫妻は前夜のうちに酸化砒素を混入したミネラル・ウオーターの瓶を二本、用意したはずだという。ミネラル・ウオーターは、別荘に大量に置いてある。越冬することになるので、すべて合成樹脂製の瓶に詰めてあるミネラル・ウオーターであった。

そのうちから二本だけ抜き取ることは、誰にでも容易にできる。西城夫妻はミネラル・ウオーターを自分たちの部屋に持ち込み、栓抜きで王冠をはずし、それぞれに酸化砒素〇・二五グラムほど混入した。

そして、瓶の口に王冠をはめた。栓を抜くときに慎重にやれば、短王冠の形はあまり崩れない。元の形に近い王冠をパチンと嵌め込んだ場合、栓を抜く前とほとんど変わらない役目を果たすことになる。

つまり、ポケットに入れて持ち歩こうと、その辺に転がそうと、簡単に王冠ははずれないのである。だが、親指を使って押し上げれば、王冠ははずれることになる。いったんパチンと嵌め込みはしたものの、再び王冠をはずすときには、栓抜きを必要としないというわけであった。

西城夫妻は、そうした状態の毒入りミネラル・ウオーターを二本、用意したのである。翌朝、早い時間に西城夫妻は、ミネラル・ウオーターの瓶だけを持って外へ出た。だが、別荘の敷地内を出て、遠くまで散策の道をたどるというつもりはなかった。

広大な別荘の敷地内を、夫妻はゆっくりと歩き回ったのである。

夫妻にとっては、思い出多き別荘であった。別荘内の白樺の木一本にも、カラ松の林の中の小道にも、夫婦の歴史の断片が刻み込まれている。そのような白樺の木を眺め、カラ松の林の小道を歩きながら、夫妻は生と死について考えたのに違いない。

思えば、長い人生であった。

長い結婚生活でもあった。

楽しかった日々もあれば、涙を流した夜もある。

しかし、間もなくその人生というものに別れを告げて、生きることに終止符を打つのであった。そうなった夫妻の胸のうちに去来するものは、いったい何だったのだろうか。

人生とは、生きているということは、何を意味するのか。

そうした疑問、感慨、空《むな》しさ。そして、死ぬことこそ救いなり、という一種の悟りを得ていたのに違いない。死を決意した者は、すべてそうである。死ななければならない理由が何であろうと、自殺する人間、心中する者たちの気持ちはみな同じであった。

死ぬことこそ、救いなり。

心の底から、そう思うのである。

ここで自分たち夫婦が心中したら、世間の人々はどのように考えるだろうかと、西城夫妻は歩きながら話し合ったのに違いない。恐らく誰もが、あの夫婦はなぜ自殺しなければならなかったのかと、首をひねることだろう。

大変な資産家。

地位も名誉もある。

養女のほかに、まだ幼い実子がいる。

何の不足も不自由もなく、恵まれすぎているくらいなのだ。

それなのに、なぜ自殺をすることになるのだろう。世の中には、もっと深刻な問題をかかえていたり、追いつめられて進退きわまったりしながら、死ぬに死ねないという人々が大勢いる。

それに比べたら、何という贅沢《ぜいたく》な自殺だろう。

しかも、何人かの客を別荘へ招待しておいて自殺するとは、芝居っ気がありすぎる。

そんな世間の声が、聞こえてくるような気がする。だが、自分たちは死にたいのである。

どのように恵まれた境遇にある人間だろうと、死ぬことこそ救いなり、と気のつくときがあるものなのだ。

西城夫妻は黙々と、あるいは談笑しながら歩いたのに違いない。その夫妻の行きつくところは、別荘の敷地内の片隅にひっそりと建っている古い燃料倉庫であった。西城夫妻にはある種の共感を呼ぶ古い建物であり、最初からそこを死に場所と決めていたのである。

「ちょっと、待って下さい」

進藤助教授が中腰になって、大きな声を出した。

「え……？」

立ちどまって、小野里弁護士が振り返った。

「推論にしても、表現や判断が文学的すぎますよ」

進藤助教授の声は、必要以上に大きかった。どうやら適量を超えて、アルコールが回ったようである。

「そうですかね」

小野里は不快の色を、露骨に表わしていた。気分を出して語っていた話の腰を折られたことが、不満だったのに違いない。

「つまり、主観がはいりすぎるんです」

進藤助教授はくわえっぱなしでいた葉巻に、思い出したように慌てて火をつけた。

「たとえば、どのあたりの部分にですか」

小野里は、進藤助教授に背を向けた。

「たとえば、ご夫妻が厭世的な気持ちになられていたということにしても、小野里さんの主観によるものでしょう」

進藤助教授は、またマッチを擦《す》っていた。一度では、葉巻に火がつかなかったらしい。かなり、酔っているようである。

「自殺、いや心中の動機については、のちほどご説明します」

小野里は背中で、冷ややかにそう言った。

「それから、ご夫妻がなぜ燃料倉庫を死に場所に選んだかということにしても、ただ共感を呼ぶものがあっただけで、片付けてはもらいたくない」

「では、その点について、もう少し補足しておきましょう。先生ご夫妻が、燃料倉庫を死に場所と定められたことには、三つの理由が考えられます。その第一は、常識的なことなんですが、まず誰の目にもつかない場所を選ばなければならなかった。誰にも邪魔されない、簡単には見つからない、隔絶された二人だけの世界と、この三つの条件を満たす場所となると、別荘内にはあの燃料倉庫の地下室しかありません」

「あの燃料倉庫が、ご夫妻の共感を呼ぶ場所というのは、どうしてなんですか」

「その点については、わたしの主観というより、これから死のうとしている人間の心理として考えて頂きたい」

「どういう心理なんです」

「この別荘は、第二次世界大戦つまり戦時中に、造られたものだそうです。しかし、戦後になって別荘は全面的に修改築して、厳密に言えば新築と変わらなくなったということです。ただ、最初からそのまま存在しているのは、例のコンクリート造りの燃料倉庫だけということになります」

「燃料倉庫だけが、この別荘のすべての歴史を知っているってことですね」

「そうです。先生ご夫妻としては、最も古くから接してこられたのが、あの燃料倉庫なんです。あの倉庫の一階にはマキが山と積まれ、地下には石炭が詰まっておりました。そして、そのマキが、石炭が、かつてこの別荘の暖房を支配し、風呂を沸《わ》かし、煮炊きに役立っていたんです。それは、年を召されたご夫妻にとって、マキと石炭の時代という郷愁をも加えて、よき思い出になっていたことでしょう」

「あの燃料倉庫が、ご夫妻にとって郷愁と思い出のシンボルになっていたと、おっしゃりたいんですね」

「ええ。それは、年老いてこの世を去ろうとなさるご夫妻が、何よりも親しみを覚えることができる〝古きもの〟だったはずです。死を望む人間は、必ず過去を振り返ります。その過去に郷愁のシンボルと、親しみを持てる〝古きもの〟を見出せば、そこを死に場所と定めるのは当然です。結婚されて三十五年のご夫妻が、お二人の原点をあの燃料倉庫に求められようとしたのは、人間の心理として十分に理解できることでしょう」

「まあ、確かに理解できないことではありません」

「それをわたしは、共感という言葉で表現しただけなんです」

「わかりました。しかし、ご夫妻があの地下室を死に場所と定められた理由は三つあるとおっしゃいましたね」

「そのうちの二つの理由は、いま述べた通りです」

「すると、もう一つ……」

「ええ。それは、ご夫妻にとって別の意味での思い出が、あの燃料倉庫に秘められているということなんです」

「別の意味での思い出ですか」

「甘い思い出と、言ったらいいでしょうか。先生ご夫妻は、この別荘ができて間もなく結婚されました。戦時中だったので、結婚を急がれたようです。西城先生が、応召されるということもあって……」

「西城先生に兵隊の経験がおありだとは、まったく知りませんでしたね」

「先生は結核にかかっておいでだったので、二十代の青年としては応召の時期がかなり遅かったようです。それに入隊してからも内地勤務だったし、戦争もそう長くは続かなかったということになります」

「そうだったんですか」

「まあ、それはともかく戦時中の結婚ということで、婚約期間はわずか三カ月しかなかったと、先生はおっしゃっておられました。そして、応召前の一週間の新婚生活を、この別荘で過ごされたそうなんです」

「結婚式も新婚旅行もなかった時代だし、東京での新婚生活なんてとても望めなかった。この軽井沢の別荘で、新婚旅行を兼ねた一週間を過ごせるなんて、当時としては大変な贅沢でしょう」

「それでも当時の男女というのは純粋なもので、この別荘へ来て初めて奥さんと接吻を交わしたんだと、先生はおっしゃってました。それも、自分の別荘だというのに部屋の中では、どうしてもできなかった。それで別荘の敷地内のすみっこにある燃料倉庫の陰に隠れるようにして、初めて接吻したんだと、ご夫妻は思い出話をわたしに聞かせて下さったことがあります」

「あの燃料倉庫が、初めて接吻を交わした場所というわけですか」

「そうなんです」

「なるほどねえ」

「甘い思い出の場所です。初めてキス、そこから男女関係が出発したのだとすれば、ご夫妻にとっては記念すべき場所ということになりましょう。お二人が夫婦として出発された場所で、三十五年間の夫婦の歴史の幕を閉じられる。いかがでしょうか、みなさん。先生ご夫妻があの地下室を死に場所として定められたのは、もっともだというふうにはお感じになりませんか。あの地下室こそは、先生ご夫妻がお二人の愛と生と死を総括されるのに、このうえなく相応しい場所だったのです」

小野里弁護士は、再び名調子を取り戻していた。

もう進藤助教授も、口をはさまなかった。全員の視線が、小野里に集中していた。大事な講義を熱心に聴《き》く学生たち、という感じであった。石戸医師などは、手帳を開いて何やらメモしているようだった。

天知昌二郎はひとり、ソファにすわっていた。そのソファは、全員がすわっている席よりも後ろにあって、まったく目立たない位置にある。背後にはバルコニーに面したガラス戸があり、正面にはピアノがあった。

左のほうへ顔を向けると、全員の後ろ姿と熱弁を振るう小野里を見ることになる。天知昌二郎だけが、どのグループにも加わっていないのだ。天知は小野里の声に聞き入りながら、ワインを舐《な》めるようにしていた。

ふと西城富士子が立ち上がった。

手にブランディ・グラスを持ったままで、西城富士子は壁に沿って歩いてくる。途中で彼女は、高級品の洋酒ばかりが並んでいる棚へ、手を伸ばした。ブランディの瓶を、抜き出したようである。

西城富士子は、自分の席へ引き返そうとはしなかった。ブランディの瓶とグラスを両手に持って、富士子はピアノの近くまで来ていた。そうなるともう、彼女が目標とする場所は決まったようなものだった。

「さて、ご夫妻は邸内の散策を心ゆくまで楽しんだあと、死に場所と定められた、古い燃料倉庫の前に立たれました」

そう言いながら、小野里は落ち着きを失っていた。当然なことではあるが、小野里は富士子の行動が気になっているのだ。彼の目は、富士子の姿を追っていた。

これまでは、いちばん前の席にいて、顔を伏せたままじっと動かずにいた西城富士子だった。小野里の理論的解明に、重大な関心を寄せていたことは確かである。その富士子がいきなり立ち上がって、さっさと席を離れてしまった。

それだけでも、小野里にしてみれば、ひどく気がかりだったのに違いない。小野里は自分のポーズや演説を、八十パーセント富士子を意識しながら続けているのである。その大切な客が席を立ったのだから、拍子抜けするのは当然だった。

小野里が目で追う富士子は、ピアノの前から真っ直ぐに広間を横切って来た。もちろん、目ざすは天知がすわっているソファである。富士子は笑いのない顔で、天知昌二郎をチラッと見やった。

それからテーブルのうえに、ブランディの瓶とグラスを置くと、富士子は天知の隣に腰をおろした。彼女は、黒のワンピースを着ていた。喪服ではないが一応、養父母の死に対する気遣いというものだろう。

だが、かなりアルコールが、はいっているようである。同じ席の連中にすすめられたのか、あるいはアルコールの力を借りたかったのか、とにかく富士子にしては珍しく、飲んでいると一目でわかる顔をしていた。

もともと、潤《うる》みがちの美しい目ではあったが、それがいまは涙をためているみたいにキラキラ輝いている。白い顔が染めたように、ピンク色に変わっていた。唇が濡れているように赤かった。

富士子は腰や太腿《ふともも》が触れ合うくらいに、間隔をつめてすわった。酔っていて大胆になっているせいか、あるいは接吻という一線を越えた男と女の気安さからなのか、多分その両方なのだろう。

だが、小野里のほうは富士子が天知の隣にすわったのを見て、ひと安心したようであった。小野里が恐れていたのは富士子が広間から姿を消してしまうことだったのだろう。

それに、富士子が天知のそばにいるのであれば、小野里は感情を害さないということらしい。小野里にとって天知は、嫉妬の対象にもならないのである。恐らくそれは、彼のエリート意識によるものだろう。

自分は天知など、問題にしていない。従って、富士子も天知に男を意識したりするはずはないと、決め込んでいるのだった。天知は富士子の相談役ぐらいにしか、受け取っていないのに違いない。

　天知と富士子は、愛し合っている。天知がこの別荘へ来てから、二人はすでに接吻という愛の洗礼をすませている。そんなふうに小野里は、夢にも思っていないだろう。

　小野里にとってライバルは、あくまで医師の石戸昌也なのである。

「とても、辛いわ」

　富士子が、小さな声で言った。彼女の左手が、天知の太腿のうえを滑っていく。天知の手を、求めているのである。

「小野里氏の話が……？」

　天知は顔を伏せて、低い声をこぼした。顔を上げていると、唇が動くのを小野里に見られると思ったからである。

「そうとは、限らないの。何もかも辛くて、せつないんだわ」

　富士子の左手が天知の右手を捜し当てた。

「当然だよ」

　天知は富士子と握り合わせた手を、二人の太腿のあいだの隙間に押し込んだ。そうしておけば、誰かが振り返ったとしても、目には触れないだろうと用心したのだった。

「彼の話については、どう思います」

「小野里氏の……？」

「ええ」

「なかなか、理論的だよ」

「あの人の心中説というのが、正しいのかしら」

「さあ、いまの段階では、何とも言えないな」

「でも、理論的に正しいんだとしたら……」

「まだ、石戸氏の説が残っている。石戸氏の反論というのが、おそらく見ものだと思うね」

「わたくし、そんなことどうでもいいの。両親が亡くなったという事実には、変わりないんですもの」

「それは確かに、生きている人間が何を騒ぎ立てても意味はない」

「わたくし今後、どうしたらいいのかしら」

「難しいところだな」

「あの二人のどっちかと結婚しなければならないなんて、そんなのわたしくいやだわ。あの晩のことがある前だったら、あるいは諦めがついたかもしれない。でも、いまはもう駄目。あの一昨日の晩、あなたとわたくしはお互いの愛を、確認し合ったんですもの。いまさら、ほかの男の人と結婚しろって言われたって、その気になれるはずはないでしょ」

富士子はそこで、軽く咳《せき》ばらいをした。押し殺した声で、ささやき合うのに疲れたのである。

富士子は右手だけで、ブランディの瓶の栓を抜いた。まだ半分ほど、残っているブランディである。富士子はそれを、乱暴にグラスの中へ流し込んだ。片手だけで注いだので、コントロールできなかったのだろう。

「そんなに飲んで、大丈夫なのかな」

天知はまた、小声で言った。

「酔いたいの。あなたのことを除いて、何もかも忘れてしまいたいの」

富士子はグラスに口をつけると、かなり急角度に顔を仰向けにさせた。乱暴な飲み方だったが、その横顔には痛々しい美女の魅力が感じられた。富士子はしばらく、目をつぶっていた。

多量のブランディが食道や胃袋を灼《や》き、カーッと熱くなるのに耐えているのだろう。それは、急激に酔いが回ることを、促すはずであった。開いた富士子の目に、色っぽさが見られた。

「今夜、ずっと一緒にいたいわ」

富士子が、天知を見つめたままで言った。恥じらいが伴う、生半可なような気持ちで口にしたことではないのである。アルコールの力を借りているにしても、富士子の表情は真剣そのものだった。

　圧倒されたように天知は無言でいたし、富士子の顔から目をそらさずにはいられなかった。

4

　小野里弁護士の推論は、かつての燃料倉庫へ西城夫妻がはいり込んだところまで、進展していた。小野里はその時間を、午前七時半頃と仮定している。その根拠は彼の説明によると、邸内の散策に一時間を費やしたと見るべきだからだという。

　西城夫妻は、午前六時に起床している。それから庭へ出るまで、トイレにはいったり、顔を洗ったり、洋服に着替えたりで三十分はかかっているだろう。それから、広い別荘の敷地内を一巡する。

　ただの散歩だけではなく、見るものに感慨を覚え、思い出を懐かしみ、それについていちいち語り合うことになる。立ちどまって眺めたり、腰をおろして談笑したりもしたはずである。

　それで、一時間は費やしたと、判断していいだろう。また、別荘にいる人々が起き出してくると面倒なことになる。そのために午前七時三十分には、身を隠す必要もあったのだ。

燃料倉庫の地下室にはいってしまえば、誰かに見つかるという心配はまったくない。燃料倉庫は敷地内の北側の片隅にあって、それをモミの木とカラ松の林が、完全に隠蔽《いんぺい》している。

用事がない限り、人が近づくようなところではなかった。管理人がヒマなときに、覗きに来たりするだけで、古い倉庫に用があるはずはない。大声で怒鳴っても、誰かに聞かれることはないのである。

西城夫妻は、地下室への階段をおりた。鉄の扉をあけた。鍵はかかっていないし、扉の外側には南京錠が引っかけてあるだけだった。引っ張れば、鉄の扉はあくのである。

西城豊士は、その南京錠を手にして地下室へはいった。そのあとに、若子が続く。鉄の扉をしめる。鉄扉の舌と、掛け金を噛み合わせる。鉄扉の舌の穴に、南京錠の半円形に湾曲した鉄の棒を差し込む。

鉄の棒と南京錠の本体を、上下から圧縮させるように押す。

カチンと、錠がおりる。

これでもう、鉄扉を外から開くことはできない。

ただ、南京錠の本体に、鍵が差し込んだままになっている。その鍵を抜き取って捨ててしまえば、もう西城夫妻にも南京錠をはずすことはできない。つまり、内側からも鉄扉をあけることができなくなるのだった。

パッド・ロックも鉄扉も、永遠にそのままである。ここは完全に隔絶された世界となり、夫妻にとっては永遠の墓場になる。南京錠の鍵を抜き取って、捨ててしまったほうがよさそうである。

「こんなものがあると、気が変わってドアをあけたくなるかもしれないぞ」

西城豊士が、抜き取った鍵に目を落として言った。

「いまのうちに、捨ててしまったらいかがです」

若子は、あたりを見回した。

「捨てるところがあるかな」

「ありますでしょう」

「しかし、捨ててまた拾えるという場所では、何にもならないんだからね」

「わたしたちの手が届かないところに、捨てなければならないんですね」

「ここに、絶好の場所がある」

西城豊士が気づいたのは、鉄扉の内側の隅に埋め込んである土管であった。コンクリートの床を洗ったあと、水を流し込む排水口なのである。しかし、もう何年も使われていないので、土管が完全に詰まってしまっている。

垂直に埋め込んである土管には、一メートルほどの深さに底ができているのだ。直径十センチの土管では、腕を突っ込むことができない。細い腕を差し込むことができたとしても、一メートルの深さまでにはとても届かない。

この土管の中に鍵を落としてしまえば、西城夫妻には、二度と拾い上げることができない。確実に捨てたということになる。まさに絶好の捨て場所であった。

西城豊士は鍵を、土管の中に落とした。

「さあ、これで泣いても笑っても、あとの祭りだぞ」

「急に死ぬのが恐ろしくなって、ここから出ましょうなんて言っても、もうどうにもなりませんね」

「鉄の扉は、打ち破れない。助けを呼んでも、声は届かない。どうだね、覚悟は決まったか」

「自分から望んでおいて、覚悟も何もないでしょう」

「これで、さっぱりした」

「そうですね」

「二人だけの世界だ。誰にも、邪魔はされないよ」

「ほんとに、ホッとしますね」

「世の中の雑音も聞こえないし、俗人どもは別の世界にいる」

「これで永久に眠れる、二度と目が覚めないのだと思うと、気が楽になりますわ」

「疲れた人間には、眠ることがいちばんさ」

「ただ、あなたともうお話ができないってことが、何となくものたりなくって……」

「だったら、いまのうちに口がくたびれるほど、喋っておけばいい」

「そうしましょうよ。もう少し、お話を続けていても、よろしいんでしょ」

「構わんよ。じゃあ何か話そう。すぐに、うんざりするだろうけどね」

西城夫妻は死を目前にして、再び過去の思い出を話題に、語り合い始めた。だが、未練たらしく、いつまでも喋っていたわけではなかった。二時間もすれば、話は尽きたはずである。

それに、暑さも煩わしくなる。地下室であり、しめきってある。風はまったく通らない。真夏の晴天となると、朝から強い陽光が照りつける。採光用の天窓から、日射しが熱を送り込む。

避暑地であろうと、日が照っていれば温度は変わらない。軽井沢が涼しいのは日陰と、夜と雨天のときであった。地上のコンクリートの外壁が焼けると、地下のしめきった部屋は蒸し暑くなる。

午前十時――。

西城夫妻は、実行のときを迎えた。

西城豊士が、ミネラル・ウオーターの瓶を取り出した。親指で、王冠を押し上げる。王冠がはずれた。

それに倣《なら》いながら、若子はふと妙なことを気にしていた。自分たち夫婦がここで死んでいて、関係者や世間はそれを心中と受け取ってくれるだろうか。

あるいは、無理心中だなどときめつける人間がいるかもしれない。

夫婦の一方が自殺して、残ったほうがそのあとを追って死んだ。そんなふうに、解釈されはしないだろうか。わざわざ客を招待し、意識的に遺書も残さなかったのに、それが逆効果となって、心中だということを否定されたりはしないだろうか。

心中をするのだし、心中だと受け取られなければ無意味である。こうなったら、何らかの形で心中だということを、強調するほかはない。

それは、いかにも五十代の女らしい神経の配りようであり、取越し苦労でもあった。だが、若子はそうした考えを、捨てきれなかったのである。何らかの形で、心中だということを強調する——。

一つには、死んだあと二人の身体が離れないようにすることだった。そのためには、折り重なって死んだほうがいい。もう一つ、心中であることを書き記すのだ。王冠でコンクリートの床に、字を刻み込めばいいではないか。

「じゃあ、いいね」

西城豊士はすでに、酸化砒素入りの水をラッパ飲みにしていた。

ぐずぐずしてはいられない。死に遅れたら、心中ではなくなってしまう。若子も急いで、ミネラル・ウオーターの瓶に口をつけた。

若子は、王冠を手にした。

若子の頭に浮かんだのは、Double《ダブル》 Suicide《スーサイド》という英語であった。ＷＳと書くのは簡単だしそれを英語の『心中』と理解してくれる人間が必ずいるに違いない。

西城豊士が倒れ込んで、苦しがっている。若子は王冠でＷＳと、コンクリートの床に書いた。それが、精いっぱいであった。若子もまた、苦悶が始まって、のた打ち回ることになったのである。

西城豊士は、すでに動かなくなっている。

若子は、夫のうえに倒れ込んだ。

二人折り重なってという恰好になったとき、若子も死へ通ずる意識不明に陥ったのであった。

「以上が、ご夫妻の死に至るまでの過程であって、あらゆる事実から理論的な組み立てた想定であります。しかし、わたしはこの想定をほぼ真実に近いものと信じておりますし、理論的立証もこれによってなされたと思います」

小野里は背広の前を開くようにして、両手をズボンのポケットに入れていた。胸を張っている。彼特有のポーズであり、それがまたサマになっているのだった。

「最後に動機ということになりますが……」

進藤助教授が言った。進藤はもう発言するときに挙手もしなかったし、椅子の背に凭れている上体を起こそうともしない。酔いが回って、やや不真面目になったようである。

「動機について触れる前に、みなさんに一言お断わりしておきたい。すべては真実のためですから、気を悪くされるような発言がありましても、どうかご容赦下さい。遠慮があっては、真相を解明することはできません。その点を一つ、ご諒承願います」

小野里はメガネをはずすと、真っ白なハンカチで目のまわりをこすった。それから彼はいちばん後ろの西城富士子へ視線を投げかけた。

「では、動機を説明して下さい」

進藤助教授が裁判長よろしく、コップの底でテーブルをこつこつと叩いた。

「一口に言って、西城ご夫妻の心中には、抗議の意味が含まれております」

小野里はメガネをかけると、両手を打ち振るようなゼスチュアを見せた。

「誰に対する抗議ですか」

すかさず、進藤が訊いた。

「関係者、そして世間に対する抗議です。西城教授の名誉を重んじなかった人々に対する抗議とはっきり申し上げておきましょうか」

小野里は、マントルピースに寄りかかった。立っているのにも、歩き回るのにも疲れたのだろう。

「あなたはさきほどの説明の中で、ご夫妻はわざわざお客を招待し、意識的に遺書を残さなかったと言われましたね」

進藤助教授が、尖《とが》った声で言った。進藤は、何となく挑戦的になっている。酒癖が悪いわけではなく、小野里の言葉の中に気に入らない部分があったのに違いない。

「当然なことを、言ったまでです」

小野里も、鼻白んだようである。

「どうして、当然なんですか」

「自殺、あるいは心中した人が遺書を残さなかった場合は、すべて意識的に遺書を残さなかったということになるじゃないですか。また、大勢のお客を招待しておいて、ふと心中を思いつく人間はおりません。西城ご夫妻は計画的に事を運んだのです。最初から八月九日に心中を図ることを決めておいて、前日から泊まりがけで来て欲しいとみなさんをここへ招待したんです。従って、お客をわざわざ招待しておいて、ということになるんじゃありませんか」

「すると、われわれ招待された者たちも、心中によって表わされた抗議の対象になるんですか」

「もちろんです。われわれも、抗議の対象になるというのではなく、われわれが抗議の矢面に立たされた人間なんですよ。もう少し、はっきり申し上げましょう。先生ご夫妻の心中の原因は、例の東都学院大学の女子学生強姦未遂事件にあったんです。あの事件は西城先生にとって、その恵まれた一生をすべてご破算にするのにも等しいくらい重い十字架でした。先生ご夫妻は、その辺にごろごろ転がっているような成上がりではありません。ご夫妻ともに生まれも育ちもよく、いわば貴族的な一面さえもお持ちでした。いかに大金持ちであっても、心で生きるという人種だったのです。プライドによって生きる、という本来の人間らしい人間だったのです。そうしたご夫妻にとって最も忌むべき、唾棄《だき》すべき破廉恥《れんち》な行為について疑いをかけられたその瞬間から、ご夫妻の心は死んでいたのです。西城ご夫妻は、プライドと名誉を傷つけられ自尊心を踏みにじられても、なお生きていられるという人間ではありません」

「ちょっと、待って下さい」

「反論ならあとにして頂きたいんですがね」

「いや、反論じゃない」

「ちゃんとした質問ですか」

「そうです」

「だったら、質問して下さい」

「あなたのおっしゃる西城ご夫妻の高潔でデリケートで、貴族的だという人柄についてはよくわかりました。そうしたショックから死を望まれた、ということも納得できます。しかし、それにしては時間がかかりすぎているという気がするんですがね」

「時間とは……？」

「例の事件が問題になったのは、今年の一月なんですよ。現在まで、七カ月もたっているじゃないんですか。ショックというものは、時間がたつにつれて鎮静されます。今年の二月に西城ご夫妻が抗議の心中を図ったということであれば、あなたのお説も文句なしに決まるところなんですが、どうして七カ月もたってからとその点に引っかかるものを感じてしまうんです」

「わたくしはショックを受けて、衝動的に心中を図ったんだとは申し上げておりません。よろしいですか。先生ご夫妻が誇りと名誉を傷つけられ、自尊心を踏みにじられたのは、確かに今年の一月です。しかし、人間はだからと言って、すぐに抗議の自殺へ走ってしまうものでしょうか」

「人によりけりでしょうな」

「誇りと名誉を重んずる人間ならば、そんなふうに一方的な降伏を強いられたり、敗北主義に甘んじたりはしません。まずは生きていて抗議をするでしょうし、抵抗を試みます。西城先生が非難を無視して大学を休まなかったのも、辞任要求に応じなかったのも、つまりは抵抗を試みたわけです」

「確かに西城先生は、よく闘われましたよ」

「しかし、そのうちに疲れて来て、何のための闘いかと空しさを感ずるようになります。何もかも馬鹿馬鹿しく、無意味に思えてくる。その結果、世をはかなむことになる。何もこの世に生きのびて、俗人どもを相手に闘うことはないではないか。疲れたし、永遠の安息も欲しい。プライドも名誉も自尊心も無視されるような世の中に、いったい生きているだけの価値があるものなのか。夫婦二人だけで、あの世へ旅立とう。そしてついでに、世に反省を求めるためにも、心中という手段によって、決定的な抗議を行なってみようではないか。と、以上のようなプロセスを経て、抗議をも含めたご夫妻の心中が、実行に移されたということになるんです」

「ですがね、もしそのためにわれわれをここに招待したんだとしたら、集められた顔ぶれに疑問が感じられるんですよ。異質な人間もまじっているという気がします」

「そうでしょうか」

「まあ、泊まりがけのご招待ですので、夫婦単位で呼んで頂いたということにして、夫人は除外してもいいと思うんです」

「同意見です」

「それでまず、大河内教授、浦上礼美さん、前田秀次君、それにわたくし進藤と、この四人は西城ご夫妻からそういう意味でご招待を受けたんだとしても、うなずけないことはありません。しかし、あとの人たちについては何とも言えないんじゃないんですか。例の事件に直接、関係していないでしょう。そうなると、抗議の対象にもならないはずですよ」

「事件に直接、関係していない。抗議の対象にもならない。たとえ、そういう人でもこの場にいなければならないと思われる者は、ちゃんと招待されているんです」

「そうですかね」

「たとえば、富士子さんです。富士子さんの場合は招待されたというよりも、パーティに加わることを命じられたんでしょうがね。その富士子さんにしても、例の事件に直接関係はしていないし、抗議の対象にもならない。しかし、富士子さんはこの場にいなければならない人間として、パーティに加わることを命じられたんです」

「あなたや石戸さんは、どういう必要があって招待されたんです」

「ご夫妻の亡きあと、いずれを富士子さんが選ぶかを決めて、今後のことをすべてよろしく頼む、というご遺志だと思っております」

「綿貫純夫さんの場合は……?」

「ただひとりの血縁者として、ご夫妻の最期を見届けて欲しいということで、招待されたんでしょう」

「天知さんという方はどうなんでしょうね」

「天知さんは、例の事件がマスコミによって騒がれるのを、未然に防いだ陰の功労者だと聞いております。だから、間接的な事件の関係者と、言えるでしょう。それに天知さんは女優としての富士子さんのよき相談相手だということです。今後も富士子さんが頼れる人ということで、招待されたんだと思います」

「もうひとり、沢田真弓さんはどうなるんです。沢田さんは東都学院大学の職員ではありましたが、今年の一月にやめているんです。例の事件にも直接、関係してはいないと思いますがね」

「沢田さんは六年間も、西城先生の秘書だった方です。つまり沢田さんは、大学教授としての西城先生の真の姿を誰よりもよく知っていらっしゃる。先生ご夫妻は、その最期を、いちばんよく西城教授というものをご存じの沢田さんにも、見届けて欲しかったんじゃないでしょうか」

小野里は沈痛な面持ちで、あたりを見回した。悲劇的な夫婦の死について理論的な解明は終えたものの、いま改めてその悲しみを嚙みしめずにはいられない、というような小野里の表情であった。

口を開く者はいないし、サロン風の広間は無気味なくらいに静まり返っていた。酔いも回っているし、眠くもある。ひと区切りついたところで誰もが虚脱状態に陥り、小野里弁護士の理論的な解明を、何となく反芻《はんすう》していたのだった。だが、間もなくその静寂は、笑い声によって破られたのであった。

ウフフ……。

と、医師の石戸昌也が、笑ったのである。

5

全員が反射的に、笑い声の主を目で捜していた。そして、笑ったのが石戸昌也とわかったとき、大半の人々が眠気を吹き飛ばされて興味と好奇の目を光らせていた。二幕目の開幕を告げるベルを聞いたように、どの顔にも一種の期待感が見られた。

当然である。石戸昌也が小野里実の唯一のライバルだということを、全員が承知しているのだ。石戸昌也の笑いは、そのライバル同士の激突を予感させたのであった。人々はこの直後に、劇的な光景が展開されることを、半ば歓迎していたのかもしれない。

小野里が彼の理論的立証を終えて、悲劇的な幕切れの余韻を、この場にいる人々に投げかけていたところだった。小野里自身も疲れた顔で、一種の感傷に沈んでいた。最も厳粛であるべき幕切れのあとの静寂が、みごとに演出されていたと言ってもいい。

その静寂を、石戸が笑いによってぶち壊したのである。

それは、嘲笑であった。笑い方はともかく、この静寂を笑いで乱せば、嘲笑と受け取られても仕方がない。同時に、嘲笑はライバルへの挑戦である。それも堂々たる挑戦ではなく、相手をまず侮蔑《ぶべつ》するというやり方だった。それを小野里が、黙って見過ごすはずはない。

果たして、小野里は姿勢を正すようにして、凭れかかっていたマントルピースの前を離れた。小野里弁護士は、見おろすようにして石戸へ目を向けた。一瞬にして、顔を硬《こわ》ばらせていた。

「何が、おかしいんですか」

小野里は、厳しい口調で言った。

「いや、失礼……」

椅子にすわったまま石戸医師は、顔の前で手を振った。

「何がおかしいのかと、お尋ねしているんです」

小野里はいきなり、石戸の顔を指さした。法廷における弁護士の姿を、そのまま眼前に見るようだった。

「何も、おかしいなんて言っていませんよ」

笑いながら、石戸が答えた。

「しかし、現にあなたは、声に出して笑ったんですよ。おかしくもないのに、笑うはずはないでしょう」

「思わず、笑ってしまったんですよ。そういうことって、よくあるでしょう。シーンと静まり返っているときなんか、考えているうちにふと笑ってしまったりして……」

「すると、まったく無関係なことで、思い出し笑いをされたとおっしゃるんですか」

「いや、まったく無関係ってことはありませんがね」

「でしたら、その笑いには何か意味があったんでしょう」

「もちろん、意味はありましたよ」

「どういう意味の笑いだったんです」

「そうですね。つまり、そのう……。あなたの理論的立証というものに対しての、ぼくの感想とでも申し上げておきましょうか」

「わたしの理論的立証に対する感想が、いまのウフフという鼻先での笑いだったと、おっしゃるんですか」

「まあ、そういうことになってしまうんですが……」

「あなたは、わたしを侮辱するんですか」

小野里弁護士は、憤然となっていた。険しい表情である。

「とんでもない」

石戸医師が、立ち上がった。この光景を全員によく見せるためという計算があって、石戸医師は立ち上がったのに違いない。彼は困惑したような顔でいて、口もとには笑いを漂わせていた。

「反論があるんでしたら、堂々と言葉で闘うべきでしょう。それを鼻の先で嘲笑するなんて、無責任な野次馬がやることです」

小野里は、石戸に詰め寄る恰好になっていた。

「嘲笑したなんて、そんなんじゃありません。ただ、何となく滑稽になってしまったんですよ」

石戸のほうは、正面を向いて立っている。

まったく、対照的な二人であった。小野里は熱血漢タイプの大男だし、石戸は冷静で余裕のあるスタイリストである。大男と長身の男との対決でもあった。

小野里は生真面目に、正面から迫っている。だが、石戸の言動は、計算し尽くされているという感じだった。嘲笑ではないが、滑稽になって笑った。困った顔をしながら、白い歯をのぞかせている。

そうした石戸の言動は、明らかに小野里を挑発しているのである。計算のうえで、やっていることなのだ。小野里を翻弄《ほんろう》している。どうやら石戸のほうが、役者が一枚も二枚もうえのようであった。

「何が、滑稽なんです。滑稽だなんて言い方は、ますます失礼じゃないですか」

小野里の顔から、血の気が引いていた。

「いや、あなたの心中説はさすがに理論的で、興味深く拝聴させて頂きました」

石戸医師は、笑顔で言った。

「それも皮肉だということなんでしょう」

「いや、本心から申し上げていることですよ。その証拠にぼくは、あなたのお説を拝聴しながら、メモをとらずにはいられませんでしたからね」

「それでいてなぜ滑稽になるんでしょうね」

「あなたの心中説は八十パーセントまで、立派だったと思います。ほぼ完璧、と言ってもいいでしょう。その点では、ぼくも敬服させられましたよ」

「あとの二十パーセントが、滑稽だったということなんですか」

「ぼくには、そう感じられましたね」

「いったい、どの部分が笑わずにはいられない珍説だと、おっしゃるんです」

「最後の心中の動機の部分、それからここにおられるみなさんが招待を受けた理由と、そのあたりが何とも陳腐で……」

「陳腐ですか」

「あなたには芝居っ気があるというか、ご自分の言葉に酔ってしまう癖があるというか、感動的な悲劇に持っていこうとする作為が感じられるんですよ。そのために陳腐なお話になっちゃって、滑稽にもなるってことなんでしょう」

「そんな侮辱をまじえた批判を続けるより、理論的に反論をしたらどうなんです！」

小野里はついに、怒声を発していた。

「いや、今夜はもう時間も遅いことですし、みなさんも眠いはずです。ぼくの反論は、明日ということにしましょう」

そう言って、石戸はニヤリとした。小野里の怒声にも、石戸はまったく動じていなかった。

「こんな中途半端な状態では、とても眠れませんよ！」

小野里は、歩き出した石戸の腕を摑《つか》んだ。

「そうですか。でしたら、中途半端な気持ちを捨てられるように、一つだけお教えしておきましょう」

石戸は小野里の手を振り払ってから、悪戯《いたずら》っぽい目で笑いかけた。

「何を、教えてくれるのです」

小野里は、傲然《ごうぜん》と胸を張った。

「あなたは西城先生ご夫妻の夫婦愛を大変に美化されて、それをご夫妻の心中説の根拠とされていますね。そのあなたの心中説の大前提をまず、ガラガラッと崩してしまいましょう」

勝ち誇ったような笑顔で、石戸医師が言った。

「どうぞ、おっしゃってみて下さい」

小野里は虚勢のつもりか、胸高に腕を組んでいた。

「西城先生ご夫妻が三年前から、戸籍上では夫婦でなくなっているということを、あなたはご存じですか」

石戸は言った。

「何ですって……！」

小野里は慌てて、腕組みを解いていた。彼の顔は能面のように、表情を失っている。口にすべき言葉もなく、小野里は凝然と立ちすくんでいるだけであった。石戸の一言は小野里にとって、青天の霹靂《へきれき》ともいうべきバクダンだったのである。

石戸へ視線を集めている人々も、怪訝《けげん》そうな顔でいた。とても信じられないことだったし、キツネに抓《つま》まれたような話に受け取れたのだろう。

ただひとり西城教授の元秘書だった沢田真弓が、荒々しく席を立って、大股に広間から出て行った。

「では、みなさん。明日のぼくの反論に際しては、よろしくご協力下さい。お先に、失礼します」

石戸医師はそう挨拶して、足早に広間の外へ姿を消した。

「さあて、寝るとするか」

「もう、一時すぎよ」

「道理で、眠いと思った」

「お先に……」

「おやすみなさい」

そうした声で、広間の中は急に騒がしくなった。真っ先に浦上礼美に前田秀次という学生のカップルが広間のドアへ向かい、綿貫純夫と澄江の夫婦がそれに続いた。そのあとを大河内教授と妻の昌子が追った。

少し遅れて、進藤助教授と妻の季美子が引き揚げていった。進藤は酔っているらしく、季美子に支えられていた。

一斉に立ち上がって、一斉に広間を出て行ったという感じである。あっという間に、広間は何かの残骸のようになっていた。寒々とした静けさが、あとに残っている。明るいシャンデリアが、何とも空々しかった。

ひとり悄然《しょうぜん》と突っ立っていた小野里弁護士が、われに還ったようにテーブルのうえのコップに手を伸ばした。

小野里はウイスキーを、コップ半分ほども注ぐと、それを水でも飲むように口の中へ流し込んだ。

小野里は、富士子と天知のほうへ、顔を向けようともしなかった。あるいは、富士子と天知がそこにいることに、気づいていないのかもしれない。そうでなければ、自暴自棄になりかけの敗北者の姿を、富士子の目の前に晒《さら》したりはしないだろう。

「ヤブ医者め、殺してやる」

小野里はそうつぶやいてから、コップにもう一杯のウイスキーを飲み干した。急激に酔いが回ったらしく、小野里はふらふらと歩き出した。途中、壁にぶつかってよろけたあと、小野里は広間のドアの一つにたどりついた。彼の姿が消えたとたんに、ドーンと凄《すさ》まじい音を立ててドアがしまった。

富士子が、ホッと溜息《ためいき》を洩らした。

静寂が何となく、重苦しく感じられるようになった。天知は、時計に目を落とした。午前一時二十分という時間を、天知は瞼《まぶた》が重い目で確かめていた。

「ああ、酔ったわ」

富士子が、大きな声で言った。これまで、ちゃんと出せなかった分だけ、大きな声を張り上げたくなったのだろう。

「一昨日の夜も、生まれて初めてこんなに酔ったって、言っていたじゃないか」

天知は、富士子に握られている手を抜き取った。さっきからずっと、握り合ったままでいたのだ。手が汗ばんでいた。

「ごめんなさい」

富士子は天知の肩に頭を押しつけた。

「何も謝ることはない」

「だって、あなたと二人きりになろうとするとき、いつも酔っぱらっているみたいなんですものﾞ」


「女とは、そういうものさ」

「あら、別にお酒の力を借りてとか、酔った勢いでとか、そんなつもりはまるでないのよ」

「いや、女性というのは悲しすぎても、楽しすぎても酔いたがるものだって意味なんだ」

「いまのわたくし、そのどっちかしら」

「両方だろう」

「そうねえ。でも、わたくし心まで、酔ってはいないわ」

「当然だよ。いまのこの状態にあって、完全に酔っぱらえるはずはない」

「酔いたくても、酔えないの。いまのわたくしには、あなたのことしかないんだわ。あなたのことだけを、考えていたい。あなたとの愛を失いたくないって、そればかり……。わたくしって、あなたにもう夢中なのね。そういう自分が、貴重に思われるし、いとおしく感じられるの」

　富士子は天知の手をとって、それに強く唇を押しつけた。

　富士子は、時間を稼いでいるのである。十一人の客がそれぞれ自分たちの部屋に落ち着いて、ベッドにはいるのを待っているのだった。そうなってから富士子は天知と一緒に、三階まで行くつもりなのだろう。

このようなことになるとは、天知自身、思ってもみなかったのである。相手は、美貌で知られる女優なのだ。天下の西城富士子であった。そう思うと、全国の西城富士子ファンのことを、意識せずにはいられなかった。

マスコミが知ったら、びっくり仰天することだろう。あの天知が、あのアマさんが西城富士子と——特に芸能記者、天知のことをよく知っている週刊誌のライターたちは、面喰らうか、大笑いするかのどちらかに違いない。

アマさん、これは大スクープだぜ。

亡くなった奥さんへの義理も、立派に果たしたと思うんだ。

その春彦君のためにも、再婚したほうがいい。

女優と結婚するのは、テレビのプロデューサーかディレクターと、決められているわけじゃないんだぞ。

痩せ我慢しないで、もっと自分に素直になって頑張ってこい。

と、そうした田部井編集長の言葉を、思い出さずにはいられない。どうやら、田部井が言った通りのことになりそうだと、天知は胸のうちで苦笑していた。男と女が結ばれるキッカケとは、まったく不思議なものである。

「行きましょう」

富士子が、身体を起こした。

二人は、立ち上がった。抱き合うようにして、広間を出た。廊下を、階段の下へ向かう。そこで二人は、一メートルほどの間隔をおいて離れた。どこから誰が、姿を現わすかわからない。そのための用心である。

「三階かな」

階段の途中で天知が声をひそめて訊いた。

「そうです」

目を伏せて、富士子は天知を追い抜いた。富士子の寝室は、二階にあった。だが、そこには、サツキが眠っているはずである。サツキが一緒では、二人だけで過ごす部屋として相応《ふさわ》しくない。それで、三階へ行くことになるのだろう。

三階には、客用の部屋ばかり十室もある。そのうち八室が、客に提供されている。天知の部屋には、春彦がいる。天知の部屋も、やはり使えない。二部屋だけ余っている客室を利用するほかはなかった。

三階の廊下を見通して、人影がないことを確かめてから、富士子は小走りに右へ向かった。階段をのぼりきってすぐ右側は、廊下の突き当たりになっている。

だが、突き当たった左側に、鉤《かぎ》型に折れた部分の短い廊下がある。その短い廊下にはいってしまえば、もう見通される心配はなかった。完全な死角になっているし、三階の廊下に誰が立とうと視線の直撃を受けることはない。

短い廊下の行く手に、部屋のドアがあった。

それは倉庫のドアだろうと思っていたが、そこにも客用の部屋があったのである。一部屋だけ孤立していて、廊下に沿って並んでいる客室とは、かなりの距離をおいていた。当然、部屋の向きも造りも、ほかの客室とは違っているのだ。

バッグの中から取り出した鍵で、富士子はその部屋のドアをあけた。二人は素早く内側へ身体を滑り込ませると、音を立てないように、そっとドアをしめた。

広い客室であった。応接セットが置いてある部屋、化粧室、それに寝室と三間に分かれている。ほかの客室の倍ぐらいの広さで、ベッドもツインではなかった。ダブルのベッドが、レースのカーテンに囲まれていた。

天知は、寝室の中を見回した。三方が壁で南側だけがガラス戸になっている。ガラス戸の外には、ベランダがついているようだった。ベッドのほかには、ソファとテーブルがあるだけだった。

「もう一つの客室は、ベッドが傷んでいるということで、使われていないの。ほかには、このお部屋しかないんです」

ソファに並んですわると、富士子は顔をそむけるようにして言った。

「結構な部屋だ」

天知は、水差しを手にした。

「特別なお客さまだけを、この部屋にお泊めしたみたいだわ」

富士子は、コップに注がれる水を、じっと見やっていた。

「ぼくには、もったいないな」

天知は、水を飲んだ。

「あなたこそ、わたくしにとっては特別なお客さまだわ」

富士子は天知の腕をかかえ込んだが、顔だけはそむけたままであった。ベッドのある部屋に二人きりになって、恥じらう気持ちが強まったのだろう。

「今後のことについて、じっくり話し合う必要があるね」

天知は、富士子の肩に腕を回した。

「わたくし、あなたのことを愛しています。心から、もう夢中で……」

「ぼくも、同じ気持ちだよ」

「わたくしって、悪い女なのかしら」

「どうしてだ」

「だって、女のわたくしのほうからあなたを、二人きりのお部屋へ誘ったりしたんですもの。しかも、両親の霊前にまだ、お線香も上げてないというのに……」

「愛し合っている男と女なんだ。余計なことは、気にしないほうがいい」

「天知さん、わたくしのことを軽蔑していらっしゃらない？　凄く大胆で積極的で、淫乱なプレイ・ガールだなって……」

「淫乱なんて言葉を口にするのは、あなたに相応《ふさわ》しくないと思うだけだ」

「でも、これもあなたを、ほんとうに愛しているせいなんだわ。どうしてもあなたと二人きりになりたかったし、あなたに愛されたいって思ったの。わたくしにとっては、最後の恋なんだわ。だから、どうせほかの人のお嫁さんになるんなら、今夜だけでもいい、あなたに愛されたいって……。そのために正直に言って、ほんの少しアルコールの力を借りてしまったの」

「可愛い人だ」

「それにもう一つ、あなたに告白しなければならないことがあるんです。それにはどうしても、アルコールの力が必要だったんです。だって、わたくし世間に対する嘘を、あなたに対しても、ついていたんですもの」

「嘘……？」

「でも、いまから正直に、告白します。わたくしって世間に対して、恋愛も男性も経験したことなくて、未だに処女だってことで通して来たでしょ。あなたにも、プラトニックな恋しかしたことがないって、申し上げたわ。それ、それ……嘘なんです。世間だってそう信じたくらいに、完璧な嘘だったんだけど、嘘には違いないんだわ」

富士子は天知にしがみつくと、顔で彼の胸を激しく押しこするようにした。

6

富士子の告白を意外には感じなかったし、天知はまったく驚かなかった。富士子は嘘をついたというこだわり方をしているが、天知はその話を頭から信じていなかったのである。富士子が言うことも、世間の風評も、絶対とは思わなかったのだ。何か証拠なり、秘密なりを握っていたわけではない。一般的な考え方から、ただ本気にできなかっただけなのである。

生きものであって、娘から女へと成熟していく富士子から、徹底的な性欲や恋愛感情を奪い取ることは、神にもできはしない。両親への誓約に、それほどの神通力はないのである。

女を女でなくするには、強い制約を設けた環境というものがなければならない。尼僧などが、そうである。女優という職業は逆に、制約のない環境に生きることになる。四六時中、親が監視の目を光らせていることができない娘の職業で、その最たるものが女優なのだ。

その気になれば、相手はいくらでもいる。彼女を誘惑したいという男たちが、群がっているのである。また、その気になりさえすれば、チャンスはいくらでも作れる。伝染病の巣にほうり込んでおいて、伝染病にかかるなと注文するようなものだった。

富士子の恋愛や男との関係を完全に封じようとしても、絶対に無理なことだった。表面化することのないように、極秘主義で通したにしろ、処女でいられるはずはないと考えるのが妥当であった。

富士子は二十七歳の健康な女であり、その肉体もすっかり熟れている。今日に至るまで男をまったく知らないというほうが、むしろ不思議であって気味が悪い。富士子の身体は、やはり男によって女になっているのである。

天知は最初から、そう思っていたのだった。

それに、一昨日の夜の接吻がある。あれだけのディープ・キスを知っていて、男の経験がまるでないというのはおかしい。今夜も二人きりになりたいと、富士子のほうから誘った。いくら相手の男を愛していようと、こういうときにこういう場所で、処女がそこまで大胆になりきれるものではない。

富士子に男の経験があろうとなかろうと、天知はまったく問題にしていなかった。三十六歳の天知には結婚の経験があり、一児の父親でもある。いわば、大人であった。処女である富士子を愛したいとは、思ってもいなかった。

　天知は富士子を、強く抱きしめた。そんなことはどうでもいいという気持ちを、伝えるためであった。富士子としては、そのときになって意外に思われたくないからと、事前に告白する気になったのだろう。ただそれだけのことで、いいではないかと、天知は富士子の背中を撫でさすった。

「そんなことより、今後が問題だろう。それとも、今夜だけでもって、関係を終わらせることができるのか」

　天知は言った。

「多分、駄目でしょうね」

　富士子は、天知の胸に顔を押しつけたままで、激しく首を振った。

「だったら、ぼくたちのあいだで今後のことについて、話し合うべきだ」

「結婚して下さるって、おっしゃるの」

「お互いに、それを望むならばだ。ぼくは、のぞんでいるがね」

「わたくしだって……。そう望むなんてものじゃありません。そうしたい、そうなりたいのよ。あなたと結婚できたら、女優もやめるわ」

「しかし、あなたはいま、どうせほかの人のお嫁さんになるんだったら、という言い方をした」

「でも、結局そうなるんじゃないかしらって、思わないではいられないでしょ」

「結婚の相手とは、小野里氏か石戸氏ということなんだな」

「もちろんだわ」

「あなたは、彼らの要求を拒否すればよかったんじゃないかな」

「彼らの要求って……?」

「小野里氏か石戸氏か、真相についての理論的解明に成功したほうのプロポーズを受ける、という要求だ。西城教授は亡くなったんだし、あの二人のうちから結婚の相手を選ばなければならないという拘束から、あなたは解放されたことになる」

「だから、何事も白紙の状態に戻し、すべてをご破算にするって、わたくしが宣告することも可能だったと、おっしゃるんでしょ」

「そうだ」

「当然わたくしも、そう考えました。でも、実際問題としてそんなふうに言えるものかどうか、わたくしは迷ったんです。両親があんなことになったからって、とたんにこれまでの経緯《いきさつ》を無視して一切を解消する。そこまで割り切ることが、許されるかどうかって……」

「社会的に地位も名誉もある小野里氏や石戸氏を、傷つけることになるのは確かだな。西城教授が亡くなったとたんに、待ってましたとばかり当事者のあなたから拒否されたということになるんでね」

「両親が亡くなっても、その直前まで強く望んでいたことは、遺志として尊重されなければならない。その遺志をあっさり黙殺したということも、世間は許してくれないんではないかと思いました」

「そうかもしれない。いや、その通りだ。あの二人との結婚問題は時間をかけての自然消滅に持ち込むのが、いちばん望ましいということになる」

「ところが、あんなふうに小野里さんから性急に、積極的に持ちかけられて……」

「やむなく、あなたはそれに応じた」

「でも、やっぱりわたくし、みずから……」

「いや、考えてみると、みずから墓穴を掘ったのは、あの二人のほうかもしれないな」

「どうしてかしら」

「あなたと、妙な約束をしてしまった。西城先生ご夫妻の死について、理論的立証に成功したほうが、あなたとの結婚に関して、具体的に話し合うことができる。つまり、あなたにプロポーズする資格を、得るということだろう」

「ええ」

「そこでもし二人が双方ともに、理論的立証に失敗したとしたら、どういうことになるんだ。小野里氏も石戸氏も、揃ってあなたに求婚する資格を失うんじゃないか」

「でも、それは二人とも失敗したら、の話でしょう」

「すでに、ひとりは失敗している。小野里氏は、失格したんだ」

「そうかしら」

「決定は明日、石戸氏の反論が終わってから、陪審員役の評決によってだけれど、小野里氏が勝つということはまずあり得ない。小野里氏の理論的解明には文句のつけようもないが、理論的立証には失敗した。彼の場合は、調査不足だったんだな。それに心中説には最初から、疑問点が多すぎたんだ」

「あなたも心中説には、否定的なんでしょう」

「まあね」

「根拠は……？」

「前夜、ぼくは西城先生から、折り入って話したいことがあるので、明日の朝食前に応接間までご足労願いたいと、言われている。ところが翌朝、先生はそれよりも早い時間に出かけられて、それっきりだった」

「そうね」

「小野里氏の説のように計画的に心中を図ったというのであれば、その前夜にそんな無責任で無意味な約束をするはずはない」

「そうだわ。父って、性格的にも、几帳面《きちょうめん》なんですものね」

「先生は朝食前に、ぼくと会われるつもりだったんだ。午前六時に散歩には出かけられたが、朝食前には戻って来られてぼくに会うという予定だったんだろう。ただそれが先生の意志に反して、不可能になってしまったのに違いない」

「すると、他殺説ってことね」

「石戸氏は当然、他殺説によって小野里氏の心中説に、反論を加えることになるのだろう。彼はなぜか、よく調べているし、かなり手強《てごわ》いと思う」

「わたくしも、びっくりしちゃったわ。父と母が戸籍上、三年前から夫婦でなくなっているなんて、わたくしだって知らなかったし、未だに信じられないの」

「しかし、そんなことで嘘をつくはずはないし、事実なんだろうな。それにもう一つ、石戸氏のその言葉に、先生の元秘書だった沢田真弓が、実に明確な反応を示したじゃないか」

「そうでした。あれにも、わたくし、驚かされちゃったわ」

「どうやら、複雑な裏があるらしい。その辺のところを石戸氏は調べて知っているようだし、問題は彼ということになる」

「石戸さんが理論的に成功したら、わたくしは……」

「石戸氏は求婚者の資格を得て、あなたは彼のプロポーズを受け入れなければならなくなる。それが、約束なんだからね」

「いや、いやだわ」

「石戸氏は、確かに強敵だ。だが、彼は果たして、あの密室の謎を解けるんだろうか。他殺説となるとあの密室の謎を解かない限り、理論的解明にさえならないんだからね」

「わたくし、いやです。あなた以外の人となんて、死んだって結婚したくないわ」

「何とかしよう」

「あなたと、結婚したい……」

「わかった」

天知は富士子を、膝のうえにかかえてから、改めて抱きしめた。

結婚する相手としては、医師とか弁護士とかのほうがいい。そのように、男の職業に最重点を置く。『愛』という言葉が氾濫《はんらん》している割りには、そうした現実性が現代女性の特徴となっている。

だが、富士子にはそういう計算も打算も、まったくないのである。彼女は愛しているという理由だけで、子持ちのフリー・ライターとの結婚を切望している。それは富士子が経済的に恵まれているからだ、ということにはならなかった。

天知か裕福な生活か、どちらかを捨てなければならないというならば、富士子は遺産の相続権すら放棄するだろう。彼女は生き甲斐だった女優という職業から、離れるとさえ言っているのだ。

富士子という女の純粋性と情熱が、この半年間に真実の愛として凝結したのであった。

天知は男と女の理屈抜きの愛に、強い感動を覚えていた。

「骨が砕けるほど、強く抱いて……」

富士子が初めて、天知の顔をまともに見据えた。

富士子が小さくなり、二人の身体が一つになったように密着した。二人は、唇を重ねた。また長いディープ・キスになり、富士子が天知の腕を摑んだ。二人は動かずにいて、まるで時間まで静止したようであった。

やがて、呼吸を乱しながら、二人は頰《ほお》を押しつけあった。

「愛して……」

息と変わらない声で、富士子がささやいた。

富士子を抱いたまま、天知は立ち上がった。ベッドへ向かう。絞られた一方のレースのカーテンのあいだからはいって、天知は片手でベッド・カバーと毛布をはねのけた。富士子を、ベッドのうえにおろした。

目を閉じた富士子は、ベッドのうえに置かれたままの姿勢でいた。スリッパだけが、ベッドの下に落ちた。天知は寄り添って、再び唇を合わせた。天知の下で身体を動かすと、富士子は彼の首に両腕を巻きつけた。

富士子の黒のワンピースを、脱がそうとは思わなかった。喪服に対する遠慮が、あったわけではない。明日の朝、ゆっくりした時間まで、一緒にいられる二人ではなかった。愛し合うためだけの、束の間の逢瀬《おうせ》なのである。

互いに裸身をぶつけ合うことよりも、そのあと身支度をするときの味気なさのほうを考えてしまう。それだけ、若くはないという証拠だろうか。いずれにしても、脱いだり脱がせたりという即物的な行為は、避けたかったのである。

ただピエロ・カラーからウエストまでのボタンと、幅広の銀鎖のベルトだけははずした。ベルトをはずすのは、富士子を楽にさせるためであった。ワンピースの上半身の前を開くのは、そこに愛撫すべき場所が多かったからである。

天知は、富士子の胸に顔を埋めた。富士子は、自分の脚に手を伸ばしていた。その手と足の動きから、ストッキングをぬいでいるのだと察しがついた。胸の愛撫に表情と上半身で反応を示しながら、富士子はストッキングをぬぐ作業を続けていた。

天知は意識的に、手を貸さなかった。強い刺激に耐えながら、みずからストッキングをはずそうとしている富士子の心根が可愛らしく、その美人の謙虚な女っぽさに魅力を感じたからであった。

作業を終えたとたんに、富士子の全身に反応が広がった。ストッキングをとるということに意識が集まる作業から解放されて、富士子の愛撫される性感だけが彼女を支配したせいである。

富士子の口から、甘い声が洩れた。それは彼女の声ではなく、十二、三の少女が唄っているように聞こえた。天知は富士子の身体に、雪のような白さを見た。肌を黒く焼きたがる不潔っぽい女が多くなったせいか、その白色の美しさがひどく貴重なものに思われた。

女だという気がした。

しかも、胸のふくらみの形のよさが、色の白いことで一段と引き立っていた。張りのある量感が少しも厚かましくなく、女性的なやさしさを強調しているのだ。真っ白な乳房と対照的に赤いツボミが、宝石のようにも感じられる。

太腿も白くて、滑らかであった。黒いスカートが大きく乱れて、むっちりとした太腿の白さをなまめかしいものにしていた。その太腿のしめつけられる力強さが、富士子の敏感な部分の刺激度を適切に表わしている。

膝を折っては伸ばすという動きが次第に早くなり、足の裏がたどるコースも一定しなくなっていた。それもやがて、強く踏んばるように伸ばしたっきりの両脚となり、代わりに腰が持ち上がっていた。

上半身にはうねりが走り、腰をくねらせるよう波打たせてはいるが、それ以上に激しい変化は見られなかった。上昇すべき性感がとまってしまっているのではなく、そこまでの感覚しか知らないのである。

「愛しているわ！」

富士子は忙しく、そう叫び続けている。その声は、天知を迎え入れたときから、急に甲高くなったようだった。喉《のど》の奥から、絞り出すような声に変わっている。

　富士子は、男を経験している。それも、一度や二度の関係ではない。定期的に関係を持ち、それが半年ぐらいは続いたのではないだろうか。しかし、まだ彼女の性感は熟しきっていないし、これから感覚の深さを知ろうとしているのである。

　そのことは、男にとって救いだった。これ以上の感覚を教え込むのは天知であり、それは彼が富士子を完全に征服することを意味するからであった。そのせいか、富士子の過去の男に対して、嫉妬する気持ちはまったくなかった。

　ただ、それが誰だったかということには、少なからず興味があった。過去の男というのは、恐らくひとりだけなのに違いない。富士子は初めて、その相手を男として愛したのだ。そしていま、富士子は天知を心から愛している。

　二度、恋をした。二人の男を愛した。富士子には、彼女なりの好みがある。愛する男に一つのタイプがあり、あらゆる点で似通っている二人の相手に、惹かれたのだとしても不思議ではない。

　過去のその恋人と天知はそっくりなのではないか。あるいは、富士子は天知に過去の男の幻影を、見出したのかもしれない。そうだとすれば、知り合って間もなく富士子の心が急速に天知へと傾斜したというのも、うなずけるのであった。

　天知自身が驚いたほど、彼に感じがそっくりな男がいる。西城豊士の甥、富士子には義理の従兄《いとこ》ということになる。

　綿貫純夫——。

「愛しているわ」

「しあわせよ」

　富士子はその二つの言葉を、交互に口走っていた。ワンピースの下で、富士子の身体が汗まみれになっている。顔や胸には、水を振りかけたような汗が見られた。その半分は、天知の汗かもしれなかった。

「しあわせよ！」

　激しく喘《あえ》ぎながら、富士子は絶叫した。天知が果てることを、予知したからであった。肉体は五十パーセント歓喜し、精神的には百パーセント満足して、富士子は天知との最初のセレモニーの終わりを迎えたのである。

「嬉しい」

　富士子は、並んで横になった天知にすがりついた。

「きみは、素晴らしい」

　天知は富士子を、荒々しく抱きしめた。二人の汗が、またまじり合った。

「愛しているわ。こんなにしあわせな気持ちって、初めてよ。もう駄目、離れない。放さないで。あなたと一緒でなければ、生きていけないわ。ねえ、あなたと結婚したいの。好きで好きで、もう気が狂いそう。このまま、死んでしまいたいくらい……」

富士子は、肩を震わせて泣き出していた。

「富士子……」

天知は、泣いている富士子の顔を見た。それは、確かに泣いている顔であった。だが、これほど美しくて、魅力的な女の顔を見たことがあるだろうかと、天知は思わずにはいられなかった。

十五分ほど、二人は動かずにいた。

汗が引いた。もう呼吸も、乱れてはいなかった。

「もう、四時をすぎている」

天知は、身体を起こした。

「わたくしも、二階へ戻ります」

富士子は慌てて、ベッドのうえにすわり込んだ。

「じゃあ……」

天知は先に、ベッドからおり立った。

「愛しているわ」

「愛している」

二人は軽く、唇を触れ合わせた。

天知は、部屋を出た。もちろん、廊下に人影はなかった。まだ、どの部屋も眠りのうちにあって、あたりは静まり返っている。気温が下がっていて、汗をかいたあとの身体が寒いくらいであった。

自分の部屋に戻った。一方のベッドのうえに、春彦の寝姿があった。物音を立てようと、目を覚ますような春彦ではなかった。天知はパジャマに着替えると、もう片方のベッドのうえに身体を投げ出した。

眠かった。

富士子と、結婚する。

春彦に、母親ができる。

そんなことを考えているうちに、天知は眠りに引き込まれた。熟睡したつもりだった。しかし、何かがその熟睡を妨げて、天知を眠りの中から浮上させようとしていた。何かとは人声であり、騒然とした雰囲気である。

天知は、目を開いた。

時計を見た。

五時二十分である。まだ一時間しか、眠っていないのだ。だが、人声も騒然とした雰囲気も、夢ではなかった。廊下が騒がしいし、何人もの声が聞こえてくる。春彦は相変わらず、ぐっすりと眠っていた。

天知はベッドをおりると、パジャマのうえに背広の上着を重ねた。そっとドアをあけて、天知は廊下へ出た。廊下が煙っていて、キナ臭い匂いが漂っている。七つ、八つの人影が、廊下に突っ立っていた。

大河内夫妻、進藤夫妻、綿貫夫妻、浦上礼美、沢田真弓、それに石戸医師の姿が見えた。いずれも、パジャマやネグリジェのうえに、何かを羽織っている。人々は石戸医師の部屋の前に、集まっているようだった。

天知は近づいて、石戸の部屋の中を覗いた。正面に、ガラス戸が並んでいる。その向こうに、明るくなった軽井沢の早朝の風景が広がっていた。黒々とした森をバックに、乳色の朝靄《あさもや》が流れている。

ガラス戸の手前にカーテンが引いてあるはずだが、片側だけそれが見当たらなかった。その代わりに、煤《すす》のような黒いものが散乱している。燃え残ったカーテンの一部や、切れっぱしが床に散らばっていた。

「火事ですか」

天知は、石戸医師に訊いた。

「火事には、違いありませんがね。朝の五時すぎになって、火の気もないところから、どうして出火するんです。眠っていたらいきなり、カーテンが燃え出したんですよ。まったく、びっくりしました」

石戸医師は、苦笑を浮かべていた。石戸は興奮もしていないし、こういうときにも冷静な男であった。

「カーテンが、燃え出したんですか」

天知は、部屋の中へはいった。

「カーッと顔が熱くなったんで、すぐに目が覚めたんです」

石戸が、あとを追って来た。

「カーテンってのは、あっという間に燃え広がるでしょう」

「そうなんですねえ。飛び起きたときには、もう目の前が真っ赤な炎に包まれていました。火柱が、立っているみたいでしたよ」

「それで、あなたが火を消されたんですか」

「無我夢中で、毛布で燃えているカーテンを、はたき落としたんです。ほかのものに燃え移らなかったので、火は思ったより簡単に消えました」

「危ないところでしたね」

「廊下へ飛び出して、火事だって叫んだもんですから、こうしてみなさんを叩き起こしちやって……」

「ドアには鍵をかけて、おやすみになったんでしょう」

「もちろんです。しかし、これは間違いなく放火、何者かが故意に火を付けたんですよ。

外からでしょうね」

「このガラス戸の鍵は、どうなっていたんでしょうか」

「鍵はかけてありませんでした」

「すると、このガラス戸は外からでも、すぐにあいたわけですね」

天知はガラス戸をあけて、外のベランダへ出た。

「このガラス戸を少しあけて、手を差し入れれば、カーテンの裾《すそ》に火を付けるなんて、誰にだってできますからね」

石戸医師はベランダに出て、深呼吸を繰り返した。

胸のうちまで冷たくなるような朝の空気が、いかにも新鮮で澄みきっているという感じであった。ベランダには、木彫りの柵《さく》が取り付けてある。眼下に広々とした庭園が、見おろせた。

ベランダは、各部屋ごとに独立しているものではなかった。廊下のように長く続いていて、各部屋共用のベランダということになる。ベランダ伝いに行けば、どの部屋のガラス戸だろうと、鍵がかかってない限りあけることができるのである。

「すると放火した犯人は、この並びの部屋を使用している人たちの中にいると、考えていいでしょうね」

天知は、目をこすった。眠気は吹き飛んでしまったが、目が痛くて仕方がなかったのである。

「それが、そうとも言いきれないんですよ。いちばん端の部屋が、ベッドが傷んでいるとかで使われていないんです。誰もいないし、鍵もかかっていない。だから廊下と同じで、誰にも気づかれずに通り抜けができるんですよ。そうなると、この並びの部屋の人とは限らんでしょう」

石戸医師は、そう言って肩をすくめた。

部屋の中へ、全員がはいって来ていた。その真ん中に、ガウンを着た富士子の姿があった。

誰かが富士子を、呼んで来たのに違いない。ついさっき――と思うと、天知は富士子のほうを正視できなかった。

「イタズラにしては、悪質すぎる」

「目を覚まさなかったり、火の回りが早かったりしたら、石戸さんだって命が危なかったんですもの」

「警察の人を、呼んだらどうかしら。門の前に、パトカーが来ているんでしょ」

「いや、警察はやめましょうや。ひとりひとり取調べを受けたりして、これ以上はもう面倒なことに巻き込まれたくないんでね」

部屋の中から、そうしたやりとりが聞こえて来た。

この並びの部屋を使っているのは石戸、大河内夫妻、それに沢田真弓である。

廊下をはさんだ向かい側の部屋は綿貫夫妻、小野里弁護士、前田秀次と浦上礼美の学生カップル、それに天知父子が使っている。

こうした騒ぎがあったのに自分の部屋から出てこないのは、春彦は別として前田秀次と小野里弁護士の二人だけだと、天知昌二郎は目で読み取っていた。

第三章　他殺説

1

明け方の奇怪な放火事件のために、早起きを強いられる結果となった。

今朝も朝食は八時となっていたが、七時三十分にはほとんどの人たちがダイニング・ルームに顔を揃えていた。

しかし、不機嫌そうにムスッとした顔が多く、口数も少ないようだった。

睡眠不足に加えて、原因不明の小火《ぼや》のことが胸につかえているのである。放火には間違いないのだが、誰の仕業かということについては追及のしようがなかったのだ。その点、釈然としない気持ちもあったのだろう。

別荘の門前で、パトカーとともに待機している警官にも、結局は通報しないことにした。大半の人たちが、警察の介入に反対したからであった。被害者は石戸昌也ひとりだけなのだし、そのことのために警察の取調べを受けるのはごめんだと、どの顔にもはっきりと書いてあった。

被害者である石戸医師も、似たような意見だったのだ。今夜の寝室をほかに与えてくれるならば、騒ぎを大きくするつもりはないと、石戸昌也は西城富士子に申し出た。富士子のためにも、そして間もなく彼女の夫になる自分のためにも、警察沙汰にはしたくないという石戸の顔つきであった。

いちばん遅れてダイニング・ルームにはいって来たのは、学生の前田秀次と小野里弁護士だった。奇《く》しくも、小火騒ぎのときに起き出してこなかった二人、ということになる。その二人に、全員が注目した。

「今朝のあの騒ぎに、気づかなかったんですの？」

それが不満だという顔つきで、大河内夫人の昌子が前田秀次に声をかけた。

「ぐっすり眠っていたもので、何にも、気づきませんでした」

困ったように笑いながら、前田秀次は頭に手をやった。

「彼、よく寝る男なんです。まるで、ブタみたい。朝なんて起こすのに、ひと苦労するんですから……」

浦上礼美が言った。恋人に助け舟を出したのか、それとも非難しているのか、わからないような口ぶりだった。

「小野里さんは……？」

大河内昌子が、鉾先《ほこさき》を小野里へ転じた。

「何も知りませんでした。昨夜、ウイスキーの無茶飲みをやりまして、いまも未だアルコールが残っているんです」

小野里実は、恐縮したように目を伏せていた。彼は心持ち、青い顔をしていた。

「石戸さん、三階の右側の突き当たりのお部屋があいていますから、そこへどうぞお移り下さい」

富士子が、そう言った。

「それは、どうも……」

嬉しそうに、石戸が歯を覗かせた。

その石戸と富士子に、小野里が不安そうな目を走らせた。富士子が石戸に同情する気持ちから、いたわるようにやさしい言い方をしたからである。小野里はそれが気になり、嫉妬を感じたのに違いなかった。

天知昌二郎も別な意味で、何となく心にこだわるものがあった。それは、天知と富士子にとって記念すべき部屋が、石戸に提供されるということに対する心の引っかかりであった。

ほかに客室がないのだから、やむを得ないことである。しかし、石戸への面映ゆさがあったし、もう今後はあの部屋で富士子との時間を過ごせなくなると思うと、惜しいような気がするのだった。

富士子も同じ気持ちらしく、サン・グラスをかけた顔を、天知のほうへ向けた。富士子は睡眠不足で腫れている目を、サン・グラスで隠しているのだった。

実は天知も、サン・グラスを使用したかったのだが、遠慮することにしたのである。富士子と揃ってサン・グラスをかけていては、人目を引きそうだという判断があったからなのだ。

静かな食事が、続けられていた。

相変わらず潑剌《はつらつ》としているのは、春彦とサツキであった。睡眠は十分だし、苦にすることもないのである。何も知らないというのは素晴らしいことだと、大人たちに思わせるような春彦とサツキの姿であった。

春彦とサツキは早々に食事を終えると、さっさと水着をつけて庭へ出て行った。もう霧も靄《もや》もかかっていなかったし、軽井沢の真っ青な空が広がっていた。避暑地らしい透明な明るい日射しが、今日も暑くなることを予告していた。

食事がすんだ頃から、人々は元気を取り戻したようだった。目が覚めたということもあるだろうし、余計なことは考えまいと気持ちの整理もついたのである。それに、また退屈な一日が始まるのだからと、自分を励ますことにもなるのであった。

すでに春彦とサツキが遊んでいるプールへ、全員が足を運んだようだった。二時間ほどプール・サイドで過ごそうと、話がまとまったのである。午前十一時から、石戸昌也の弁論が始められることになっているのであった。

天知昌二郎は、家の中に残っていた。東京へ電話を入れる、という用事があったのだ。すでに、午前十時になって、『婦人自身』の田部井編集長と連絡がとれた。彼には一昨日の電話で、西城夫妻の死を伝えて、それに関する調査も依頼してあった。

しかし、今朝の放火事件によって、更に調査の依頼を付け加えなければならなくなったのである。それに、西城夫妻が戸籍上は夫婦でなくなっているというのが事実かどうかも調べてもらう必要があった。

それにしても、田部井の声を聞いただけで天知は照れ臭かった。田部井の予言通りの結果となったのだし、もう富士子と肉体関係を持ってしまったということが、天知には自分の弱みに感じられるのであった。

天知は電話で、それらしいことにはまったく触れなかった。それどころではないということで、田部井のほうも『恋愛』についての質問は差し控えていた。田部井にしても、天知と富士子の仲がそこまで急ピッチに進んでいるとは、夢にも思っていないはずである。

「それから、西城富士子の過去についても、できるだけ詳しく調べて欲しいんだよ」

天知はそこで初めて、富士子の名前を口にしていた。

「そんな必要があるのかね」

田部井は例によって、タバコの煙を吐き散らしながら、電話に出ているのだろう。タバコを吸う音が、聞こえてきそうな気がした。

「もし殺人事件だとしたら、動機がかなり根深いところに埋まっているということが、おれの見方なんだよ」

「わかった。それで、西城富士子の過去のすべてを調べるのか」

「実の両親のことも知りたいな。事故死した実父のこと、西城夫妻が富士子を養女にしたときの経緯《いきさつ》なんかもだ」

「かなり、難しい仕事だな」

「お宅の優秀なる記者諸君と『婦人自身』の機動力を、おれは信頼している」

「ああ、ジャーナリスト大賞のアマさんからの頼みとあらば、みんな喜んで動いてくれるさ」

「それから六年前、西城富士子が二十一のときのことなんだが、その年の五月を中心とした数カ月間、彼女がどういうスケジュールで仕事を消化していたか、病気と称して入院したことはなかったか。その辺のことも、調べてくれないか」

「何だかよくわからないけど、とにかく調べておく」

「それで、すべての調査結果を、今日の夕方までにまとめてもらいたいんだ」

「今日の夕方までに……！」

「そうだ」

「おい、そいつは無茶ってもんだぜ」

「頼む」

「今日の夕方までじゃないと、何かに間に合わないってことでもあるのかい」

「そうなんだ。西城富士子の求婚者、延《ひ》いては婚約者が決定するということになるかもしれない」

「ほんとかね」

「おれはいま、身動きがとれないんだ。頼りにできるのは、手足となって動いてくれる諸君と、あんたとおれを結ぶこの電話だけなんだよ」

「彼女の婚約者が決まっちゃうとなれば、こいつは黙って見過ごすわけにはいかないね。よし、何とかしよう。おれの面目にかけても、夕方までにデータを揃えておく。任せておけ」

「じゃあ、よろしく」

天知は、電話を切った。

十一時十五分になっていた。天知は、サロンふうの広間へ向かった。広間には昨日と同じように、各種の飲み物とオードブルが用意されていた。富士子がひとりソファにすわっているだけで、ほかには誰も姿を見せていなかった。

天知を見ると、富士子ははじかれたように立ち上がって、駆け寄って来た。どこから視線を向けられても死角にはいるピアノの横で、天知と富士子は抱き合った。富士子の火照るような体温に、天知は懐かしさを覚えていた。

「愛しているわ」

ああ——と絶え入るような声を出してから富士子はそう言葉を付け加えた。

「昨夜は、素晴らしかった」

天知は、富士子のサン・グラスをはずした。

「火事騒ぎで起こされたとき、あなたと愛し合ったことが、夢の中の出来事みたいに思えたわ」

富士子は、口紅もつけていなかった。だが化粧っ気がなくても、美貌には変わりがない。本物の美人なのである。

「夢じゃない」

「もちろんよ。あなたがわたくしの中にいらしたって感覚が、はっきり残っているんですもの」

「富士子……」

「一秒だって、あなたのことが忘れられないの。ずっと、こうしていたいわ」

「気持ちは、同じだけどね」

「今夜だって、一緒に行って下さるでしょ」

「どこへだ」

「小諸《こもろ》の一方寺というお寺まで……。今日の午後七時から十時まで、形だけのお通夜をやることになっているんです。一方寺へ行くことは、警察も認めてくれているし……」

「当然、行くけどね。しかし、みんな行くってことになるだろうし、二人きりになれるチャンスは、まあないと思う」

「そうかしら、じゃあ、ここへ戻って来てから……」

「三階にある部屋は、石戸氏に占領されている」

「お客さま用じゃないけれど、二階だったらお部屋がいくつもあいているわ。だから、二階の安全なお部屋を、用意しておきます」

「二人とも、だんだん大胆になるな」

「だって、一瞬にしても、離れたくないんですもの。それに、あなたと愛し合わなければ、わたくし安心して眠れないの」

二人は、唇を重ねた。激情に駆られたような接吻であった。天知の両腕が富士子の腰をしめつけ、富士子の十本の指が天知の背中に食い込んだ。しかし、情熱的な接吻も、長くは続けていられなかった。

近づいてくる話し声に、二人はさりげなく離れたのであった。富士子は、天知から渡されたサン・グラスをかけて、広間の中央へ出て行った。天知は、昨夜と同じソファに近づいて、それに腰をおろした。

大河内夫妻と進藤夫妻が、談笑しながら広間へはいって来た。続いて浦上礼美と前田秀次のカップル、それに沢田真弓が姿を現わした。いちばん最後が、綿貫夫妻と小野里弁護士だった。

自分の部屋で寝ていたという小野里を除いては、いずれもプールから上がって来たばかりの顔と身装《みな》りをしていた。春彦とサツキは管理人の妻が、責任を持ってプールで遊ばせているという。

間もなく、石戸医師が登場した。

これで、昨夜と同じ十三人のメンバーが、顔を揃えたことになる。グループの構成と席の取り方が、昨日とはかなり違っている。マントルピースの前に立ったのは石戸であり、そのいちばん近くの席についたのは小野里であった。

今日は進藤助教授ではなく、小野里弁護士がみずから質問者の役を買って出たのである。石戸と小野里が渡り合うことになるかもしれないと、最初から全員が野次馬根性を発揮しているようだった。

広間の中央のテーブルを、大河内夫妻と進藤夫妻が囲んでいる。

その右前方の席に、富士子がひとりですわっていた。

左前方のテーブルについているのは前田秀次と浦上礼美のカップル、それに沢田真弓であった。

それよりやや後ろの席には、綿貫夫妻が向かい合ってすわっている。

天知はいちばん後ろのソファに腰をおろしていたが、間もなく立ち上がって前のほうへ足を運んだ。富士子がしきりと、天知へ目を向けていたからだった。それは同席してくれという合図に違いなかった。

そのために富士子は、ひとりだけで別の席にすわったのだろう。寸刻も離れていたくないという富士子の気持ちの表われなのだが、次第に人目を憚《はばか》らなくなる彼女のひたむきさに天知は圧倒されつつあった。

天知は富士子の席に、彼女と並んですわった。その天知を遠くから、綿貫純夫が見守っているようである。富士子は知らん顔でいるが、天知の胸のうちは複雑だった。富士子の過去の恋人とは綿貫純夫に違いないと、天知は確信していたからであった。

見れば見るほど、天知と綿貫純夫の感じはよく似ている。まったく同じタイプであり、ムードもそっくりそのままであった。これで背恰好と顔が類似していたら、同一人に間違えられるだろう。

天知を愛した富士子が、綿貫純夫を愛したとしても、おかしくはないのである。それに富士子の恋愛がゴシップにならなかったのは相手が綿貫純夫だったからではないか。義理の従兄との恋愛となると、ほとんど目立たないはずだった。

それで、芸能記者たちも、気づかなかったのである。

「おはようございます」

正面のマントルピースの前に立って、石戸昌也が一礼した。水色の背広に青いベスト、それにカキ色のネクタイである。長身の石戸はスタイルがよくて、派手な服装がよく似合う。

「今朝はどうも、早くからお起こししてしまって、申し訳ありません。あの小火騒ぎは明らかに放火でありまして、その目的はぼくに対するいやがらせ、あるいはぼくをバーベキューにすることだったのかもしれません。しかし、そのことについては一切不問にして、より重大な問題に取り組みたいと存じます」

笑いを浮かべながら、石戸はそのように前口上を述べた。

クスクスと笑い声が聞こえて、拍手も鳴った。どうやら石戸のほうが、小野里より好感を持たれているようである。石戸は冷静であり、自信も余裕もたっぷりであった。小野里のように突っ張っていないので、親しみやすいことは確かだった。

「さて、ぼくの場合は小野里さんと、まるで正反対の意見ということになります。だからこそ、小野里さんの心中説に反論を加え、否定することになるのですが、結論から申し上げますと西城ご夫妻は殺されたとするのがぼくの主張なんです。すなわち、他殺説ということになります」

石戸は、手帳を見ながら言った。その手帳にびっしりと、何かが書き込んであるのだろう。いかにも、石戸らしいやり方だった。

人々は石戸に視線を集めて、沈黙を続けていた。殺人、他殺説という言葉に、緊張しているのである。

「まず最初に思い出して頂きたいのは、ここでのパーティが始まるときに、西城先生から聞かされた簡単なスピーチです。小野里さん、そのスピーチの内容を、覚えていらっしゃいますか」

石戸はいきなり、目の前にいる小野里を指さした。

「だいたいのことなら……」

不意討ちを食らった感じで、戸惑いの色を見せながら小野里が答えた。

「先生は、こうおっしゃった。今日は、わたしの誕生日だ。わたしにとっては、記念すべき誕生日となるはずだ。一つには今日を限りに、教授という務め、著作、講演、研究会、公式のパーティなどから身を引いて、完全なる引退、隠居、隠遁の生活にはいることを決意したからだ……。小野里さん、そうでしたね」

石戸は、小野里に笑いかけた。

「そうです。それで先生ご夫妻は、その通りになさったんです」

小野里が言った。彼はすわったままだったが、声だけは怒鳴るように大きかった。

「その通りになさったとは……?」

「完全なる引退、隠居、隠遁とは、死を意味しているんです。先生は死を決意したと、おっしゃったんですよ」

「なるほど、そういう解釈も成り立ちますね。では、その次に先生がおっしゃったことは、どう解釈されるんですか。その老兵が去る日を記念して、娘の富士子の婚約決定をすませ、みなさんにご披露するつもりだと、先生はおっしゃったんです」

「だから、それは先生の呼びかけと、解釈すべきなんです」

「呼びかけ……」

「老兵は去ることにするから、娘の富士子の婚約決定はみなさんで、よろしく頼むって……」

「それは、いけません。そうなっては小野里さん、とても頂けませんね」

「どうしてですか」

「先生は、娘の富士子の婚約決定をすませて、とおっしゃっているんです。婚約決定をすませると、はっきり言いきっているんです。重大な決定を終えて、みなさんにそれを披露することで、一つの結果を出すと先生は明言された。その先生が富士子さんの婚約も決めず、その決定をすませないで、みなさんにも披露しないで、どうして奥さまともども、さっさとあの世へ旅立たれたんですか」

「それは、先生のお言葉をどう解釈するかの問題で、見解の相違ということがあるでしょう」

「あなたは昨夜、先生ご夫妻の自殺には抗議の意味がこめられていて、ここに招待された人たちはその抗議の対象となっていると、言われましたね」

「ええ」

「死をもって抗議する人間が、その対象となる人たちに、娘の婚約決定はみなさんでよろしく頼むって、そんなふうに任せていけるんですかね。それはもう、理論的に大矛盾ってことになりませんか」

そう言って、石戸はニヤリとした。

小野里は、答えなかった。完全に、やり込められてしまったのである。

2

最初から、小野里のほうが不利であった。密室の謎の解明となると、どうなるか予断は許されないが、少なくとも心中の動機と、パーティに客を招待した意味については、小野里の推論が甘くて弱すぎる。小野里に、勝ち目はなかった。

しかし、だからと言ってやり込められたまま、すごすごと引き下がるような小野里では ないだろう。彼も優秀な男には違いないし、弁護士ともなれば形勢逆転を狙うのが当然で ある。

「こちらから、お尋ねしますが……」

オレンジ・ジュースに口をつけてから、気をとり直すようにメガネをはずして、小野里 弁護士が発言した。

果たして小野里は、攻勢に一転したのである。彼は本来、質問する側の人間であった。 それが石戸の反論を受ける立場に追いやられて、返答に窮したりしていたのだ。それより も、質問という攻撃に拠《よ》ったほうが、はるかに有利であった。

さすがは、小野里である。すぐ、その点に気づいたのだった。

「この別荘でのパーティに招待された人々に対して、西城先生は何らかの目的をお持ちだ ったわけですね」

小野里弁護士は、椅子の背に寄りかかって脚を組んだ。

「もちろん、目的もなしにお客として招待するはずはありません」

石戸医師は左手に手帳、右手にビールのコップを持っていた。

「その目的とは、どういうことなんですか」

小野里は、また声を張り上げた。

「先生のご挨拶があったあと、確か進藤さんだったと思いますが、いまのご質問と同じことを西城先生にお尋ねになっております。進藤さんは、いったい何を基準にわれわれを招待の対象に選んだのかと、質問されたんですよ」

石戸は笑顔のままでいたし、余裕がありすぎるくらいだった。

「それに対して西城先生は、どうせ隠居するならば過去に一つの汚点も残さずに引退したいとお答えになった」

「そうでしたね。次元の低い連中に、あの事件の責めを負って引退したなどと、陰口を叩かれたくないともおっしゃいました。それで、自分の過去の行動に何らやましい事実がなかったことを確認してもらうのに、最も適当だと思われるみなさんを招待した。以上が、西城先生のお答えのすべてでした。これもまた、自殺する気でいる人間が口にするような言葉ではありませんね」

「しかし、なぜ招待した人たちが先生の潔白を証明するに相応《ふさわ》しいのか、という点について具体的な説明がありませんでした」

「当然です。先生は、詳しいことは追い追い説明することにして、とおっしゃっていましたからね。ここでも言えることですが、もし先生が翌朝に自殺される覚悟でおいでだったのなら、詳しくは追い追い説明するとして、なんておっしゃるはずはありません」

「それはともかく、石戸さんにおわかりなんですか」

「何がでしょう」

「なぜ、招待されたみなさんが、先生の潔白を証明するに相応しい人たちってことになるのか。つまり、先生が招待された具体的な目的について、石戸さんはご存じなのかと、お尋ねしているんです」

「そのことでしたら、九分通りわかっています」

「石戸さんは、先生の代弁ができると、おっしゃるんですね」

「そういうことになります」

「あなたはどうして、そんなことをご存じなんですか」

「ぼくの推理によるものです」

「推理だけなんですか」

「いや、ぼくも医師であり、科学者というわけですから、推理だけなんてそんないいかげんなことはやりません」

「すると、事実調べもしてあるんですね」

「ええ」

「事前にですか」

「そうです」

「なぜ、事前に、何かを調べようって気になられたんです」

「まあ、ぼくの好奇心からとでも、申し上げておきましょうか。実は、先生からご招待を受けたとき、パーティに集まる人たちの顔ぶれを聞かされて、ぼくは、好奇心を抑えきれなくなったんです。これは、いったいどういうことなのか。何が始まるんだろうか。先生はどんなことを、企んでおられるのか。あるいは、とんでもないことでも、起こるんじゃないのか。まあ、そんな気がしたわけなんです。それで、まことに失礼なこととは思いましたが、興信所に依頼して招待を受けられたみなさんに関する可能な限りの全調査を、行なったという次第なんですよ」

石戸自身は平然とした顔でいるが、これもまた大変なバクダン宣言であった。

しばらくは茫然《ぼうぜん》としていた人々が、やがて非難と不満の声を口にし始めた。あたりは急に、騒がしくなった。これで石戸への好意も好感も、一瞬にして消えたはずだった。石戸へ向けられているのは、憤慨している顔ばかりであった。

「興信所ですって！」

「何の権利があって、そんなことをしたんだ」

「失礼ねえ」

「あたしたちも、興信所の探偵に調べられていたってわけね」

「人権問題だ」

「実に、怪《け》しからん。自分の好奇心を満足させるために、他人のプライバシーを侵害するなんて……」

「ねえ、行きましょうよ。何もこんなことに、付き合っている必要なんかないわ」

「そうよ、不愉快だわ」

「それにしても、非常識なことをやるもんだな」

「あれで、医者なんだからね」

「名誉毀損《きそん》で、訴えてやる」

「いったい、何を調べたのかしら」

「気持ち悪いわ」

「あの医者の責任を、追及すべきじゃないですか」

そのような言葉が乱れ飛び、席を立ちかけた連中もいた。このままにしておいたら、収拾がつかなくなりそうだった。だが、石戸のような男が大変な騒ぎになることを予期せずに、不用意に秘密を明かしたりするはずはなかった。

石戸はちゃんと、こうなることを見通したうえで、興信所問題を持ち出しているのである。その証拠に石戸は落ち着き払って、混乱の成り行きを見守っていた。計算通り、という顔つきであった。もっとも、騒ぎ立てているのは、広間にいる全員というのではなかった。大河内夫妻、進藤夫妻、それに前田秀次と浦上礼美のカップルだけが、言葉に出して憤慨しているのであった。

　綿貫夫妻と沢田真弓は、沈黙を守っている。ただ、驚きの表情を示し、茫然となり、怒りと抗議の目つきでいるだけだった。この三人は、席を立つという気配も見せずに、じっと動かずにいた。

　天知と富士子は、傍観者の立場を保っている。ずいぶん思いきったことをやるものだと驚かされたり、改めて石戸という男の性格について考えさせられたりしただけで、それ以上に感情的になる理由はなかった。

　何を調べられようと構わない、という気持ちがあるせいだろう。

「みなさん、どうかお静かに……」

　頃合を計って、石戸がそう呼びかけた。

　だが、大河内夫妻、進藤夫妻、それに学生のカップルといった連中が、素直に応じたりするはずはなかった。彼らは面と向かって、石戸に非難の言葉を投げつけた。

「命令する権利はない！」

「あなたの主張なんて、聞いてやるもんですか」

「何さまだと、思っているの」

「まず最初に、謝罪すべきだ！」

「そうじゃないと、総退場するわよ」

「冗談じゃない」

「いいかげんにしろ」

「火事で、焼け死んじまえ！」

「あなた、失礼だわ」

「われわれは、陪審員じゃなかったのかね」

「もう、味方してやらないぞ」

と、抗議の発言は次第に、お粗末な野次に変わっていった。それもやはり、心の底から怒れない理由があるからなのだろう。腹は立っても、弱みがあるという感じだった。もちろん石戸は、そこまで読み取っているのに違いない。

「みなさん、ぼくに違法行為はありません。名誉毀損《きそん》という犯罪が成立するかどうか、ここに小野里弁護士という法律の専門家がおられますから、お尋ねになってみたらいかがですか」

石戸が、笑いの消えた顔で言った。冷静であり、しかも強腰だった。

その石戸の強い出方によって、騒ぎ立てていた連中は、たちまち口を封じられてしまった。

「不思議なことに狼狽する方たちと、落ち着いておられる方たちと、その両方がいらっしゃるようですね」

石戸は、皮肉っぽい笑顔で、全員を見渡した。

そう言われては、騒ぎ立てた連中のほうが、ますますやりにくくなる。狼狽するのはそれなりの理由があるからだと、きめつけられたようなものだった。ここで席を蹴って去ったら、あとで何を言われるかわからない。

もともと気が小さくて、尻をまくることができない人種である。自分が抜けているところで、いいように批判され中傷されることを、何よりも恐れるのだった。そう思うと、席を立つこともできない。

「みなさん、どうか誤解なさらないで下さい。ぼくは、何も、みなさんの私行上の秘密を調べて、楽しもうとしているんじゃありません。万が一、何か起こったらという用心深さも、好奇心と一緒にあったんです。そして結果的にこうして、ぼくの予測通り大事件が起こったじゃないですか。しかも、ぼくたちはいま警察の監視下に置かれて断罪を待つような、何とも奇妙で中途半端な状態にあるわけです。ここでまず、ぼくたちは何をなすべきか。答えはただ一つ、ぼくたちの力で事件の真相を突きとめることです。殺人事件であるならば、その事実を立証して、真犯人を明らかにしなければなりません。真犯人を捜し出すことは、残った全員の潔白を立証することにもなるんです。ぼくの事前の調査が、そのためにいま役立とうとしているんです。この場であるいは、みなさんの私行上の秘密を公開することになるかもしれません。しかし、そんなことは、どうでもいいじゃないですか。

それによって真犯人が明らかにされ、悪いことをしていない人が自由を取り戻せるのであれば……。真犯人を見つけて、罪なき人々の自由を獲得する。この正義のために、みなさんもご協力下さい」

石戸医師は、いつの間にか笑顔に戻っていた。なかなか、巧みな論法である。小野里のように力んだり、芝居がかったりしなかった。むしろ、普通に淡々と喋るのであって、そのほうが説得力に富んでいる。

「では、質問を続けます」

小野里が言った。

「どうぞ、お願いします」

石戸が小野里に、会釈を送った。

広間は、静かになっていた。元の状態に、復したのである。よく言えば石戸の話術に屈服させられたのであり、悪く言えば毒気にあてられたのであった。いずれにしても、彼らはより協力的な人々に一変したということになるのだ。

「西城先生ご夫妻が戸籍上、夫婦でなくなっているということも、その事前の調査によってわかったんですか」

小野里が、質問を始めた。

「そうです。先生についても調査しなければ、片手落ちになりますからね」

石戸はまた、手帳を開いていた。

「改めてお尋ねすることになるんですが、先生が招待なさった人たち個々について、その目的なり狙いなりを具体的に説明して下さい。もちろん、あなたの推論ということになりますが……」

「誰から、始めましょうか」

「では、あなたと小野里から、始めて頂きましょう」

「あなたとぼくに関しては、わかりきっていることです。どちらかを富士子さんの婚約者として決定し、それをみなさんに披露するというのが先生のお考えでした」

「次に、綿貫夫妻はどうですか」

「綿貫純夫さんは、先生のたったひとりの甥《おい》であり、西城家の数少ない血縁者を代表されています。富士子さんの婚約披露に立ち会うのは当然ということで、夫人ともども招待されたんです」

「大河内教授については、いかがでしょうか」

「先生の潔白を立証される方として、最も相応しいということで招待されたんです」

「大河内夫人は……？」

「同様です」

「進藤助教授は、どうなんですか」

「同様です」

「進藤夫人もですか」

「同様です」

「前田秀次君は、いかがでしょう」

「同様です」

「浦上礼美さんは、どうなるんですか」

「やはり、同様です。以上六人のみなさんが、同様ということになります。たったいま、ぼくに激しく抗議された六人のみなさんと、一致することになりますがね」

「どうも、よくわかりませんね」

「何がですか」

「この六人の方たちが、西城先生の潔白を証するのに最も相応《ふさわ》しい、ということがです。わたしには、むしろその逆のように思われますがね」

「だからこそ、あなたは西城先生が六人のみなさんに抗議する気持ちも含めて、夫人と一緒に自殺を図ったものと、判断されたんでしょう」

「しかし、事実そういうことに、なるんじゃないですか。六人のみなさんはいずれも、西城先生の敵に回った方たちでしょう。特に浦上礼美さんなんかは、西城先生を告訴した当人ということになりますからね」

「では小野里さん、こういう考え方をしてみて下さい。現在、なおも本物の敵だったとしたら、六人のみなさんが西城先生の招待に応じて、軽井沢までいらっしゃるもんでしょうかね」

「すると六人のみなさんは、現在ではもう本物の敵ではないというんですか」

「その通りです。西城先生と六人のみなさんとのあいだでは、すでに和解が成立していたんです」

「和解が……?」

「それも、口先だけの仲直りでは意味がない。和解を記念して、パーティでもやろうではないか。八月八日が誕生日だから、軽井沢の別荘でパーティを開く。三つの事柄を記念しての誕生パーティにしよう、ということになったんですよ」

「三つの事柄を記念しての、誕生パーティですか」

「三つの事柄とは先生の引退、富士子さんの婚約、そして六人のみなさんとの和解ということです」

「そうなると、進藤さんが先生に、何を基準に自分たちを招待客に選んだのかって質問したのは、茶番だったんですか」

「いや、茶番なんかではありませんよ。先生は六人のみなさんをご招待するとき、ほかに誰を呼ぶかということを、まったく教えなかったんです。もし六人のみなさんが勢揃いするなんてことになると、何か企みがあるのではないかって警戒して、欠席される人もいるかもしれない。先生はその点を、配慮されたんですね」

「ところが、いざ軽井沢の別荘へ来てみたら、六人が勢揃いするということになった。それで進藤さんが先生に、どういう基準で招待客を決めたのかと質問した」

「そうなんです。パーティの席上で、何か注文をつけられるのではないかと、進藤さんは気になさったんでしょう」

「それで事実、先生は何か注文をつけるつもりでおられたんですか」

「もちろんです。だから先生は、進藤さんの質問に対してはっきり答えているじゃないですか。この記念すべき日に、自分が潔白だということを確認してもらうんだってね。それが、ただ口先だけの仲直り、形式だけの和解じゃなくて、パーティの翌日にでも六人のみなさんから、実は潔白だったんだと明言してもらうという先生の目的だったんですよ」

「六人のみなさんに、無実だということを証言してもらうんですね」

「それで、どうせ隠居するならば過去に一つの汚点も留めずに身を引きたい、という先生のお言葉にもなるんですよ」

「そういうことだったんですか」

「いずれにせよ、今度のパーティは先生にとって、生涯において最も感慨の深い記念日になるはずでした。先生の引退、そして富士子さんの婚約、冤罪《えんざい》の立証、それに加えて六十一回目の誕生日です。絶望や苦悩には、およそ縁のない先生でした。その先生がどうして、自殺しなければならないのか。なぜ、奥さままで道連れにして、心中を図らなければならないのか。つまり、これだけの事実から判断しても、先生ご夫妻の心中説は真っ向から否定できるんです。それだけじゃありません。先生は愛する女性を、この別荘へ招待されていたんですよ。その愛する女性を尻目に、夫人と心中してしまうなんて、そんなことが考えられますか」

「愛する女性とは、誰のことなんです」

「もちろん、みなさんにはおわかりでしょう。この四年間ずっと先生が心から愛しておられたし、またその先生に献身的な愛を尽くした女性、それはそこにおいでのかつての秘書、沢田真弓さんなんです」

石戸医師は静かな口調で言って、遠慮がちに沢田真弓へ視線を投げかけた。全員が、沢田真弓の席に顔を向けた。冷ややかな、あるいは好奇心からだけの、目つきではなかった。誰もが真摯《しんし》な眼差しで、涙を流している沢田真弓を見守っていた。

「西城ご夫妻の死、これは明らかに他殺だ」

石戸の声に、初めて力がこめられた。

3

西城豊士と若子は、三年前から戸籍のうえで夫婦でなくなっている。

西城豊士は四年前から、秘書の沢田真弓と愛し合う関係にあった。

この二つの事実には、もちろん因果関係があると、石戸昌也は詳しい説明を付け加えた。

その説明によると、戸籍のうえで離婚したことになっている事実について、若子夫人はまったく知っていなかったという。

西城豊士が内密にやったことで、夫婦合意による手続きではない。若子夫人はそんなことは夢にも知らずに、この世を去ったわけである。若子夫人は、夫の女関係をまるで気にしていなかった。

一つには若子夫人の育ちのよさからであり、いわゆる古いタイプの妻として、当然のことだったのである。

それに愛人が、大学の研究室の秘書だったという特殊性もある。教授と秘書は毎日のように顔を合わせるし、いつも行動をともにしている。そもそもが一心同体のような関係であって、そのことが盲点になっていたのだ。

従って、若子夫人ばかりではなく、大学の関係者の中にも、西城教授と沢田秘書の特別な間柄に気づいた者は、ひとりもいなかった。知っていたのは二人が四年間、利用し続けていた芝高輪《しばたかなわ》のラブ・ホテルのフロント係だけであった。

西城教授と沢田真弓が結ばれたのは四年前のことで、決して浮気とか酒のうえの過ちとかいったものではなかった。肉体関係に至るまでの二年間、二人は互いに惹《ひ》かれつつ苦悩を重ねていたのである。

沢田真弓は、三十も年上の西城教授を心から尊敬し、愛してもいた。彼女は性格的にも控えめで、尽くすタイプだったのだ。女らしくて無口で、献身することに愛の歓びを感じていた。

西城教授も自己中心主義の現代女性にはない本物の女らしさを、沢田真弓に見出して、その稀少価値を愛し、まるで芸術品に魅せられたように彼女に夢中になっていた。生涯に一度の恋愛だと、西城教授は自認していたらしい。

しかし、結婚ということは、まったく不可能であった。それは最初からわかっていたことで、沢田真弓も結婚を望んではいなかった。彼女は西城教授の愛人であることで、満足しきっていたのである。

沢田真弓は西城教授に、死ぬまで先生の愛人でいたいと、口癖のように言っていた。そうした沢田真弓のいじらしさ、ひたむきさに、西城教授は何とかして報いたいと思った。そこで思いついたのが、妻との戸籍上の離婚だったのだ。

「きみとの結婚は不可能だが、せめて戸籍のうえだけでも家内と離婚するということで、わたしの誠意を汲《く》み取ってもらいたい」

西城教授は、沢田真弓にそう伝えた。

沢田真弓は反対したが、西城教授は言葉通り実行した。その夜、沢田真弓は西城教授の胸にすがって、泣き明かしたという。間もなく六十になるという男の誠意が、沢田真弓には感動的に嬉しかったのである。

「戸籍のうえだけの離婚というのは、意外に簡単なんだと、ぼくも初めて気がついたんですがね」

石戸昌也は微笑を浮かべて、一同の顔を見渡した。

「離婚届は配偶者の同意がなくても、いくらでも作れます。三文バンで事たりるし、保証人なんてものは実在するかどうかも調べないんですからね。ただ問題なのは、そのことを配偶者が気づいたらという点にあります」

石戸医師は言った。

「まあ、戸籍謄本なり抄本なりを、見るチャンスがあればの話ですがね」

小野里実が、口をはさんだ。弁護士の専門分野に含まれていることだと言えるだろう。

「考えてみると、戸籍謄本や抄本を見るチャンスというのが、あまりないんですね」

石戸医師は、小野里弁護士にうなずいて見せた。

「夫婦の場合ですと、子どもの出生、入学、結婚、就職といったときだけ、戸籍謄本なり抄本なりに接するということになります。それ以外には、ほとんど用がありません」

小野里が言った。

「それで若子夫人もこの三年間、まったく気づかれなかったし、気づかないまま亡くなられたということになるわけです」

石戸昌也は、手帳に目を落とした。

「今年の一月、例の強姦未遂事件が新聞に載るとすぐに、沢田真弓さんが東都学院大学を退職されたのは、どうしてなんですか」

小野里が、質問した。

「それもまた、沢田さんの献身的な愛によるものなんです。例の事件によって、西城先生の身辺が騒がしくなり、あれこれと突っつかれる恐れもあり、その結果として沢田さんとの関係が明らかになってしまったら先生に迷惑が及ぶだろう。そう考えた沢田さんは、みずからを犠牲にして、早々に大学から身を引くことにしたんです」

石戸医師は、暗い雰囲気にさせまいとしてか、依然として顔に笑いを浮かべていた。

当の沢田真弓は、じっと動かずにいた。俯《うつむ》いて、目にハンカチを押し当てている。いま西城教授と愛し合っていた女という立場を公認されて、沢田真弓は急に愛する男の死に涙する気になれたのかもしれない。

沢田真弓は、否定しなかった。石戸昌也の説明をすべて事実として認めたことになる。昨夜も西城夫妻が三年前から戸籍のうえで離婚しているという話が出たとき、沢田真弓はさっさと席を立って、広間から姿を消している。

石戸昌也の調査の結果は正確であり、何もかも真実であると判断してよさそうだった。誰もがそう思っているらしく、無駄口をたたく者もいなかった。

「このように西城先生には、真剣に愛し合っている女性がいたわけです。その先生がどうして、女子学生に性行為を強制したりするでしょうかね。もちろん、先生は何もなさっておりません。例の女子学生強姦未遂事件というのは、一部の人たちの陰謀であり、デッチ上げだったんです」

そう言ってから、石戸医師は新たな調査結果についての説明にはいった。

東都学院大学は去年の四月に新しい理事長が就任して以来、対立抗争が激化の一途をたどっていた。もともと要注意人物と見られていた理事長代行が、新しい理事長に選出されたうえに、就任と同時にワンマンぶりを発揮し始めたことから、学長一派が排斥《はいせき》運動を表面化させたのである。

理事長派と学長派とに真っ二つに割れて、泥沼の闘争に発展し、それも次第に低次元における中傷合戦となった。怪文書が毎月のように出回り、名誉毀損で訴えたり、暴力沙汰まで引き起こしたりした。

理事長派のボス的存在で、実力者教授と見られていた西城豊士も、ついに罠《わな》にはめられるということになった。西城を追い落とせというのが、学長派の合言葉になっていたのである。

かねがね西城教授に反感を抱いていた学長派の一部の教授や助教授が、およそ教育者らしくない陰謀をめぐらした。女子学生強姦未遂事件を、デッチ上げるという陰謀だった。その陰謀に使えそうな、女子学生がいたのである。

その女子学生A子は、西城教授の熱烈なファンのひとりであった。西城教授の部屋に押しかけたり、研究室にもたびたび出入りしているA子だった。西城教授に、フランス語でラブレターまがいの手紙を書いて、手渡したこともある。

研究室でA子が西城教授にしなだれかかるのを、目撃した者もいる。そのときの西城教授はA子を突き放して、今後いっさい教授室や研究室に出入りすることを禁ずると、厳しく申し渡したという。

A子はそのことで逆恨みをして、西城教授を憎むようになっていた。そのA子を、陰謀に加担させたのであった。A子は面白そうだと乗り気になり、間もなくその役目を引き受けた。

もうひとりBという学生を、陰謀に引っ張り込んだ。BはA子の恋人ということになっていた。真面目な恋愛関係ではなく、A子は金持ちのドラ息子のBを利用し、BはA子とのセックスを楽しんでいるというところだろう。

だが、A子の恋人には違いないBを、使うことにしたのだった。卒業がおぼつかないBとしては、教授や助教授からの依頼ということで、色気を持った。Bなりの計算があって、陰謀に加わることを承知したのだ。

その陰謀には西城教授と親しかった医学部のC教授、それに西城教授の弟子と見られていた仏文のD助教授も加わっていた。C教授もD助教授も、学長派には違いなかったが、そのほかにも西城教授を大学から追放したい個人的な理由があったのである。

「こういうわけですから、A子、B、C教授、D助教授が揃った場合、西城先生の潔白は完璧に立証されることになります」

石戸医師は、大河内教授と進藤助教授のほうへ視線を投げかけた。

その石戸医師をにらみつけているのは、大河内夫人の昌子と、進藤夫人の季美子だけであった。大河内洋介、進藤信雄、浦上礼美、前田秀次の四人は、そっぽを向いたり顔をそむけたりしていた。

反論はなかった。

「お察しの通り、A子とは浦上礼美さん、Bは前田秀次君、C教授は大河内教授、D助教授は進藤助教授ということになります」

石戸は、反論がないことに満足したような顔で、そう付け加えた。

「つまり西城先生は、潔白を立証してもらうために、四人の方たちをパーティに招待されたということは、言葉のうえではよくわかりました。しかし、大河内教授も進藤助教授も、夫人同伴というのはどうしてなんでしょうか」

小野里弁護士が訊いた。

「もちろん、お二人の夫人も西城先生が、わざわざ夫人同伴でと指示して、招待されたんです」

石戸医師は、自分をにらみつけている教授夫人と助教授夫人に、ニヤリと笑いかけた。

「それは単なる先生の、欧米ふうのパーティに倣《なら》って、ということなんでしょうか」

「当然、先生はそういうお気持ちもあったと思います。しかし、それだけではありませんね」

「ほかに何か、目的があったんですか」

「両夫人を招待することで、先生は、一種のキャスチング・ボートを握ろうとなさったんですよ」

「両夫人を招待すると、どうして決定権を握ることになるんです」

「万が一、パーティに出席した大河内教授、進藤助教授が西城先生の潔白を立証することを拒否した場合、両夫人の存在が大きくものを言うからです」

「どうも、よくわかりませんね」

「つまり西城先生は、夫人たちを含めて大河内教授や進藤助教授の弱みを、握っていたということなんですよ。先ほど、大河内教授と進藤助教授は学長派ではあったが、そのほかにも西城先生を大学から追放したい個人的な理由があったと、申し上げましたね」

「ええ」

「その個人的理由というのが、実はそれなんですよ。大河内さんも進藤さんも両夫人を含めて、重大な秘密を西城先生に握られていたんです。そんなことでは、理事長派の西城先生と対等に渡り合えない。それで、お二人は西城先生追い落としの陰謀に加担されたんでしてね」

「西城先生がみなさんと和解されたというのも、その重大な秘密をタネに取引をなさったんですか」

「西城先生は、そんなことをなさるお方ではありません。強姦未遂の訴えは結局、事件として成立しなかった。警察も、調べを打ち切った。つまり陰謀は事実上、失敗に終わったわけです。そうなったからには、陰謀ということが発覚しないうちに手を引いたほうがいいと、まず浦上礼美さんが三月になって告訴を取り下げた。西城先生のほうも大学に嫌気がさして、四月から病気という理由で休講されることになった」

「その時点で、自然に和解が成り立ったということなんですね」

「そうです。その後、西城先生は浦上礼美さん、大河内さん、進藤さんと会って、話し合いをされています。言葉のうえで、和解は成立したんです。ただ、それだけでは、先生も満足なさらなかった。そこで先生の引退と誕生日を記念してのパーティに、みなさんを集めて身の潔白を証明してもらおうということになったんですよ」

「よく、わかりました。そこで、その重大な秘密というのを、具体的にご説明願いたいんですがね」

「それは、ちょっと……」

「駄目なんですか」

「ぼくのほうは、一向に構いませんがね。ただ、個人の名誉にかかわることなので、申し上げにくいんです」

「弱みになるような秘密であれば、個人の名誉にかかわるというのは当然でしょう。しかし、ここは興味本位に他人の秘密を知りたがる井戸端会議の場でもないし、無責任な噂を楽しむサロンでもありません。あくまで真相を究明し、真実を知るための場所で、法廷と変わりないんです」

「理屈としては、そういうことにもなりますが……」

「石戸さんは、他殺説に拠《よ》って理論的解明をなさるんでしょう。だとすれば結論として、犯人を指名しなければなりませんよ」

「もちろん、そのつもりでいます」

「しかし、それは個人の名誉に、影響しませんか。個人の名誉にかかわることだから、言えないというのであれば、犯人を指名することだってできないはずです」

「困ったな」

「何も困ることはないでしょう。この広間にいる人たちだけが、話を聞くことになります。ですから全員がここの部屋を一歩でも出たら、自分たちの秘密として絶対に他言しないと、誓約したらいいいんじゃないんですか」

「ご当人の意志が、肝心だと思います」

石戸は困惑の表情で、マントルピースの前を往復した。

「ただ重大な秘密というだけでは、信憑性《しんぴょう》に欠けますよ。石戸さんの作り話だと、受け取られても仕方がない。何事も立証されなければ、真実とは言えません」

小野里は、同調する声を求めるように、背後を振り返った。

「誓約します」

浦上礼美が、手を上げた。

「是非、聞きたいな」

前田秀次が言った。学生のカップルは、教授や助教授の重大な秘密というのを、何としてでも知りたかったのだろう。あとの者は黙っていたが、やりすぎだ、行きすぎだと反対する声もなかった。当事者である二組の夫婦も、無言を続けていた。

大河内教授は、目を閉じて腕を組んでいた。進藤助教授は黙々と、ウイスキーの水割りを飲んでいる。二人とも観念したのか、尻をまくったのか、そのどちらかであった。大河内昌子は、おどおどした目つきでいた。

進藤季美子は、ふてぶてしく澄ました顔でいる。不貞腐れている、という感じであった。そうでなければ、石戸がほんとうに秘密というものを知っているのかどうか疑わしいと、楽観しているのに違いない。

「当事者のみなさんに、意思表示はありません。石戸さんに一任するというお気持ちだと、解釈していいんじゃないですか」

小野里が言った。

「だったら、申し上げましょう」

立ちどまって、石戸が正面を向いた。さすがに、厳しい表情になっていた。その顔に、二組の夫婦を除いた全員が注目した。

「まず、進藤夫人が身体の変調を訴えたことから始まるわけですが、病気は婦人病の症状を呈していたので、進藤助教授は当然、大学の医学部産婦人科の大河内教授に診察を頼みました。大河内教授は気軽に引き受けたものの、そこで重大なミスを犯してしまったんです」

石戸の顔に笑いがないのは、同じ医師ということを意識しているせいかもしれなかった。

「ミスとは……?」

小野里が訊いた。

「誤診です」

「教授が、誤診をしたんですか」

「大河内教授は、副腎腫であり軽度で良性のものだから内科的療法でいいと、診断されたんです。ところが、それは誤診であって、治療を続けているうちに、進藤夫人の病気は進行、悪化の一途をたどりました」

「ほんとうは、どういう病気だったんですか」

「ルティン細胞腫で、これは卵巣腫瘍の一種です。ルティン細胞腫は、よく副腎腫と誤診されるんですが、権威あるドクターとしては初歩的なミスということになるんでしょう。輝かしいドクターの経歴に傷がつき、名誉と信用が失墜するのを恐れた大河内教授は、関係者の口を封じてこれを秘密としました」

「進藤夫人の病気のほうは、どうなりましたか」

「部分的な卵巣切除の手術ですんだところを、手遅れにしてしまったために、全卵巣を摘出しなければなりませんでした」

「教授としては、進藤夫妻に大きな借りを作ったことになりますね」

「そうなんです。一方、進藤助教授は大河内教授の自宅に出入りしているうちに、昌子夫人と親密な仲になり、男女関係にまで発展してしまいました」

「ほう」

「その関係は、もう一年以上も続いているんです」

「大河内教授は、そのことに気づいているんですか」

「間もなく、気がつきました。しかし、大河内教授は進藤助教授と妻の不貞を、黙認していらっしゃる。一つには、進藤夫人から女性としての魅力を奪ったのは自分だという大きな借りがあるからです。それにもう一つ、大河内教授はすでに男性としての機能を失っていて、まだ若い夫人を性的に満足させることができないためです」

「なるほど……」

「そうしたことをすべて、ひっくるめて西城先生に知られてしまっていたというわけなんですよ」

石戸医師は、最後に溜息をついて説明を終えた。部屋の中が妙に、シーンと静まり返っていた。

4

思わぬ秘密が暴露されて、誰もが言葉を失っているのである。それも、当人たちを目の前に置いてのことだった。何か口にするのは、当人たちに対して残酷である。この話については早々に打ち切って、二度とは触れまいという気持ちも働いているのだろう。

大河内教授は目を閉じて、腕を組んだままでいる。

進藤助教授も、水割りを飲み続けていた。二人とも、同じ姿勢を保っている。ここで怒ったりすれば、恥の上塗りになる。席を立って逃げ出すことは、意地でもできない。平然と聞き流し、知らん顔でいるのがいちばん賢明であった。

その辺のことは、二人ともちゃんと心得ている。西城教授追い落としの陰謀に加担したと、明らかにされたことのほうがよほど恥ずかしい。個人的な秘密をすっぱ抜かれたことで、むしろ人々は同情してくれるだろうと、計算ずみなのかもしれない。

大河内昌子は、顔を伏せている。

進藤季美子は、横を向いていた。

この二人もまた、動こうとはしなかった。夫が知らん顔でいるのだから、さっさと広間を出て行くわけにはいかない。女同士二人で、席を立つという気にもなれないのである。

暗黙の諒解はあったかもしれないが、進藤助教授と大河内昌子の特別な関係をはっきり認めたのは、いまが初めてだろう。認めたからには、二人の女は敵同士ということになる。進藤季美子から見れば、大河内昌子は夫の愛人であった。

大河内昌子にしてみれば、進藤季美子は愛する男の妻である。そうした仇敵同士が一緒に、姿を消すというのも変な話であった。そうかと言って、ひとりで出て行くのでは、あまりにも惨《みじ》めだった。

天知昌二郎は、二人の妻をつくづくと見やった。

なるほど進藤季美子には、女っぽさが欠けている。もともと平凡なタイプだが、特徴とかチャーム・ポイントとかが、まったく見当たらないのだ。顔色も悪いし、色気のない女という印象を受ける。

生気が感じられないせいか、ただのんびりと生きているだけの人間に見える。意欲も情熱も、失っている顔だった。老け込んではいないが、三十九歳の女にしては性的魅力に乏しかった。

一方の大河内昌子のほうは、それと対照的に生き生きとしている。肉感的で女盛りの感じ、目つきに巧まざる媚《こび》あり、色気は十分、好色な人妻を絵に描いたよう、という天知昌二郎の感想はそのまま彼女の実体になるわけである。

天知はプール・サイドから見た光景を、思い出していた。プールの中で進藤助教授と大河内昌子が、追いかけっこをして派手に騒いでいた。いまになって考えてみると、あの陽気さ、嬉しそうな嬌声などは、特別な仲にある男女特有のものだったのだ。

「これで一応、みなさんをパーティに招待した西城先生の真意、目的についての説明を終わることにします。いままでの説明だけでも、西城ご夫妻の心中説を根底から覆すに十分だとは思いますが、これから個々の問題に触れて他殺説を立証することに致します」

石戸昌也がそう言って、コップのビールを飲み干した。

「これから、本題ですな」

小野里実が珍しく、タバコに火をつけた。

いよいよ本格的な論戦にはいって、一気に核心に迫ることになるのだった。石戸昌也はやる気十分だし、小野里実もそれを受けて立つつもりなのである。

「小野里さんの主張をすべて否定し、引っくり返すことになりますよ」

石戸が手帳を開いて、ニヤリと笑った。最初から、小野里に対して挑戦的であった。

「それが妥当な否定であれば、わたしも無理に反論はしませんよ」

小野里が、皮肉っぽく笑い返した。

「まず、WSの文字からまいります。これがDouble《ダブル》 Suicide《スーサイド》を意味するのであって、心中を英語で伝えようとしたというのは、コジツケもいいところで、まさに噴飯ものです」

「そうでしょうか」

「小野里さんは、ご夫妻の死が心中であることを明確にしておこうと思いついた夫人が、そのためにＷＳと書き残したんだと、おっしゃいましたね」

「ええ」

「死の直前に、あることを明確に伝えたいと思いついた。だとすれば何よりもまず、わかりやすくするということが大切です。書き残しても、意味が通じなかったのでは、何にもなりません。それなのに夫人はどうして、わざわざ、謎めいたＷＳなどという文字を書き残したんでしょう」

「夫人にはＷＳで十分、意味が通じるという判断があったんですよ」

「冗談じゃない。西城夫人も日本人、書き残した文字を見るのも日本人なんですよ。ＷＳという文字を見て、それを心中だと解釈する日本人が何人いますかね。いや、英国人、アメリカ人だって、ＷＳを心中に結びつけたりはしませんよ」

「断言は、できないでしょう」

「ＷＳを心中と解釈するのには、あれこれと考えた挙句に、こじつけるほかはありません。それにＷＳは、ほかの意味にも受け取られるし、紛らわしいということになります。紛らわしくて、わかりにくい言葉を、わざわざ夫人は書き残したんですか」

「字画の多い日本語を、書いているだけの時間がなかった。それで咄嗟に思いついたＷＳを、書き残したんだと思います」

「当然、日本字で〝心中〟と書いたはずだ。心中という字だったら、字画はむしろ少ないほうですよ。ＷＳと書くのも、心中と書いても、時間的にはほとんど変わりないんじゃないですか」

「それは……」

「それにですね。心中であることを、それほど明確にしたいんだったら、遺書を残していけばいいんです」

「遺書を残すつもりは、最初からなかったんです」

「心中するという走り書きだけでも、よかったんですがね」

「西城夫人は死ぬ直前になって、心中したんだということを、明らかにしておこうと、思いつかれたんですからね」

「違います。ご夫妻は殺された、他殺に遺書があろうはずはない、だから遺書がなかったんですよ」

「それなら、ＷＳの解釈について、聞かせてもらいましょう」

「殺人事件で、被害者が何かを書き残す。そうした場合、書き残された字なり記号なりは百パーセント、犯人を指針するものと考えるべきでしょう。被害者は、犯人を知っている。犯人が誰であるかを、生きている人々に伝えたい。殺された被害者の、犯人に対するせめてもの復讐《ふくしゅう》です。このＷＳもまた、そのように考えなければなりません」

「WSは、姓名のイニシアルだという判断ですね」

「イニシアルであることも含めて、人間の名前を示しているという解釈に、間違いはないと思います」

「犯人がいるとしたら、内部の人間です。そのうちから管理人夫婦と、お手伝いを除けば、残るはわれわれだけということになるでしょう」

「その通りです」

「われわれの中に、イニシアルがWSの人がいますか」

「正確なイニシアルということにはなりませんが、WSだと言ってもいい人が二人おります」

「石戸さんはM・I、わたしがM・O、大河内教授がY・O、夫人がM・O、進藤助教授がN・S、夫人がK・S、浦上さんがR・U、前田君がH・M、沢田さんがM・S、綿貫さんがS・W、夫人が同じくS・W、S・W……」

小野里は何度も、S・Wとつぶやきながら顔を上げた。思い当たったものの、とても信じられないといった面持ちである。

「そうです。綿貫純夫さんと奥さんの澄江さん、このお二人のイニシアルが同じSWなんです」

石戸は両手を背中へ回して、天井をにらみつけるようにしていた。綿貫夫妻の席へは、目を向けなかった。

何人かが、綿貫夫妻の反応を窺《うかが》うように、遠慮がちに振り返った。綿貫純夫は驚くこともなく、また憤然となるといった反応も示さなかった。綿貫純夫は憮然たる表情で、石戸医師を見つめていた。

妻の澄江も、動揺した様子はなかった。ただ、目つきが険しくなっていた。これまで常に孤立していて、ほかの招待客と口もきかない綿貫夫妻は、もともとそういう顔つきだったのである。

「石戸さんの言われる、犯人のイニシアルとは、このSWを指しているんですか」

小野里が立ち上がって、身を乗り出すようにした。これは重大なポイントだと、思ったからなのだろう。

「そういうことになります」

上体を前後に揺すりながら、石戸医師は自信たっぷりにうなずいた。

「しかし、WSと、SWの違いが、あるんじゃないですか」

「だから、正確なイニシアルということにはなりませんがと、申し上げたでしょう」

「不正確すぎます。イニシアルとは、名前の頭文字が先で、そのあとに姓の頭文字が続くってことぐらい、小学生だって承知していますよ」

「それは、マサヤ・イシドというふうに名前が先、姓があとになる外国のフル・ネームから来ているもので、自然にマサヤ・イシドのイニシアルはM・Iになるためでしょう。しかし、日本ではイシド・マサヤと姓が先になるのですから、イニシアルは当然、I・Mとならなければなりません」

「イニシアルについて、そうした意見があるかもしれません。ですが、イニシアルに関しては外国流をそっくり真似て、名前が先、姓があとにするというのが、日本においても慣習になっているんです。たとえばSWとWSというイニシアルに接した場合、日本であってもまったく別の人間の姓名と受け取ってしまいます」

「確かに、綿貫純夫さんのイニシアルであれは、SWと書くのが正しい。けれども日本人である限り、それをWSと書いたとしても間違っているとは言えません」

「すると、あなたは西城夫人が綿貫純夫さんのイニシアルのつもりで、WSと書き残したっておっしゃるんですか」

「そうです」

「西城夫人が、イニシアルを間違うなんてことは、とても考えられませんね。あなたが強く主張なさった正確さと、わかりやすさを第一条件に文字を書き残さなければならないというご意見に、反することになりませんか。イニシアルを間違えたりしたら、別の人間を指摘することにもなりかねないし、誤解と混乱を招くでしょう」

「西城夫人は戦前の旧制の高等女学校を卒業後、専門部の国文科へ進まれました。英語は当時から苦手で、その後は更に記憶も薄れ、あまり横文字に弱すぎてフランス文学の権威とされている学者の妻として恥ずかしいと、よくおっしゃっていたそうです。ですから西城夫人は当然、Double《ダブル》 Suicide《スーサイド》なる英語にしても、ご存じなかったということになるんですよ」

「英語に弱かったから、ＳＷのイニシアルをＷＳと間違えたってことなんですか」

「そうは、申しません。ただ、何十年間も日常においてイニシアルにも接していなかった人間が、死の直前の混乱状態にあって瞬間的に書いたものであれば、ＳＷがＷＳになることも十分あり得るでしょう」

「でしたら何も、苦手な横文字でイニシアルを書くことなんて、ないんじゃないですか。日本字ではっきり名前を書いたはずですよ」

「綿貫純夫と書くのは、それこそ字画が多すぎて、とても間に合いません」

「漢字ではなくて、カタカナで書いたらどうですか。それに、フル・ネームじゃなくてもいいでしょう。ワタヌキと、書くだけでいいんです。ＷＳと書くのも、ワタヌキと書くのも大して変わりはありませんよ」

「西城夫人の頭の中には、綿貫純夫さんの顔と名前だけが残っていた。死期が迫っているし、苦悶している最中だから、正常な判断力も思考力もあったものではない。ただ西城夫人の犯人を知らせたいという執念だけが、文字を書かせたんです。そうした場合、綿貫純夫だからイニシアルはＷＳだと単純な判断によってＷＳと書いたということに、どうして矛盾がありましょうか」

「結構です。これは主観による推論ですからいくら言い争っても際限がありません。それよりも、話を先へ進めましょう。石戸さんにしても、まさかＷＳという文字から、綿貫純夫さんに疑惑の目を向けたわけではないでしょうしね」

小野里弁護士は、メガネをはずして椅子にすわった。このときだけは、小野里のほうに余裕が見られた。ＷＳ論争に限っては、自分のほうが有利だったと、小野里には勝利者の気持ちが働いていたのだろう。

「もちろん、ぼくが綿貫純夫さんを疑う根拠は別にあります。ＷＳはこのイニシアルも綿貫純夫に符合するなと、あとになって気がついたことにすぎません」

気をとり直すように咳払いをしてから、石戸医師は広間を睥睨《へいげい》した。

「その根拠とは……？」

「アリバイです。西城ご夫妻の死亡推定時刻は、九日の午前十時頃となっております。それ以前にご夫妻を犯行現場へ連れ込んだり、そこで話し合ったり、毒物を飲ませたり、密室工作をしたりしたと考えなければなりませんから、犯人は午前九時三十分から一時間ぐらいは、われわれの目の前に存在しなかったということになります。つまり、この一時間のアリバイがない者を、犯人と断定すべきでしょう。単純ではありますが、これほど確かな根拠はありません」

「その時間、わたしたちはプール・サイドにいましたね」

「水の中、あるいはプール・サイドにいて、全員が互いに、その存在を確認し合っています。われわれは午前九時十五分には、プールとその周辺に勢揃いしました。そのあと十時三十分まで、プールの周辺から姿を消した者はひとりもおりません。従って、われわれには完璧なアリバイがあります」

「完璧なアリバイがある人間に、犯行は不可能ということになりますね」

「大河内ご夫妻、進藤ご夫妻、浦上さん、前田君、沢田さん、綿貫澄江さん、天知さん、富士子さん、小野里さん、それにぼくと、この十二人には完璧なアリバイがあって、犯人にはなり得ません」

「綿貫純夫さんの名前だけが、欠けているようですね」

「綿貫純夫さんだけは、最初からプールへおいでにならなかった。そして、綿貫純夫さんがプール・サイドに姿を見せたのは、午前十時三十分だった。アリバイを必要とする時間に限って、綿貫純夫さんは行方不明になっていたんです。これはぼくひとりの観察ではなくて、同じことに気づかれた人がほかにもいらっしゃるはずです」

「わたしも、そのように記憶しています」

「つまり、綿貫純夫さんひとりだけに、アリバイがないんです。念のために管理人夫婦とお手伝いさんに、その時間に綿貫純夫さんをどこかで見かけたかと訊いてみましたが、答えはノーでした」

「綿貫純夫さんに、弁明して頂きましょう」

小野里がメガネをかけて、綿貫純夫の席へ顔を向けた。

「綿貫さん、お願いします」

石戸医師も、綿貫純夫に声をかけた。

綿貫純夫が、緩慢な動きで立ち上がった。彼は無表情であり、目つきだけが挑戦的であった。隣にすわっている綿貫澄江のほうが、怒りを堪《こら》えて顔を上気させていた。

「わたしは退屈なので、こうして学芸会みたいに幼稚な裁判劇を、見物していたんですが、まさか自分が被告の扱いを受けるとは、思ってもみませんでした。アリバイだとか行方不明だとか、オーバーな表現もさることながら、わたしが伯父夫婦を殺したなんて話は、ただ馬鹿馬鹿しいの一語に尽きます」

綿貫純夫は表情を動かさずに、淡々とした口調で言った。

「九日の朝食後から、午前十時三十分まで、どこで何をしていらしたんですか」

綿貫の前置きを無視して、石戸医師が質問した。

「散歩です」

「どこを、散歩なさったんです」

てね」

「別荘を出て、三笠まで行って来ました。町営のキャンプ場のあたりを、ぶらぶらしまし
「散歩をなさる習慣が、おありなんでしょうか」

「いや、ありません。たまたま、散歩する気になったんです」

「どうして、ひとりで行かれたんです。奥さんと一緒にというのが、自然なんじゃないですか」

「女房は、水泳が得意でしてね。朝からプールに、気を奪われていました。ところが、わたしは逆に水が苦手で、泳げないんです。それで、ひとりで散歩に出かけたんです」

「あなたが散歩なさっていたことを、証明してくれる人がいますか」

「無理でしょうね。何人もの通行人と出会ってはいますが、知らない相手ばかりだし、ただすれ違っただけなんですからね」

「それでは、アリバイになりません」

「あなたは大変アリバイに固執されているようですが、それだけのことで犯人を割り出せるものなんですか」

「アリバイがないというだけのことで、あなたを疑っているわけじゃありませんよ。WSというイニシアル、動機、それに毒物の入手先などもあるんです」

「わたしに、伯父夫婦を殺す動機があるんですかね」

「一つは、財産分与に対する不満です。それにもう一つ、ぼくとしてはこのことだけは口にしたくないんですが、先ほど大河内ご夫妻、進藤ご夫妻の個人的な秘密を明らかにしました。従って、私情による特別扱いは許されません。それで、あえて申し上げるんですが、もう一つの動機とは富士子さんとあなたの熱烈な恋愛関係という過去の問題です」

熱っぽい口調で、石戸は一気に喋った。またしても石戸医師の衝撃的な、すっぱ抜きだったのである。

5

石戸医師の言葉は、四人の男女に激しいショックを与えたようだった。そのひとりは、もちろん綿貫純夫であった。綿貫は初めて表情を変えたし、口を固く結んだまま、腰を落とすようにして椅子にすわった。

もうひとりは、綿貫澄江であった。ハンカチを握りしめている澄江の両手が、テーブルのうえで激しく震えていた。上気していた顔が、いまは青白くなっている。満座の中で夫の過去の恋愛問題を持ち出されて、澄江には屈辱しかないのだろう。

中年の夫婦であれば、夫は照れ臭そうに頭に手をやり、妻は冷やかし半分に笑うということで、すませてしまうのに違いない。だが澄江はまだ若かった。しかも、夫の恋愛の相手が同席しているだけに、澄江はやりきれない気持ちだったのだ。

三人目は、西城富士子である。富士子の場合は、結ばれたばかりの恋人が隣にすわっているのだから、なおさらであった。富士子は慌てて顔を伏せたが、耳の付け根まで真っ赤になっていた。

昨夜、過去に恋愛の経験があることを天知に告白していなかったら、富士子はこの場から逃げ出していたのに違いない。それにしても、過去において熱烈な恋愛をしたと指摘され、その相手が綿貫純夫だとすっぱ抜かれたのだから、富士子としては居たたまれない気持ちにさせられたことだろう。

天知と隣合わせの席は、富士子にとってまさに針のムシロであった。

四人目は、小野里弁護士だった。小野里は恋愛も男も知らない富士子だということを、信じきっていたのに違いない。それを突然、熱烈な恋愛を経験したという言葉によって、否定されたのである。

一瞬、驚かずにはいられないだろう。

富士子が義理の従兄と恋愛関係にあったということ自体は、意外ではあっても不快なショックにはならないはずだった。それは過去のことだし、これまでに富士子が一度や二度の恋愛を経験したというほうが、むしろ自然なのである。

それよりも小野里にとって不愉快だったのは、彼が聞いてもいない情報を、同じ立場にいる石戸昌也が知っていたということなのだ。富士子の過去について、石戸だけがそこまで知っている。

そのことがショックであり、口惜しくもあった。石戸は誰から、情報を仕入れたのだろうか。西城夫妻か、それとも当の富士子からか。そう思うとライバルへの嫉妬が、火を噴くことになる。

富士子の手が、テーブルの下で動いていた。天知の手を、求めているのだった。天知は富士子の手を引き寄せて、強く握りしめた。気にするな、という合図である。富士子が、痛いほどきつく握り返した。ありがとう、嬉しい、という意味なのだろう。

天知は事実、まったく気にかけていなかった。富士子からも、告白を聞いていた。その恋愛の相手、富士子にとって初めての男とは綿貫純夫ではないのだろうかと、察しもついていた。

天知にしてみれば、推察が裏付けられたというだけのことだった。いまは天知と熱烈に愛し合っている富士子だし、彼女の過去の男に嫉妬するほど幼くはない。いまは、富士子への同情しかなかった。

しかし、石戸昌也なる人物は、どういう神経の持ち主なのだろうか。石戸自身が強く結婚を望み、そのために求婚の権利を得ようと論争しているというのに、その当の相手である富士子の過去の男関係を、大勢の人たちの前ですっぱ抜いたのである。

それだけ、この論争に対して意欲的、ということになるのだろうか。目的のために手段を選ばないほど、富士子との結婚に執着しているのか。それとも、冷静な科学者として合理性を第一とし、真実の追究に徹しようと心がけているのだろうか。

「綿貫氏と富士子さんの過去の恋愛という事実を、あなたはどうして知ったんですか」

緊張した声で、小野里が訊いた。果たして彼はそのことに、こだわっているようであった。

「東京の西城邸に十二年も住み込んでいて、二年前にやめた婆やさんから聞き出した話です」

小野里の胸のうちを見抜いたのか、石戸医師がニヤリとして答えた。

「そうですか」

小野里は、身体の力を抜いたようである。情報源がわかったことで、ホッとしたのに違いない。

「その婆やさんの話によると、お二人の恋愛はいまから四年前に始まり、約一年で終わったそうです。綿貫さんが二十九、富士子さんが二十三のときのことです。お二人が互いに惹かれていたのは、それ以前からのことだったのかもしれません。しかし、具体的な恋愛関係となったのは、四年前からだと思われます」

「その恋愛が一年だけで終わったのは、どういうわけなんでしょう」

「お二人が深い仲だということに気づいた西城ご夫妻が、猛烈に反対なさって強引に別れさせたというのが真相のようです」

「西城ご夫妻の反対の理由は……?」

「綿貫さんにとっては非常に屈辱的な理由ですが、西城ご夫妻はこうおっしゃったんだそうです。西城家を継ぐ者として器量不足だし、富士子の結婚の相手は、相応《ふさわ》しい人物を親が決めることになっている……」

「なるほど、綿貫氏をひどく傷つける言葉ですな」

小野里は、考え込むポーズで言った。

「当然のことですが、綿貫さんは激怒したそうです」

石戸はあいている椅子を、マントルピースの前へ運ぶと、それに腰をおろした。すわったままで、石戸は説明を続けた。

生木を割《さ》かれるような思いを強いられたうえに、侮辱されるという二重のショックに、綿貫純夫は東京の西城邸の門前で死んでやろうとさえ考えた。それだけ、西城夫妻への怒りと憎しみが強かったのである。

赤の他人ならともかく、なまじ血縁者だけに、その憎悪は根の深いものになった。

綿貫は伯父・甥の縁を切るつもりで以後、一度も東京の西城邸を訪れていなかった。そして彼は半年後に、現在の澄江という妻と結婚したのである。心の傷を癒やすために澄江の愛が必要だったし、一種のツラアテ結婚でもあったのだ。

一方の富士子も、綿貫を失ったことで苦悩した。しばらくは映画やテレビの仕事も休んで、病人のような毎日を過ごした。そのうちに、綿貫が結婚したという話を耳にした。とたんに富士子は、綿貫の幻影から解放されていた。

わずか半年で結婚した綿貫に、幻滅を感じたのである。綿貫との恋は過去に見た夢として、彼のことは忘れようと思った。富士子は仕事に打ち込むようになった。間もなく、彼女の心の中から綿貫は消えた。

綿貫純夫としては、一生忘れることのできない屈辱と、無残な恋の終わりであった。西城夫妻の強権発動さえなければ、愛する富士子と夫婦になっていた。同時に綿貫は、西城家の莫大な財産相続人のひとりにもなれたのである。

そうした未練と怒りが完全に消えてはいない綿貫の耳に、最近になってまた腹立たしい話が聞こえて来た。西城豊士が生きているうちに全財産を贈与して、隠退するという話であった。

富士子の結婚が決まり次第、財産を二分して贈与するという。半分は富士子に、残りはサツキに贈られる。サツキの財産は当分のあいだ、富士子とその夫に管理を任せるというのだった。

そこに、綿貫純夫の名前はなかった。

西城豊士にとって、富士子とサツキを除けば、三等親内の親族は綿貫純夫ただひとりしかいないのである。養女である富士子と、その夫という赤の他人に財産の半分を贈与しておいて、たったひとりの血縁者に何もよこさない。

あまりにも、冷たいやり方である。

更に追討ちをかけるように、綿貫の怒りと憎しみを爆発させる出来事があった。それは軽井沢の別荘で催されるパーティへの招待だった。そのパーティで、富士子の結婚の相手を決めるというのだ。

何という残酷なことを、平気でやる男なのだろうか。生木を割いた張本人が、綿貫を呼びつけておいて、その目の前で富士子の婚約を決めるというのだから、無神経だ、ですまされることではなかった。

綿貫に、所詮お前では富士子の夫になるには荷が勝ちすぎるということを、見せつけようとしているのだ。馬鹿にするのもいいかげんにしろ、もう我慢できないと、綿貫純夫の心の中で殺意が固まったのである。

「以上が、動機ということになります」

石戸医師は、動機についての説明を終えると、軽く目を閉じた。ひと息入れながら、綿貫の反論なり小野里の質問なりを、待っているのである。

天知にも、綿貫純夫の一貫して傲慢《ごうまん》な態度について、なるほどと理解することができた。

彼は終始、不機嫌そうであり、反抗的な雰囲気を伴っていた。富士子にも冷ややかだし、無視するように口もきかなかった。

西城夫妻に対しても同様で、そばに近づこうとさえしなかったのである。

妻の澄江も、夫に同調していたのだろう。ツンと澄ましていて、自分からは誰にも馴染もうとしない。西城夫妻や富士子には、笑いかけることもなかった。むしろ、挑戦的な目つきをしていた。

綿貫夫妻だけが、孤立しているように感じられたのはそのせいだろう。澄江は夫から、事情を聞かされていたのである。澄江は恐らく敵地へ乗り込む心境で、この別荘へ来たのに違いない。

「三年前からただの一度も、西城家に出入りすることを、みずから禁じていた綿貫さんがなぜ今回に限り別荘への招待に応じたのか、それは、それなりの目的があったからだと、ぼくは解釈していますがね」

石戸医師は目をあけると、組んだ脚の膝《ひざ》を両手でかかえるようにした。

綿貫純夫は、黙っていた。反論する気配すらなかった。

「次に毒物の入手先が、どうのこうのとおっしゃってましたが、そのことについてお話を願えませんか」

小野里が、発言した。

「綿貫さんは、ある製薬会社の横浜工場へ勤務されております。しかし、三年前までは東京本社にある薬品研究所に、研究員として所属されておりました」

「三年前に本社の薬品研究所から、横浜工場へ転勤されたんですね」

「なぜでしょう。薬品研究所の専門研究員が、横浜工場のまったく畑違いである総務課へ転勤するといったことは、ちょっと考えられません」

「何かトラブルでも、あったんですか」

「毒物・劇物の管理にミスがあり、その責任を問われたんです。毒物・劇物として厳重に保管されていた酸化砒素が一グラムほど、持ち出されたということが明らかになったんです。内部の人間がやったことは明白で、その日の管理責任者は綿貫さんでした。真相はわからずじまいだったんですが、綿貫さんが責任を問われて横浜工場の総務課勤務となったわけです」

「酸化砒素一グラムというと……」

「西城ご夫妻が飲まれたミネラル・ウオーター二本の中には、合わせて〇・五グラムの酸化砒素が入れてあったそうですから、一グラムの半分を使ったということになります。同じ酸化砒素でも三酸化二砒素のほうで、これはきわめて有毒です」

「三酸化二砒素ってのは、俗にいう、亜砒酸なんでしょう」

「そうです。無水亜砒酸ともいうし、白砒ともいわれています。人間の致死量は〇・〇六グラムですから、西城ご夫妻はそれぞれその四倍近い量を飲まされたことになります」

「わかりました。次に、進みましょう。次はいよいよ、密室内で殺人が可能かということになりますが……」

「その前に小野里さん、あなたのお説を否定させて頂きましょう」

「わたしのどういう説を、否定されるんですか」

「簡単なことです。まず第一に、小野里さんは西城ご夫妻に犯人が、酸化砒素入りのミネラル・ウオーターを飲むよう強制することはできなかったはずだとおっしゃいましたね」

「刃物などで脅迫して飲ませるくらいなら、毒殺という手段を選ばずに、刺し殺すことになるだろうと、わたしは言ったんです」

「そう。しかし、その解釈は底が浅くて、単純すぎますよ。場合によっては、刃物で脅《おど》して、毒殺に持ち込むこともあり得ます」

「どういう場合ですか」

「今度の場合が、そうなんですよ。犯人は、西城ご夫妻を殺して、心中に見せかけようとした。心中にするんだったら、刺殺はまずい。傷の数や角度などで抵抗しながら刺されたものとわかってしまいますからね。それに刃物を使えば、現場にそれを残していかなければならない。そうすると、刃物が手がかりになるという恐れがある。また、抵抗する二人を殺すことは容易ではなく、相当量の返り血を浴びなければなりません。それも犯人にとっては、非常に不利なことになります。更に同じ殺すにしても、血は見たくないという犯人の心理です。血をいやがる人間は、大勢いるでしょう。相手が親しい人間だったり、血縁者であったりすれば、なおさらです。以上のようないくつもの理由があって、犯人は凶器で西城ご夫妻を脅し、ミネラル・ウオーターを飲むことを強制したんです。小野里さんは、ご夫妻が毒物入りのミネラル・ウオーターの瓶を二本用意されたことこそ、お二人の心中を裏付ける重要なポイントだとおっしゃった。事実その通りで、犯人はご夫妻の死を心中と見せかけるために、密室を設定したわけですから、わざわざ毒物入りのミネラル・ウオーターを二本用意して、ほとんど同時にご夫妻に飲ませたんです」

「そういうことに、しておきましょう」

「第二に、密室内での殺人はあり得ないという小野里さんのお説なんですがね」

「当然のことだと思いますが……」

「つまり密室でなければ、殺人は可能だということなんですね」

「それもまた、当たり前のことだと思いますよ」

「あなたは例の地下室を、完璧な密室だとしきりに強調されていましたが、実は密室でも何でもありませんね」

「ほう」

「従って、殺人も可能だということなんですよ」

「あの地下室が、完璧な密室ではないんですか」

「折角のあなたの力説なんですが、無視させて頂きます」

石戸医師は、勢いよく立ち上がった。

「犯人が脱出したところは、どこだったんですか」

小野里弁護士が、テーブルを叩いた。どうやら小野里は、また興奮して来たようであった。

「採光用の天窓です」

事もなげに答えて、石戸医師はニヤリとした。

石戸医師の推論によると、殺人は次のようにして行なわれたという。

綿貫純夫は前もって、準備を整えておいた。かつての燃料倉庫の地下室へ、酸化砒素入りのミネラル・ウオーターの瓶を運び込む。長さ十メートルほどのロープを用意するだけで、準備は整うのである。

燃料倉庫の天窓は地下室の中から、押し開くことができる。綿貫は踏み台を使うか、丸太棒のようなものを利用するかして、天窓を下から押し上げる。

十センチも開けば、それで十分である。もちろん踏み台なり丸太棒なりは地下室から運び出して、何も残さないようにする。綿貫は外へ出る。地上三十センチの高さからコンクリートの壁が斜めになっていて、そこに地下室の採光用の天窓がある。

コンクリートの壁から三メートルほどの間隔をおいて、一本だけカラ松の木が枝を広げている。そのカラ松の木に、ロープの一方の端を結びつける。もう一方の端を十センチばかり押し上げてある天窓の隙間から、地下室の中へ投げ込む。

それで、準備完了である。

綿貫は西城夫妻を、燃料倉庫の地下室へ連れ込んだ。綿貫から重大な話があって、それを誰の目にもつかない場所で打ち明けたいと持ちかけられれば、伯父・甥の間柄でもあり西城豊士も応じないわけにはいかないだろう。

地下室にはいると綿貫は、鉄扉を閉じて南京錠をかけ、鍵を排水用の土管の底に捨ててしまう。それから凶器を取り出して、西城夫妻を脅迫する。ミネラル・ウオーターを飲めと、強制したのであった。

ミネラル・ウオーターに毒物が混入されていると察しがつくから、西城夫妻は飲むことを拒否する。綿貫は飲まなければ刺し殺す、肉を切り刻んでやると脅した。人間は目に見える刃物のほうが恐ろしいので、ミネラル・ウオーターを飲まざるを得なくなる。

西城豊士と若子は強制されて、酸化砒素入りの水を口の中へ流し込んだ。

それを見届けて、綿貫はロープに飛びつく。ロープ伝いにのぼって、天窓に達する。天窓を更に大きく押し上げて、綿貫はそこから外へ出る。ロープを引き揚げてから、天窓を押えつけて密閉する。

それで、地下室は完全な密室になる。ただその地下室の中で若子が最後の気力を振り絞り、WSと書き残したということを、綿貫純夫は知らなかった。綿貫はロープの始末をつけたあと、何食わぬ顔でプール・サイドに姿を現わした。

「こういうわけでして、事前に準備さえしておけば、一本のロープだけで犯人は脱出できたのです。実は密室でも何でもないのに、完璧に見せかけるというのがトリックであり、その謎を解けばこんな具合に簡単なことなんです」

石戸医師は、これで終わったというふうに手帳を閉じた。別に得意がっている様子もないし、満足の笑いも浮かべてはいない。当たり前なことをしたみたいに、冷静そのものの顔でいる。

一同は、黙っていた。あまりにもあっさりと完璧な密室のトリックが解明されたので、誰もが拍子抜けしたような気分だったのかもしれない。それに石戸医師の判断に矛盾はないし、確かに理論的には実行可能な密室トリックであった。

小野里も黙って、考え込んでいる。すぐに反論できるだけの材料もなく、精神的にすくんでしまっているのに違いない。

犯人だと指摘された綿貫純夫も、ぼんやりとした顔つきで沈黙を続けていた。

「馬鹿げた理論的解明だ」

富士子の耳に口を寄せて、天知はそうささやいた。

「え……？」

富士子が、天知を見上げた。

「石戸氏の判断と推理は、九十パーセントまで興味深かった。だが、最後がいけない。密室の謎解きのところで彼は逃げてしまい、苦しまぎれに幼稚なトリックを持ち出して来たんだ。見落としている点が、多すぎるくらいさ」

天知は、富士子の髪の匂いを嗅ぎながら、小声で言った。

6

石戸昌也は、手帳を上着の内ポケットにしまった。

彼はマントルピースの前を離れると、小野里実と向かい合いの席にすわった。これで石戸と小野里の理論的解明が、終了したことになる。

このあと、陪審員役としての一同の評決があるだけであった。心中説か他殺説か、その理論的解明が妥当だと思われるほうに、票を投ずるのである。だが、心中説より他殺説のほうが優勢であることは、誰の目にも明らかだった。

石戸医師には、調査結果という強みがあった。彼の口から多くの新事実が語られて、それが理論的解明の論拠と裏付けになっている。その論証を否定することは、誰にもできないのだ。

西城豊士には、沢田真弓という愛人がいた。そのために西城豊士は妻の若子にはわからないようにして、三年前に戸籍のうえでの離婚を果たしている。

この事実だけでも、小野里の心中説は成り立たなくなる。小野里の敗北は、決定的であった。それは小野里自身も認めているらしく、彼は放心したような顔つきでいた。丸めた背中に、敗北感が滲《にじ》み出ている。

しかし、だからと言って、石戸に拍手を送る者はいないはずである。石戸医師は調査結果によるすっぱ抜きで、多くの敵を作ってしまったし、反感を買っている。それに、石戸の他殺説を妥当とすれば、綿貫純夫が殺人者だということを認める結果になる。

それは人情論として、避けたいことであった。

「陪審員の評決に、移るわけですか！」

と進藤助教授が、大声を出した。彼はかなり、酔っているようである。

「そうですね」

石戸医師が、笑顔で答えた。

「だったら、その前に確認しておきたい。あんたが出した結論には、何らかの拘束力があるんですかね」

ふらふらと立ち上がって、進藤助教授が言った。

「それは、どういう意味です」

石戸医師の顔から、薄ら笑いは消えていなかった。

「たとえばだ。あんたの説が正しいと決まった場合、綿貫純夫さんは犯人にされてしまって、警察に引き渡されるとか……」

「ぼくたちは一民間人にすぎないし、法的な意味での拘束力など行使できません。ですから、みなさんの決定にしても、この場限りのものです」

「ここだけの話で、模擬裁判みたいなものってことですな」

「そうです。言葉のお遊びと、考えて頂いて結構ですよ。ただし、犯人だと指摘されたご当人の意志で、警察に自首して出るということになれば、それもまた結構だと思いますがね」

「わかった」

「いまはみなさんに、ぼくと小野里さんの主張のうち、どっちが理論的にいって事実に近いかを、評決して頂くだけなんです」

「よろしい。わたしが指名して、決をとることにしよう」

進藤助教授は、コップの中の水割りと氷を、残らず口の中へ流し込んだ。

「小野里さんとぼく、それに富士子さんには評決権がありませんよ」

石戸医師が言った。

「では、最初にわたし自身だ。わたしは、棄権する。理由は、小野里説には難点があるし、石戸説も個人の名誉を傷つけられたことで、感情的に支持できないからだ！」

進藤助教授が声を張り上げて、バンザイをするように両手を高くかざした。

「わたしも、同じ理由で棄権する」

大河内教授が、待っていたとばかりに片手を上げた。

「わたしもです」

「わたしも、棄権するわ」

大河内昌子と進藤季美子が、甲高い声で同時に言った。

「よろしい。では、指名に移ります。前田秀次君は、どうですか」

進藤助教授が、前田秀次に指先を向けた。

「石戸説を採用しますね」

前田秀次が、間のびした声で答えた。

「浦上礼美さん、お願いします」

「石戸説です」

「沢田真弓さんは、いかがですか」

「石戸説にします」

「綿貫純夫さんは、棄権でしょうな」

「いや、これは茶番劇として受け取っているので、ムキになって棄権するほどのこともないと思います。わたしもやはり、小野里説よりはマシだという理由で、石戸説をとることにします」

「綿貫夫人は、どうですか」

「主人の考えに従いますので、石戸説ということになります」

「結果は、以上です」

進藤助教授が、石戸にそう言って椅子に腰を戻した。進藤は、天知のことを忘れていた。天知は富士子と一緒にいるし、これまでまったく引き合いに出されていないことから目立たない存在になっているためだろう。

しかし、天知が抜けようと抜けまいと、結果はすでに明らかだった。

石戸説　　五

小野里説　〇

棄権　　　四

その棄権した四人にしても、小野里説に対しては否定的なのである。

石戸昌也の完勝、小野里実の完敗であった。小野里弁護士は、正面のマントルピースのほうへ顔を向けている。メガネの奥で目をしばたたき、唇を嚙みしめていた。心持ち、顔色が青くなっている。

敗北の屈辱感だけではなく、これで小野里は富士子にプロポーズする資格を失ったのである。石戸と富士子の結婚が、決まったようなものだった。いまこそ小野里は、みずから墓穴を掘るような提案を、悔やんでいるのに違いない。

富士子の手が、天知の膝頭をつかむようにしている。その手が、震えているようだった。これで石戸の求婚に応じなければならなくなった、いったいどうしたらいいものか、と富士子は訴えているのである。

天知は、富士子の手を軽く叩いた。心配することはない、自分が石戸説を覆《くつがえ》してみせると、富士子に伝えたつもりだった。その意が通じたらしく、富士子は甘えて哀願する目で天知を見やった。

「天知さんのご意見を、まだ聞いていませんでしたね」

石戸医師が、笑顔で天知を振り返った。

「わたしの場合は、小野里説はもちろんですが、石戸説もまた頂けません」

天知は、表情のない顔で答えた。

全員の視線が、天知に集まった。両方の説を否定したのは天知だけだったし、思わぬ人間が第三の挑戦者として登場したことに、全員が興味をそそられたのだろう。

「ぼくの説のどこが、気に入らないんでしょう」

石戸昌也は、まるで動じなかった。口もとに、笑いを漂わせている。

「わたしも、他殺説には賛成です。それから石戸説の半分は、正しいとも思っています。しかし、綿貫純夫さんが犯人だという判断と、密室のトリックの解明は、幼稚すぎて話にも何もなりません」

天知昌二郎は淡々とした口調だし、顔に感情というものを表わしていなかった。

「幼稚すぎて、話になりませんか」

「あなたの説は熱心に拝聴していたんですが、後半になって少なからず失望させられましたよ」

「すると天知さんには、犯人や密室のトリックについて、新説がおありということなんですね」

「残念ながら、まだ犯人に関しては見当もついていないし、密室のトリックの解明もできていません」

「でも天知さんは、いつかは新しい結論を出されるつもりなんでしょう」

「もう少し推理を煮つめれば、結論は出ると思います」

「もう少しって、いつまで待てばいいんですか」

「せめて、明日まで……」

「そうですか。では、明日まで待つことにしましょう。しかし、天知さんは綿貫純夫氏犯人説と密室トリックの解明に関する限り、はっきりした否定の根拠をお持ちなんじゃないですか」

「まあ、多少は……」

「でしたら、それをいまお聞かせ願えませんか」

「しかし……」

「一つでも、二つでも結構です。是非、お願いしますよ」

「困りましたね」

天知は、気が進まなかった。まだ頭の中で、完全にまとまっていないのである。理論的に、説明することができないかもしれない。石戸を文句なしに屈服させることが肝心なのであり、それには周到な用意が必要なのである。

「そんなことをおっしゃらずに、どうかお願いします」

石戸は、頭を下げた。彼は執拗《しつよう》に迫ってくる。幼稚な判断だと決めつけられて、石戸の自尊心は傷ついたのだ。余裕と自信を持った勝利者であるだけに、このままでは引っ込みがつかないのであった。

小野里のように、興奮したり感情的になったりはしない。石戸は、冷静である。この場で、天知昌二郎という男の推理力と洞察力の程度を知っておいたほうが有利だと、ちゃんと計算ずみなのだ。天知の能力テストを、やりたがっているのである。

「仕方がありません。では、二、三、綿貫さんにお尋ねすることにしましょう」

天知は、立ち上がった。彼はゆっくりと席のあいだを縫って、綿貫夫妻がいるテーブルに近づいた。

妻の澄江のほうは緊張の面持ちで天知を迎えたが、綿貫純夫は表情を和らげていた。綿貫犯人説をただひとり否定した天知であり、弁護してくれる味方だと思えば、好意的にならざるを得ないのである。

「九日の朝は、何時に起きられましたか。ベッドから抜け出した時間で、結構なんですが……」

立ったままで、天知は綿貫に質問した。

「六時頃だったかな」

綿貫は、妻と顔を見合わせた。

「そうね。起きてすぐに、ベランダへ出たでしょ。そうしたら、こちらの沢田さんもほとんど同時に、ベランダへ出てらして……」

澄江は、隣のテーブルの沢田真弓へ、目を走らせた。

「その通りでしたか」

天知は沢田真弓へ、視線を転じた。

「ええ、そうでした。時間は、六時だったと思います」

沢田真弓が、大きな目で天知を見上げた。

「それで、すぐに部屋の中へ戻ったんでしょうか」

天知は訊いた。

「五、六分、雑談をしてから、わたしはお部屋へはいりました。でも、綿貫さんと奥さまはそれから二十分ぐらい、ベランダで体操をなさっておいででした」

沢田真弓はいかにも元秘書らしく、はきはきと要領よく答えた。

「そのあと、どのように行動なさったんですか」

天知は質問の対象を、綿貫純夫に戻した。

「そうですね、まず顔を洗いに行きました。女房と一緒にね」

綿貫は、女房と一緒にと付け加えたことで、みずから苦笑していた。

「三階の洗面所ですね」

「そうです」

「洗面所で、どなたかと一緒になりましたか」

「あとからすぐに、進藤先生の奥さんが見えられましたよ」

「それから、どうされたんです」

「部屋へ戻りました。女房がお化粧を始めたんで、わたしはベランダへ出て籐椅子にすわり、タバコを吹かしたり、景色を眺めたりしていました」

「どのくらい、そうしていたんです」

「三十分ぐらいでしょうか」

「そうしているところを、誰かに見られましたか」

「ええ、天知さんとお子さんが、ベランダにおいでになりましたね」

「その通りです。時間は六時四十分から七時十五分でした」

「そのあと、女房とこの広間へ来てテレビを見ていました。八時ちょっと前まで、そうしていたんです」

「ほかにも、どなたかいらっしゃいましたかね」

「また沢田さんと、一緒になったんです。沢田さんもずっと、テレビをごらんになっていました」

「あとは八時ちょっと前にここを出て、ダイニング・ルームへ行かれた。そして八時から、食事ということになりますね」

「そうです」

「八時から九時まで、あなたがダイニング・ルームにいらしたことは、ここにいるみなさんが証人です」

　そう言って、天知は綿貫夫妻に背中を向けた。天知は、石戸昌也に目を向けた。石戸はもう、笑っていなかった。真剣に考え込む顔つきになっている。痛いところをつかれたということに、石戸はすでに気がついているのだろう。

「お聞きのように、九日の午前六時から九時まで、綿貫ご夫妻はこの建物の外へは一歩も出ておられません。それは証人が大勢いて、間違いないことです」

天知は、誰にともなく言った。

「だから、犯人じゃないってことになるんですか」

天知のすぐ近くにいた浦上礼美が、理解できないというふうに首をひねった。

「そうなんです」

浦上礼美の顔を見ないで、天知は深くうなずいた。

「どうしてかしら」

石戸説の支持者として、浦上礼美は、不満そうに言った。

「綿貫さんが姿を消していたのは、九時以降十時までのあいだだけでした」

「でも、アリバイが肝心になるのは、その時間なんじゃないんですか」

「石戸説もそのように判断して、アリバイがないことを根拠に、綿貫さんを犯人と見たんです。実はその判断に、重大なミスがあるんですよ」

「そうかなあ」

「綿貫さんは西城夫妻を地下室へ連れ込んだと、石戸説は簡単に片付けてしまっていますが、綿貫さんはいつどこで西城夫妻と接触を持ったんでしょうか」

「偶然、出会ったということは、考えられないんですか」

「偶然をアテにした計画犯罪は、あり得ません。西城夫妻は六時に起床されて、すぐ散歩に出かけました。別荘から外へ出る場合は、必ず靴をはいて行かれる。ところが、このときの西城夫妻は、サンダルをはいて出かけられた。つまり、西城夫妻は別荘の敷地内を、散歩されたわけです。それから四時間後に、西城夫妻は殺されました」

「何時間もお庭を散歩するなんて、ちょっと考えられないわ」

「その通りです。せいぜい一時間ぐらいで、散歩を切り上げるはずです。実はこの朝、わたしは先生と会うことになっていました。先生のほうで望んだことで、七時半頃に応接間へ来てくれと言われたんです。ですから先生は、七時頃に戻ってくるおつもりだったんでしょう。しかし、先生は結局、お戻りにならなかった。また、西城夫妻が敷地内をあちこちお歩きになっていれば、必ず誰かが遠くからでもその姿を見たはずです。ところが、西城夫妻の姿を見かけた者は、誰ひとりとしていない」

「不思議だわ、確かに不思議ですね」

「これは西城夫妻が、まったく移動しないで、ずっと同じ場所にいらしたことを物語っています。しかも、戻らなければならない時間になっても、西城夫妻は戻ってこられませんでした。この二つの事実を考え合わせれば、答えは一つしかないと思います。西城夫妻は、監禁状態にあったんです」

「それは、何時頃からだったんでしょう」

「七時前、六時四十分頃には、すでに例の燃料倉庫の地下室に、監禁されていたんじゃないでしょうか」

「監禁しただけで、そのときは殺さなかったんですね」

「そうです。従って、午前六時から九時まで一歩も外へ出ていない綿貫さんを、犯人とすることはできません」

天知は初めて、浦上礼美の顔を見おろした。なるほどその通りだというように、浦上礼美は音を立てずに拍手をして見せた。軽率で無節操な彼女らしく、早くも石戸説支持から転向したようだった。

「しかし、そうなると天知さん、犯人はいないということになりますよ」

石戸医師が、ついに口を開いた。

「犯人のいない殺人事件なんて、あるもんでしょうか」

天知は無造作に、髪の毛をかき上げた。

「先生ご夫妻を石炭貯蔵庫に監禁した時間のアリバイ、それに先生ご夫妻を殺した時間のアリバイと、この二つのアリバイが両方とも成り立たない人間なんて、ひとりもいないんじゃないですか」

石戸医師は、やや抗議するような口調になっていた。

「全員に、アリバイがある。それに、犯人はなぜ午前七時前に西城夫妻を犯行現場に監禁しておきながら、午前十時まで殺そうとしなかったのか。この二つの点に、犯人の巧妙な密室トリックの謎と、それを解く鍵が隠されているような気がするんです」

天知は言った。その天知を四方から、沈黙の人々が見守っていた。富士子も、天知に視線を投げかけている。そのような謎を明日までに解明すると言いきってしまって、大丈夫なのだろうかと富士子は不安なのであった。

天知昌二郎は、無表情であった。

第四章　真犯人

1

夕方の六時三十分まで待ったが、田部井編集長からの連絡はなかった。調査に手間どっているのだろう。

短時間のうちに調べてもらうことにしては、天知のほうが難しい注文をつけすぎたのかもしれない。

天知は諦めて、出かけることにした。小諸市の一方寺という寺へ、行くのである。六時三十分に、五台のハイヤーが到着した。全員で一方寺へ、向かうのだった。七時から三時間ほど、形式的な通夜が行なわれるのであった。

先頭のハイヤーの助手席に、春彦とサツキが並んですわった。後部座席には、富士子と石戸昌也が載りこんだ。富士子は天知と一緒に、というつもりだったのだろう。

だが、石戸のほうが早く、同乗してしまったのだ。

石戸医師はもう、富士子の婚約者になった気でいるのかもしれない。それで当然というように、富士子と一緒のハイヤーに乗り込んだのである。富士子としても、まさか石戸医師を制止するわけにはいかない。

次のハイヤーに天知、小野里実、それに沢田真弓が乗った。助手席に小野里弁護士、後部座席に天知と沢田真弓であった。三台目には大河内教授夫妻と浦上礼美、四台目に進藤助教授夫妻と前田秀次、五台目に綿貫夫妻がそれぞれ乗り込んだ。

五台のハイヤーは列を作って、国道十八号線を西へ向かった。そのあとに、長野県警のパトカーがついて来ていた。一方寺ではないところへ行かせないように、監視しているのであった。

長野県警と軽井沢署では、未だに他殺か心中かを決めかねているらしい。内海管理人が門の前にいる警官から聞いた話によると、長野県警では警視庁に協力を求めて、捜査の重点を東京においているということである。

別荘に居合わせた客は東京の人間ばかりだし、殺人の動機など内偵を進めるにしても、東京でなければ捜査のしようがないからだろう。その捜査結果がまとまるまでは、別荘の客たちの禁足は解かれそうになかった。

ハイヤーの中で、天知は一言も口にしなかった。小野里が、黙り込んでいたからである。

小野里は、不機嫌そうであった。イライラしているのか、落ち着かないし溜息ばかりついていた。

小野里は、すぐ前を行くハイヤーを見据えていた。並んで乗っている富士子と石戸のことが、気になって仕方がないのである。小野里が自分から助手席を選んだのも、前方を観察するためだったのだ。

小野里を破った石戸ではあるが、その彼にしてもまだ完全な勝利者にはなっていない。天知からクレームがついていたし、結論は明日に持ち込まれた。それなのに石戸は婚約者然として、富士子と同じ車に乗っている。

それが小野里には、口惜しくてたまらないのだ。富士子も、富士子である。もっと間隔をおいて、すわるべきではないか。それなのに富士子と石戸は、中央にくっついた後ろ姿を見せている。

互いにちょいちょい、横顔になる。顔を見合わせて、喋っているのだった。石戸の話に、富士子が深くうなずいたりしていた。そうかと思うと、富士子が口もとを綻《ほころ》ばせることもある。

要するに仲がいいのだろうかと、小野里は激しく嫉妬しているのであった。ヤキモキしたり、気をもんだりの彼が、哀れに思えるほどだった。富士子は石戸を嫌っていると、声をかけてやりたいくらいである。

一方寺には、七時についた。一方寺は小諸市の北東のはずれ、浅間山寄りのところにあった。本堂に祭壇が設けられ、豪華な花に囲まれた中で西城夫妻の遺影が笑っていた。しかし、十五人のほかに、通夜の客はひとりもいなかった。

関係者だけが集まっての、形式的な通夜であった。告別式はお骨にしてから、東京の青《あお》山《やま》斎場で行なわれることになっていた。その告別式には、千人以上の参列者が押しかけることだろう。

三人の僧が読経を続け、十五人が繰り返し焼香をした。いちばん激しく泣いていたのは、沢田真弓であった。富士子もハンカチを、目に押し当てている。サツキは両親の死がよくわからないのか、春彦と並んで神妙な顔をしているだけだった。

十時に一方寺を、引き揚げることになった。十五人はまた五台のハイヤーに分乗して、後続のパトカーとともに軽井沢へ引き返した。帰りもまた、富士子と同じ車に石戸医師が乗り込んだ。

別荘につくとすぐに、天知は電話があったかどうかを、管理人の妻とお手伝いに確かめてみた。だが、天知には電話がかからなかった、という答えが返って来た。田部井からの連絡は、どうやら明日になりそうだった。

遅い食事を終えて十二時前には、全員がそれぞれの部屋へ引き取った。春彦とサツキは食事もしないで、帰ってくるとすぐに眠ってしまった。天知と富士子には、自由時間が与えられたのである。

ダイニング・ルームで、天知は富士子からフルーツの皿と一緒に紙片を渡されていた。天知は三階の部屋へ戻ってから、その紙片を広げてみた。『二階の東の突き当たりのお部屋です。午前一時にお待ちしております』と書いてあった。

二階の東側の突き当たりの部屋は、富士子の寝室ということになる。富士子は自分の寝室へ、天知を招じ入れる気になったのだ。いつもはその寝室で、サツキと一緒に眠るのである。

しかし、今夜は帰りのハイヤーの中で眠ってしまったサツキを、富士子は玄関で管理人の妻の手に委《ゆだ》ねたのだった。そのとき富士子は管理人の妻の乙江に、今夜はお願いするわと頼んでいた。

サツキと一緒に寝てやってくれという意味で、乙江は嬉しそうな顔でそれを引き受けたのであった。子どものいない管理人夫妻だから、一晩サツキを預かるのが楽しいことだったのだろう。

富士子としては、天知を寝室へ迎えるためにそうしたのだろう。みずからの寝室へ天知を招くというのも、富士子の一途な気持ちの表われだった。富士子は本気なのだと、天知は改めて痛感させられていた。

午前一時に、天知は三階の部屋を出た。二階へおりてから、廊下を突き当たりまで歩くことになる。二階には富士子のほかに誰もいないと承知していながら、天知は足音を忍ばせていた。

突き当たりの部屋のドアを、遠慮がちにノックする。それを待っていたように、ドアが開かれた。白いガウンを着た富士子が、恥じらうように顔を伏せた。天知が身体を滑り込ませると、富士子はドアをしめてロックした。

そこには化粧室とシャワー・ルームが並んでいて、その奥にもう一枚ドアがあった。奥が寝室になっているのである。天知は、寝室へはいって驚いた。部屋の中が、花で埋まっていたからだった。

花屋の商品を残らず、買い占めたくらいの量であった。とても飾りきれるものではなく、ベッドの周囲からほとんど部屋の床いっぱいに、花が敷きつめてある。まるで、花畑であった。

ヤマユリ、オニユリ、金魚草、リンドウ、ダリヤ、ムクゲ、オミナエシ、カンナ、フヨウ、各種のキク、白バラ、紅バラ、花が小さいヒマワリなど色彩も豊かだし、入りまじった花の香が充満していた。

「二軒の花屋さんから、小型トラックで運ばせたの」

富士子は満足そうに、室内の花畑を眺めやった。

「いつ、届けられたんだ」

天知が訊いた。

「一方寺へ出かけているあいだによ」

富士子は、天知に凭《もた》れかかった。

「しかし、この部屋へ花を運んだお手伝いさんたちが、変に思わなかったかな」

天知は、富士子の肩を抱いた。

「大丈夫だわ。これがわたくしの唯一の道楽だってことを、よく知っているんですもの。一年に一度ぐらいだけど、花屋さんのお花を買い占めちゃうことがあるのよ」

「そう」

「それで、さっきから一時間かかって、こうして花の絨毯《じゅうたん》を作ったの」

「何か、意味があるのかな」

「お花畑で愛し合うのって、とても素敵でしょ。わたくし、あなたと二人で花に埋まりたかったの」

「悲しいくらいに、ロマンティックじゃないか」

「うんとロマンティックな気持ちになって、激しく愛し合って、今日の昼間のあの話をあなたに忘れてもらいたいわ」

「あの話とは……」

「わたくしの、過去の恋愛の相手が、誰かっていうことよ」

「それだったら、気にかけることはない。その前に、きみの告白を聞かされていたしね」

「でも、相手が彼だってことを知って、驚いたでしょ」

「いや、彼だろうって、見当がついていたからね」

「忘れて下さるわね」

「いまのきみが愛しているのは、彼じゃないって信じているよ」

「そうよ。わたくしが愛しているのはあなただし、それも過去の恋愛なんて比べものにならないくらいにだわ」

富士子は、天知と向き合うように、彼の前へ回った。

「ぼくにとっても、こんなに情熱的に愛したことは初めての経験だよ」

天知は、富士子を引き寄せた。彼の言葉は、事実であった。病死した妻とも恋愛結婚ではなかったし、これまで性格的に恋に夢中になれない自分だと、天知は思っていたのである。

「嬉しいわ」

甘える声で、富士子が言った。

二人は、唇を重ねた。激しく長い接吻を終えたあとも、天知と富士子はしばらく抱き合ったままでいた。富士子の身体には、石鹸の香りがあった。湯上がりの匂いである。どうやら富士子は、シャワーを浴びたばかりらしい。

「ぼくも、シャワーを浴びたいね」

天知は言った。

「どうぞ……」

富士子がシャワー・ルームのほうへ、天知を引っ張っていった。その富士子から新しいバスタオルを受け取って、天知はシャワー・ルームへはいった。彼は裸になって、シャワーを浴びた。

これからベッドにはいるのだし、洋服を着込むのもわざとらしい。天知は、バスタオルを腰に巻いただけで、寝室へ戻った。寝室は、薄暗くなっていた。ベッド・ランプだけにしてあって、ほかの電気はすべて消してあるのだ。

天知は、花畑の中に作られた通路を歩いて、ベッドに近づいた。ダブルベッドであった。シーツも枕カバーも、毛布カバーも新品に違いなかった。サツキがいつも寝ているベッドとは別物であることを強調するための、富士子の心遣いであった。

富士子はすでにベッドの中にいて、毛布から顔だけを覗かせていた。天知は毛布をはねのけて、身体を横たえた。富士子は、純白のネグリジェを着ていた。二人は、激しく抱き合った。

唇を重ねながら、富士子のネグリジェを脱がせるために、天知は手を動かした。彼が前のホックを残らずはずしたあと、富士子はネグリジェの袖から腕を抜き取った。ネグリジェの下には、何もつけていなかった。富士子は、生まれたままの姿になっていた。

天知は、自分の腰から、バスタオルを取り去った。二人は全裸になって、再び抱き合った。富士子の裸身は、女体のすべての魅力を具《そな》えているようだった。

「こんなこと、初めてだわ」

富士子が、譫言《うわごと》のようにつぶやいた。全裸になって抱かれたことは初めてだ、という意味である。

天知は、愛撫に移っていた。

「ねえ、朝までいらしてね。あなたの腕の中で、眠りたいの」

激しく喘ぎ、息を乱しているので、富士子の声には強弱があった。天知の前戯が進むにつれてその強弱が極端になり、富士子が口走る言葉ももう甘い悲鳴だけになっていた。

「今夜が、ほんとうの初夜だわ！　気が遠くなりそうに、しあわせよ！　あなた、愛しています！」

やがてそう叫んで、富士子は泣き出していた。

「素晴らしいよ」

富士子の中へ迎へ入れられながら、天知は言った。

「ほんとね、嬉しいわ！」

のけぞって富士子は、また嗚咽《おえつ》していた。

花園における愛の交歓であった。富士子は天知に、すべてを賭けている。これほど熱烈に愛され、愛しているのだから、絶対に白旗をかかげることはできない。明日は石戸昌也をどうしても打ち破らなければならないと、天知は決意を新たにしていた。

天知と富士子が眠りに落ちたのは、午前四時であった。一時間後に、天知は目を覚ました。富士子は、死んだように眠り続けている。天知はそっとベッドを抜け出して、化粧室で洋服を着込んだ。

春彦は父親の姿が見当たらなくても、捜し回ったり騒ぎ立てたりはしない。しかし、別荘の客たちが起き出してからでは、人目につく恐れがある。そう判断して天知は、富士子の寝室を出ることにしたのだった。

天知は、三階の部屋に戻った。まだ五時であり、起きている者はいないようである。春彦も、眠っていた。天知は、ベッドに腰をおろした。さすがに、疲れていた。二晩続けて、睡眠不足なのだ。

だが、天知は改めて寝る気にもなれず、ぼんやり考え込んでいた。今朝から始める予定の理論的解明に、自信が持てないのである。犯人の見当もついていないし、密室トリックの謎も解けていない。

田部井編集長からの報告も、受けていなかった。援軍来たらずの心境であった。天知は目の前の壁を見つめて、頭の中の整理を始めていた。まずは、石戸と小野里の主張を、まとめてみることだった。

一時間と三十分がすぎた。春彦が起き出して、トイレへ行った。

天知が時計に目を落として、午前六時三十分になったことを確かめたとき、部屋のドアが乱暴に押し開かれた。春彦が青い顔で、廊下の左のほうを指さした。驚きのあまり、言葉があとになったようである。

「大変だよ！　火事だよ！」

春彦は、そう叫んだ。

天知は立ち上がって、部屋から飛び出した。

廊下に立ってみると、階段の向こうの突き当たりに、黒煙が漂っていた。天知は廊下の突き当たりまで一気に走ると、左へ折れて煙の中に飛び込んだ。前方に、部屋がある。天知と富士子が初めて結ばれたときの部屋であり、昨夜からは石戸昌也が使っているはずだった。

その部屋の半開きになったドアから、煙が流れ出ていた。煙の奥には、赤い炎が見えている。天知は、突き進んだ。ドアを大きくあけて、彼は部屋の中へ駆け込んだ。そこは応接セットが置いてある小部屋で、その奥が、化粧室になっていた。左側に、寝室のドアがある。

ソファやテーブルが配置されている小部屋は、周囲の壁を、天井から床までカーテンでおおってあった。そのうち二面の壁のカーテンが、勢いよく燃え上がっていた。寝室の通ずるドアも、あいていたが、煙と炎が出入りを遮《さえぎ》っている。

寝室の一面の壁のカーテンにも、火が燃え移っていた。

天知は飛びつくようにして、壁のカーテンを引きちぎった。床に落ちたカーテンの火のうえに、天知はテーブルを転がした。テーブルの表面が、炎を押えて消した。いつの間にか、男がひとり消火を手伝っていた。

その男もカーテンを引きちぎって、燃えている火を背広の上着で叩いている。小野里であった。小野里弁護士は、洋服姿でいた。彼はすでに起きていて、天知に続いて駆けつけて来たらしい。

天知は寝室へはいって、同じ方法で火を消した。ベッドのうえに、石戸医師の姿はなかった。その代わりに、南側のガラス戸があいていて、外のベランダに小さな人影が立っていた。

サツキであった。

サツキは真っ青な顔で、すくんでしまっていた。火が消えているのに、サツキは部屋の中へはいってこようとしなかった。泣き出しはしなかったが、表情が硬ばっていた。一種の混乱状態にあって、泣くことすら忘れているのだろう。

恐ろしかったのに違いない。炎と煙に妨げられて、寝室から逃げ出すことができなかった。南側だけがガラス戸になっていて、その外にベランダがある。当然、ベランダへ逃げることになる。

　しかし、本物の火事になったら、どうすることもできない。この部屋だけが独立した位置にあるので、ベランダもほかへは通じていない。小さなベランダから脱出するには、地面へ飛びおりるほかに方法がない。

　天井の高い本格的な洋館なので、三階から飛びおりるとなると地上までの距離がかなりある。しかも、ベランダの下の部分は、赤煉瓦《れんが》を敷きつめたテラスになっている。死なずにすめば、奇跡ということになるだろう。

　部屋の外が、騒がしくなっていた。みんなが、集まって来たのである。洋服に着替えている者や、ガウンをまとった連中が、部屋の中へはいって来た。どの顔にも、疑惑と不安の色があった。

「昨日の朝と、まるで同じじゃないの」

「こうなると、もう完全に悪戯ではありませんね」

「計画的な放火だし、石戸さんを狙っているということになる」

「でも、カーテンに放火したって、火事にはならないでしょう。燃えやすいものはほかにないし、安っぽい木造建築の家とは違いますからね」

「小火《ぼや》が、せいぜいですよ」

「小火で、人騒がせをするだけなら、まったく意味がない」

「気味が悪いわ」

そんな言葉を口にしている人々を押しのけて、富士子と石戸医師が寝室へはいって来た。

石戸医師は、背広姿だった。富士子は化粧っ気のない顔だが、すでに白いスーツを着込んでいた。

富士子はベランダにいるサツキのところへ駆け寄ると、何も言わずにその小さな身体を抱きしめた。石戸は怒りの眼差しで、あたりを見回していた。

「これで二度、ぼくの部屋を狙って放火したやつがいる。いったい、何が目的でそんなことをやるんだ！」

冷静な石戸にしては珍しく、興奮したような語調で言った。

「どうやら、目的は石戸さんが事故死を遂げることに、あったようですね」

ベランダの木の手摺りを調べていた天知が、立ち上がって石戸医師を振り返った。

壁の前に並んでいる男女も、そして石戸も、あっけにとられたように口をつぐんでいる。

富士子が、サツキを抱きかかえて、部屋を走り出ていった。

2

小さなベランダの三方を、木柵が囲んでいる。その手摺りは、ペンキもはげ落ちているし、かなり傷んでいた。正面の部分が接続面の損傷で、左右両横の手摺りと分離している。更にコンクリートの中に埋めてある二本の柱のうちの一方が、浮いてしまっていた。もう一方の柱も、根元がコンクリートの中に固定されていなかった。

重みがまったくかからなければ、手摺りがはずれて落ちるということはない。だが、人間が手摺りから乗り出したりしたら、間違いなく外側へ傾くだろう。そのはずみに身体の安定を失って、地上へ墜落することになる。あるいは手摺りとともに、落下するかもしれなかった。

いずれにしても、助からないだろう。手摺りの柱に、ノコギリの切り込みが作ってあるわけではなかった。だから、殺人とは判断されない。危険な手摺りをそのままにしておいた責任は感じなければならないが、個人の家なので罪に問われるようなこともない。

墜落した人間は、事故死として片付けられる。それが、放火犯人の狙いに違いなかった。

犯人の目的は、放火そのものではない。寝室のドアから出られないとなれば、避難場所はベランダしかないのだ。

そのベランダは、南側にあるだけであった。それで、どうしても唯一のベランダへ、脱出するほかはなくなる。もし石戸がベランダへ出て、助けを呼ぶために柵から乗り出したり、逃げ場を求めて手摺りに寄りかかったりすれば、次の瞬間には墜落死を遂げることになっただろう。

石戸をベランダへ避難させ、事故死に追いやるための放火だったのである。

そのように説明しながら、天知は柵の正面の部分を揺すって見せた。手摺りは前後に、ガクガクと揺れた。天知がほんの少し力を加えたら、一方の柱の根元がはずれて、手摺りは落下するか宙吊りになるかであった。

「さいわい、ぼくはこの部屋にいませんでした。そのために、犯人の計画は成功しなかったわけです。しかし、サツキちゃんが危うく、ぼくの身代わりになるところだった。いったい誰が何のために、ぼくの死を望んでいるんですか」

石戸昌也が、壁の前に並んでいる人たちの顔を見渡した。いくらか冷静さを取り戻したようだったが、石戸昌也の目つきは鋭かった。壁の前の人々は、首を振ったりそっぽを向いたりした。

石戸に反感を抱き、憎んでさえいる人間は、別荘の客の中に何人もいる。まずその筆頭は、ライバルの小野里実であった。小野里は完敗を強いられたうえに、一方寺への往復で石戸と富士子の親密さを見せつけられた。一昨日の夜に小野里は、ヤブ医者め殺してやると、独り言を口にしていた。

昨日の昼間、石戸によって個人的な秘密を暴露され、心の傷の痛みと屈辱に耐えなければならなかった大河内夫妻と進藤夫妻の四人もそうである。ほかに、石戸から満座の中で殺人者呼ばわりされた綿貫純夫と、その妻の澄江がいる。

「石戸さんはどうして、この部屋にいなかったんです」

進藤助教授が、ガウンのポケットに両手を突っ込んだままで訊いた。

「六時にこの部屋を出て一階へおりて、広間の外のバルコニーにいたんですよ」

石戸医師は、冷ややかな口つきで答えた。

「そうしなければならない理由が、あったんでしょうかね」

進藤助教授は、薄ら笑いを浮かべていた。命を狙われた石戸に対して、まったく同情を感じていないのである。

「富士子さんと、バルコニーで落ち合う約束だったんです。東京の青山斎場で行なわれる告別式に、ぼくがどういう立場で臨むべきかを相談するためにね」

すでに自分は西城家にとって重要な人物なのだと、石戸医師の態度や顔にははっきりと書いてあった。

「その点については、石戸さんのおっしゃる通りです」

寝室の入口から、甲高い声が飛んで来た。そこにはひとりで戻って来た富士子が、緊張した面持ちで立っていた。

「サッキちゃん大丈夫ですか」

いわゆる忠義面《づら》をして、石戸医師が心配そうに訊いた。

「心配ないと思います。興奮しているし、身体もぐったりとなっているので、とにかくベッドに寝かせて来ました」

富士子は石戸に近づいて、ベランダの天知のほうを見やった。

「何はともあれ、警察を呼ぼうじゃないか。門の前にいる警官を連れて来ても、いいんじゃないですか」

大河内教授が、大きな声で言った。

「そうねえ、これで二度目なんだし、このままにはしておけないわ」

大河内夫人が、一同の顔を見回した。

とたんに壁際は騒然となっていた。小野里弁護士を除いた全員が、一斉に口を開いたのである。賛否両論が、けたたましく乱れ飛ぶという感じだった。

「反対だ」

「昨日の朝と同じように、今度も不問に付すべきだわ」

「でも、二度も危険なことが起こったとなると、知らん顔もしていられないでしょう。これは犯罪だし、警察に通報する義務があるんじゃないですか」

「これ以上、警察から疑われたり拘束を受けたりするのは、ごめんだわ。無関係な者にとっては、迷惑じゃないの」

「しかし、サツキちゃんが運が悪ければ、命を落とすところだったんですからね。このままでは、すまされませんよ」

「結果的には無事だったんだから、なるたけ事を荒立てないようにしましょうよ」

「問題を大きくすると、新聞に載るようなことになるかもしれない」

「そんなの、絶対にいやだわ」

「警察では東京まで出向いて、われわれの身辺捜査をしているそうじゃないですか。そのうえ、殺人未遂だの放火事件があっただの、警察の耳に入れてごらんなさい。われわれには当分、自由は与えられませんよ」

「犯人がわたしがやりましたって、名乗り出ればいいのよ」

こんなやりとりがあったあと、全員が口を噤《つぐ》んだ。反対派が圧倒的に多く、賛成派は沈黙を余儀なくされたのである。あたりが、急に静かになった。

「わたくしも、いまの段階で警察に任せることには、反対ですわ」

向き直って、富士子が言った。

「どうしてなんです」

不服そうな顔で、石戸医師が訊いた。被害者として石戸医師は、富士子の犯人を庇《かば》うような発言が気に入らなかったのだろう。

「わたくしはいま、サツキの口からある人の名前を訊き出して来ました。でも、子どもの言うことだし、確証もありません。それでもし、警察にすべてを打ち明けるようなことになれば、その人の名誉を傷つけるという結果になるでしょう」

富士子は目を伏せて、白くなるほど下唇を強く噛んでいた。

「今朝起きてからのサツキちゃんの足どりは、どうなっているんでしょうね」

進藤助教授が、火をつけない葉巻をくわえた。

「昨夜は、乙江さんにお願いしたサツキを引き取りに行ったのは、今朝の六時でした。でも、母屋に戻って来たところで、わたくしとサツキは別れました。サツキはもう起きてしまったんだし、一つところにじっとなんてしておりません。どこかへ遊びに姿を消すほうが自然なので、わたくしも気にかけずに二階の自分の部屋へ戻りました。それからシャワーを浴びて着替えをして、石戸さんが待っていらっしゃるバルコニーへ行ったんです。それで約束の時間が、六時半と遅れてしまいました」

富士子は、思い違いがないようにという目つきで、説明した。

「すると、母屋へ戻って来てからのサツキちゃんの行動については、富士子さんにもわからないわけですな」

進藤助教授が言った。

「はい、でも、たったいまサツキの口から、訊き出すことができました。ついでに、ある方の名前を耳にしたんです」

富士子は抗議の視線を、小野里弁護士の顔に突き刺した。

一同の目も、小野里へ集まった。小野里弁護士は赤面し、そのあとすぐに青い顔になった。

「そ、そうですよ。サツキちゃんは、わたしの部屋へ来たんです」

狼狽気味に、小野里が口を開いた。

「どうしてサツキは、小野里さんのお部屋へ行ったりしたんでしょう」

固い表情のままで、富士子が言った。

「そんなこと、わたしにはわかりませんよ。サツキちゃんは端から、ドアをノックして歩いてたんじゃないですか。とにかく、わたしはドアをあけて、サツキちゃんを部屋の中に入れました」

「それから少しのあいだ、小野里さんとサツキはお話をしたそうですね」

「ええ、五分ぐらいでしたか」

「そのうちにサツキが、ママのところへ行こうって言い出したんでしょ」

「そうです」

「それで、あなたは……?」

「ママはどこにいるのかって、訊きました。するとサツキちゃんは、知らないと答えました。そして、廊下の突き当たりの奥の部屋にいるかもしれないから、見てこようかって言ったんです」

「サツキはなぜ、わたしがこのお部屋にいるかもしれないって、思ったんでしょうか」

「さあ、わかりませんね。子どもの思いつきか、ちょっとした気まぐれだったのかもしれません」

「そのとき、小野里さんは何ておっしゃったんです」

「だったら、お部屋を覗いて来たらと、わたしは言いました」

「それでサツキは小野里さんのお部屋を出て、このお部屋へ向かったということになるんですね」

「多分、そうでしょう」

「だいたい、サツキの話と一致します。でも、どうして小野里さんはそのとき、サツキを引きとめて下さらなかったんですか」

「引きとめる……?」

「常識としてですわ」

「しかし……」

「お客さまの部屋を覗いたりしてはいけませんって注意するのが、子どもに対する大人の態度だと思うんです。ところが小野里さんは逆に、だったらお部屋を覗いて来たらって、サツキをそそのかしたとしか思えません」

「そそのかしたなんて、そんなつもりはありませんよ」

「じゃあ、どうしてお部屋を覗いて来たらなんて、サツキにすすめたりなさったんですか」

「それは……」

「はっきり、答えて下さい」

「別にそんな具体的な理由とか目的とかが、あったわけじゃないんです」

「小野里さんご自身も、このお部屋に興味があったからなんじゃないんですか」

「確かに、そういう気持ちもありました。それでつい、サツキちゃんに、覗いてみたらって言ってしまったんです」

「何のために、サツキにこのお部屋を偵察させたんですか」

「この部屋に富士子さんがいるんじゃないかって、気になったからなんです」

「でも、ここは昨日から、石戸さんのお部屋になっていますのよ」

「だからこそ、この部屋にあなたがいるんじゃないかと……」

「どうして、わたしがこのお部屋にいるってことになるんです」

「昨夜の十二時頃に、あなたがこの部屋の中に姿を消すのを、見たからなんですよ。それで、富士子さんはそのまま、この部屋に泊まったのではないかって、今朝になって気になり始めたんです」

「わたくしに対する侮辱ですわ」

「あなたと石戸氏の結婚は九十パーセント決定したようなものだし、一方寺の行き帰りにも、たいそう親密さを増していたと受け取れたものですからね」

「だからってすぐに石戸さんのお部屋に泊まったりするような安っぽい女、男性に飢えている尻軽女として、わたくしのことを評価なすっていたのね」

「感情的に、そう思わざるを得なかったんですよ。わたしの立場を、考えてみて下さい。嫉妬と疑惑は、表裏一体のものなんです。追いつめられた男として、気にならないはずはないでしょう」

「それで放火したのも、小野里さんだったんですか」

「冗談じゃありませんよ。サツキちゃんがなかなか戻ってこないし、わたしも気になっていたので廊下へ出てみたんです。そうしたら突き当たりの辺に煙が立ちこめていて、その中に天知さんがいるのが見えました。わたしは驚いて飛んでいき、消火を手伝った。ただ、それだけなんですよ」

「正直なお答えなんですね」

「いいですか、富士子さん。あなたや石戸氏がこの部屋にいるのかどうかも、まだわたしには確認がとれていなかった。わかっていたのは、この部屋にサッキちゃんがいるってことだけだったんです。それなのに、どうしていきなり放火したりすると思いますか」

興奮したのか小野里は、青白かった顔をまた紅潮させていた。

小野里の言う通りだと、天知は思った。もし小野里が放火の犯人であるならば、石戸が部屋にひとりでいるということを、まず確認するはずであった。石戸を死に追いやることが、目的だからである。

サッキへの殺意はないのだし、ましてや富士子まで巻き添えにすることは絶対に避けなければならない。

部屋の中にはサッキがいるとしかわかっていない小野里が、いきなり放火したりするはずはなかった。

放火犯人は、ほかにいる。

そうした判断があったが、天知はあえて沈黙を続けていた。天知は室内の人々に背を向けて、ベランダにひとり立っている。雲一つない青空の下に、小浅間の女性的な姿が見えていた。

明るい軽井沢の朝であった。

この快適な朝を楽しむために、人々は軽井沢へ集まって来ている。これから今日一日、散策に、サイクリングに、乗馬に、テニスに、水泳に、爽快な時間を過ごすことになるだろう。

そうした軽井沢にあって、この別荘だけが別世界である。死と恐怖、疑惑と不安、背信と虚偽がどろどろと渦を巻き、策謀と駆け引きが張りめぐらされて、陰湿で悲劇的な人間模様が描き出されている。

天知は、美しい青空を眺めながら、遠く未知の世界にあこがれるときの感傷的な哀しさを味わっていた。それと同時に、空しさが胸のうちにあった。彼はいま重大な疑問に、気づいていたのである。

「一緒に、来てくれませんか」

石戸が、小野里に声をかけた。

「いいですよ」

小野里が、険しい顔つきで応じた。

石戸と小野里が、部屋から姿を消した。あとの連中も、やりきれないという表情で、ぞろぞろと部屋を出て行った。富士子が、そのあとを追った。天知だけが、ベランダに残った。

やがて、天知の視界に、石戸と小野里の姿が出現した。二人は地上の芝生のうえで、殴《なぐ》り合いを始めたのである。話し合いの結論も出ないまま、感情的になったライバル同士は、腕力による決闘を望んだのだろう。

しかし、双方ともに喧嘩《けんか》には不馴れらしく、逃げ腰になっていて互いに腕がのびきらなかった。パンチが相手に届かないし、空振りばかりを続けている。フットワークも何もなく、逆足になったりしているから、なおさらであった。

左手のほうに間隔を置いて、三階の客室共通のベランダが長く続いている。そのベランダに、別荘の客たちが並んで立っていた。地上の決闘を、見物しているのである。どの顔も、軽蔑しながら笑っている。

誰もが、社会的地位や名誉、それに職業を捨てきった人間たちだった。取っ組み合いになって地面を転がっているのは医師でも弁護士でもなく、野次馬として楽しんでいるのは大学の教授でも助教授でもなかった。

天知昌二郎は表情のない顔で、地上の取っ組み合いを見おろしていた。

「あなた……」

背後で、やさしい女の声がした。

天知は、振り返った。ベッドの足もとに富士子が立っていて、甘い関係の余韻を強調するような目で、天知を見つめていた。天知は、部屋の中へ足を運んだ。

「田部井さんから、お電話よ。そこに、切り替えてあるわ」

富士子が、壁際の飾り棚を指さした。ほかの客室にはないが、この部屋だけにはボタンの切替え電話が置いてある。

部屋を出て行った。

「どうも……」

天知は、飾り棚のうえの電話機に、富士子と並んで近づいた。天知は、富士子の腰に手を回した。その天知の手を握ってから、富士子は恥じらいの笑顔になって、逃げるように部屋を出て行った。

「ようやく、援軍到着だな」

天知は送受器を手にして、緑色のシグナルが点滅しているボタンを押すと、いきなりそう言った。

「いや、苦労させられたよ。いまだって、会社から電話をしているんだぜ」

田部井編集長の口ぶりは陽気だが、疲労のために声はかすれていた。

「家に帰らずかい」

「徹夜だよ。昨日の夕方までになんて、とても無理な話さ。完全な調査結果が出るには、今日いっぱいかかるだろうけど、アマさんが窮地に追い込まれたらいかんと思って、まとまった分だけ報告することにしたんだ」

「申し訳ない」

「元気がないみたいだな」

「睡眠不足が、続いているせいだろう」

「じゃあ、手っ取り早くすましちゃおう。まず、六年前の五月を中心とした数カ月間の西城富士子の仕事の消化ぶりだが、これはまた大したハード・スケジュールさ。映画の仕事が続いて三月と四月が、北海道と香港《ホンコン》ロケ、五月は京都住まい、六月が東京と長崎を往復だ。七月になると、東京、能登半島、山陰地方と飛び回っている」

「入院した形跡は、まったくないんだな」

「入院どころか、病気になる暇もないくらいだ。何しろ三月から七月までのあいだに、休息日がたったの五日という状態さ」

「そうか」

　天知は、吐息した。

「なぜ、こんなことを調べさせたのかって、アマさんの真意が、おれにもようやくわかったよ」

　と、田部井の声が、笑っているように聞こえた。

「六年前の五月という時期、それに入院ってことを結びつけてみたんだろう」

「そうだ。アマさんは、サツキちゃんを生んだのは西城富士子ではないかって、考えたんじゃないのか」

「お察しの通りだ」

「その疑いは、晴らすべきだな。大きな腹を隠して映画の仕事をすること、妊娠中にこれだけのハード・スケジュールをこなすこと、入院もしないでお産をすませること、このいずれも不可能ってことになるからね」

「もう十分、疑いは晴れたよ。考えてみたら、西城夫人の出産の処置に関して全責任を負った教授、東都学院大学医学部産婦人科の大河内教授がいるんだ。その大河内教授ほど、確かな証人はいないからな」

「じゃあ、次に移ろう。西城富士子の実の両親のことなんだが、こいつがちょっと問題なんだ」

「問題とは……？」

「西城豊士は、事故死を遂げた親友の娘を、養女にしたということになっているだろう」

「その通りだ」

「当時の西城豊士が四十一、若子夫人が三十五、富士子が八つ、彼女の実の父親の細井直人が三十九、母親のマリ子が三十二だった。ところが、細井直人は事故死じゃなかったらしいんだ」

「事故死じゃない？」

「細井直人は団地に住んでいたんだが、真夜中に六階の部屋の窓から墜落死しているんだよ。事故にしては、特殊すぎるってわけさ。しかも、その前日に細井直人は妻のマリ子に暴力を振るって、怪我をさせている。一時間も殴る蹴るで痛めつけられた妻のマリ子は、そのあと実家に逃げ帰ってしまったんだな。それで、警察では自殺と見たんだが、遺書もないし、細井直人はベロベロに酔っぱらっていたらしいんだよ。八歳だった富士子は眠っていて何もわからないということで、最終的に泥酔したうえでの墜落死と、事故の処理がとられたわけだ」

「マリ子という実母は、その後どうしているんだい」

「夫の細井直人が死んだというショックに、マリ子の神経は耐えきれなかったらしいんだな。一週間ぐらいは誰とも顔を合わせずに、食べず眠らずの日々を過ごしていたそうだ。そして、そのうちに夫を殺したのは自分だと、あらぬことを口走るようになった」

「それはあくまで、あらぬことであって、事実ではなかったんだな」

「事実ではないんだ。マリ子が殺したという意味は、すべての原因は自分にあるってことなのさ」

「いずれにしても、精神に異常を来たしたってことか」

「そうなんだ。西城教授は富士子を引き取って養女とする一方、マリ子を長野県の志賀高原にある精神科・神経科の専門病院へ入院させた」

「西城教授はまたずいぶん、善行を施すじゃないか」

「そうなんだよ。それから十五年間を、マリ子は志賀高原の病院で過ごすことになるんだがね」

「十五年もかい」

「その間の入院費をはじめ、あらゆる費用を西城教授が出しているんだぜ。大した美談じゃないか」

「十五年となると、肉親にだって簡単にできることじゃない」

「四年前に社会復帰したマリ子は、その後ずっと千葉県の松戸《まつど》市に住んでいる。これも西城教授の世話で、松戸市にある会社の特別住宅に住み込んでいるんだ。大阪の本社から重役が来たりしたときに利用する高級住宅で、マリ子はそこで働いている。と言っても、重役が訪れるのは一カ月に一度で、それも二、三泊するだけだ。そのとき食事を作ったり、風呂を沸かしたり、ベッドをセットしたりするだけでいいのさ。あとは電話を受けて、掃除をして、ぼんやり留守番をしていればいい」

「つまり、マリ子はその程度の仕事なら間違いなくこなせるくらいに、回復したということか」

「もう普通の人と変わらないし、完全に正常だよ。しかし、感情が死んでしまっているみたいに、自己主張も欲望もないという感じらしい。もの静かで、必要なことしか口にしないし、生気がないということだ」

「一種の廃人かな」

「そういうことだろう」

「それにしても、哀れな一生ってことになる。十五年間も病院で過ごして、退院してからも廃人同様。それでマリ子は、もう五十一という年になってしまったんだろう」

「そこでだ、何となく妙だとは思わないかね」

「妙とは……？」

「西城教授の美談、善行がすぎるとは思わないか」

「思うね」

「西城教授と細井直人は、親友同士の間柄にあった。その親友の細井直人が、自殺とも事故死ともつかない変死を遂げた。西城教授は親友の遺児を引き取って養女とし、またショックで精神に異常を来たした親友の女房を入院させて、十五年間も面倒を見てやった。その女房が退院してからも、身の振り方について世話を焼いている。どうして西城教授はそこまで、細井直人の妻子に尽くさなければならないのか」

「何か理由があると、言いたいのか」

「西城教授は、そうしなければいられなかったのではないか。つまり西城教授は細井直人の死に、それ相応の責任を感じたのではないか」

「細井直人の死に西城教授が、間接的に関係していたのか」

「それにもう一つ、マリ子はなぜ夫の死に廃人になるほどの大ショックを受けたのだろうか。夫を殺したのはわたしだと自分を責めずにいられなかった原因が、マリ子のどういう行動にあったのか」

がね」

「西城教授とマリ子が不倫な関係にあったとしたら、すべての謎が解けるような気がする

「さすがは、アマさんだな」

「やっぱり、そうなのか」

「西城教授というのは女性にモテたし、かなり発展家だったらしいね」

「その点は、若子夫人も認めていたよ」

「その若子夫人も、西城教授が富士子を養女にしたり、マリ子の面倒を見たりすることに同意したわけだ。つまり若子夫人は何もかも承知のうえで、世間の目を誤魔化そうと西城教授への協力を惜しまなかったということになる」

「西城家の名誉と世間体《せけんてい》を考えて、若子夫人も美談や善行を装うことに賛成したんだろうな」

「西城教授とマリ子が不倫な関係を結んでいて、そのことを細井直人が知ったために起こった悲劇だとしたら、マリ子が自責の念とショックによって精神的に異常を来たしたとしてもおかしくはない」

「マリ子が夫を殺したのは自分だと口走った、というその意味も理解できる」

「西城教授は責任も感じたし、悲劇の原因を世間に知られたくもないので、富士子を引き取って養女とした。また、マリ子の入院や退院後のことに関しても、西城教授は十九年間

にわたって保証をし続けて来た」

「それだけの事実を、当のマリ子から訊き出したのか」

「いや、マリ子の断片的な回想をまとめて、それに推理も多少は加えてある」

「事実とは、言えないな」

「事実に近いと思う。だが、マリ子が語りたがらない部分や、意識的に隠しているエピソードが、欠けているということになる。それを訊き出せば、完璧な事実になるはずだ」

「しかし、マリ子が話してくれなければ、どうすることもできないだろう」

「それがもうひとりだけ、詳しい事情を知っている人間がいるんだよ」

「誰なんだ」

「マリ子の実兄だよ。この兄さんというのは四年前、マリ子が退院するときに長野県まで妹を迎えに出向いている。兄としては妹から、真相を聞かされているのに違いない」

「その実兄がいま、どこで何をしているのか、わかっているんだな」

「わかっている。ところが、その兄さんにわれわれがインタビューを求めるより、アマさんが会って話を聞いたほうが、はるかに手っ取り早いんだよ」

「それはまた、どういうことなんだ」

「マリ子の実兄というのは、アマさんの、身近にいるのさ」

「ほんとうかい」

「マリ子はすでに、旧姓に戻っている。その旧姓とは内海というんだが、心当たりはないかね」

「内海……」

天知は、送受器を強く握りしめていた。彼の目に浮かんだのは、色の黒い実直そうな管理人夫婦の顔であった。内海良平と、乙江である。天知は田部井編集長の言葉を、信ずる気にはなれなかった。

あの内海という管理人が、富士子の実母の兄だとは、あまりにも人物配置がうまくできすぎている。内海良平は富士子にとって、伯父ということになるのである。だが、そんな話は富士子からも、聞かされていなかった。また、伯父と姪《めい》というふうにも、見えなかったのである。

内海良平は、別荘の管理人夫婦になりきっていた。妻の乙江ともども、忠実な使用人に間違いなかった。口のきき方も態度も、富士子は内海良平と乙江を別荘の管理人夫婦として扱っていると、一目でわかるようなものだった。内海夫婦のほうも、富士子のことをお嬢さんと呼んでいた。

「その別荘の管理人、内海良平がそうなんだよ」

田部井は電話口で、紙をめくる音を聞かせた。

「しかし、あの管理人と西城富士子が、血縁関係にあるとは思えないな。それとも彼女は、内海良平が伯父だってことを、知らされていないのだろうか」

　天知は言った。

「いや、知っているはずだよ。ただ、こういう条件のもとに、内海夫婦は西城家の別荘の管理人として雇われたんだそうだ。第一に、別荘の管理人になりきること。第二に、赤の他人で通すこと」

「どうして、そんな条件が必要だったんだ」

「内海良平には、詐欺の前科がある」

「え……！」

「それで十年前に二度目の刑期を終えて刑務所を出て来た内海良平を、西城教授が拾ってやったのさ。そこでもまた西城教授は、マリ子の兄ということで、善行を施しているんだよ」

「夫婦ともども引き取って、別荘の管理人という職業を与え、衣食住を保証してやったわけか」

　天知もようやく、田部井の話を信ずる気になっていた。

「そうなんだ」

　疲れたというように、田部井は長く吐息した。

　田部井の簡単な説明によると、刑務所を出所した当時の内海良平には、生活のための手段がなかったという。住み込みで自活して来た妻の乙江も、夫まで養う力はなかったのである。

働き口も、住む家もない。詐欺の前科が二犯というと、古い知り合いも相手にはしてくれなかった。真面目に働きたいという気持ちはあったが、内海の周囲の現実は、八方塞《ふさ》がりだったのだ。

そうしたときに、救いの手を差しのべたのが西城教授であった。西城教授は内海夫婦を軽井沢へ招き、別荘の管理を任せることにした。話がまとまると西城教授は、二つの条件を夫婦に示した。

その一つは、甘えてもらっては困るし、徹底して別荘の管理人になりきるとともに、忠実な使用人でいること。もう一つは、西城家の養女の伯父が前科二犯だと世間に知られないように、夫婦はあくまで単なる雇用関係にある赤の他人で通すことであった。

内海夫婦はそれを承諾して、期待以上に忠実に条件を守った。十年間を無難に過ごせたのもそのせいで内海良平は人が変わったように真面目な男になった。夫婦が雇用関係にある赤の他人に見えるのは、そうした事情があってのことなのだ。

「内海良平にとって西城教授は恩人であり、感謝もしていたのに違いない」

田部井が、あくびを嚙み殺して言った。

「うん」

天知は、内海夫婦が軽井沢の四季を友として、その自然に親しんで真っ黒に日焼けしていることと、どこへも出かけたがらないという話を思い出していた。内海夫婦もまた、過去を捨てきった人間なのだろう。

「しかし、真相を知ったときの内海良平は、西城教授への印象を一変させたはずだ。マリ子という妹の半生を台なしにした元凶は、実は西城教授だったのだと、気づいただろうかられ」

「まずはその内海良平から、話を訊いてみることにしよう」

「いまのところの調査結果は、以上ってことになる」

「助かったよ。いつものことながら、感謝しています」

「とにかく、おれは二、三時間、眠らせてもらうよ」

「じゃあ、おやすみなさい」

「また、連絡する」

田部井編集長は、乱暴に電話を切った。

天知は立ったままで腕を組み、置いたばかりの送受器を凝視した。これからすぐにでも会うつもりでいる内海良平の、口数が少なくて陰気という印象を、天知は思い返していた。

長い電話になった。行動を急がなければならなかった。時間は、七時三十分になっていた。ドアをノックして、富士子が部屋の中へはいって来た。天知が、腕を広げた。駆け寄って来て、富士子は天知の胸にすがった。その富士子がうっと声を洩らすほど、天知は強い力で彼女を抱きしめた。

「このまま、二人で消えてしまいたい。二人だけの世界で、愛し合いたいわ」

忙しい息遣いで、富士子が言った。

その富士子の口を塞ぐように、天知は荒々しく唇を押しつけた。互いに両手で相手を確かめ合いながら、狂おしげに身をよじり、せつないほど熱烈な接吻になっていた。

3

午前九時に十三人全員が、サロンふうの広間に顔を揃えた。今日はアルコール類が、まったく用意されていなかった。どのテーブルのうえにも、ジュースしか置いていない。何となく、そうなってしまったのだ。

アルコール類を、要求する者もいなかった。一つには、朝からの酒に飽きたのである。それに、今日こそ最後の審判が下されるという期待と緊張感が、一同の胸のうちにおかれているのだろう。

真剣に、天知昌二郎の話を訊こう。最後の審判が下されたとき、そこには悲劇が生ずることになる。とても酔っぱらってはいられないと、自粛する気持ちも強いのであった。面白半分にという雰囲気ではなく、広間は最初から法廷のように静まり返っている。

テーブルと椅子の配置も、今朝は違っていた。これは、歩き回りながら話をするつもりの天知の要望に、よったのである。テーブルを三つずつに分けて、一方を壁寄りに、もう一方をバルコニーに面したガラス戸寄りに、並べてあった。

壁を背にして三つのテーブルに、大河内夫妻、前田秀次と浦上礼美、石戸医師と富士子が席を占めた。反対側のガラス戸寄りのテーブルには小野里弁護士と沢田真弓、進藤夫妻、綿貫夫妻がそれぞれについていた。

小野里は姿を見せないのではないかと思っていたが、誰よりも早く席についたのが彼だったのだ。ただ取っ組み合いを演じた小野里と石戸は、完全に仇敵同士となって遠く離れたところにすわっていた。

春彦とサツキの監督責任は、今日も内海乙江に任せてあった。

天知はマントルピースの前ではなく、広くあいている部屋の中央に立った。そこにテーブルを一つ用意し、そのうえには水とコップ、小さく割ったチョコレートが置いてある。椅子はなかった。

「始めます」

気どりのない天知の言葉が静寂を破った。

「引き続きぼくに質問役をやらせて下さい」

椅子にすわったままで、石戸医師が言った。石戸はもう、冷静な彼の顔に戻っていた。

「お好きなように……」

天知は、表情を動かさなかった。

「昨日の段階ではまだ、午前六時から九時までのアリバイがあるものを犯人にすることはできないというだけで、それ以上に具体的なご意見は聞かれませんでした。それで今日は、どうなんでしょうね」

挑戦的な目つきで、石戸医師が質問した。

「具体的に、煮つまっています」

天知はニコリともしないで、髪の毛を無造作にかき上げた。

「そうですか。では、さっそくお聞かせ願いましょう」

「あの密室のトリックは、犯人がロープを使って、天窓から脱出したなどと、そんなに幼稚なものではありません」

「事前にロープを用意しておいたというぼくの説を、否定できる具体的な根拠があるんですか」

「五つばかりあります。第一に、天窓から地下室の中へ垂らしたロープの端を、カラ松に結びつけた場合、まずそこを通り抜ける人間の目にいやでも触れてしまいます。そのロープに気づけば西城夫妻は当然それを怪しんで、地下室へ連れ込まれることに素直には応じません」

「まあ、そうでしょうな」

「第二に、地下室へはいってから垂れているロープを見ても同じことで、西城夫妻は身の危険を感じて逃げ出そうとしたはずです」

「うん」

「第三に、ロープを結んだカラ松の幹に、それなりの跡がつきます。人間ひとりがぶら下がる重みを、カラ松が支えるんですから、幹の表面がそれらしく荒れるでしょう。しかし、鑑識の結果では、付近の樹木のすべてに傷一筋、残されていないということです」

「なるほどね」

「第四に、天窓も同じことです。人間ひとりの重みがかかれば、天窓の縁にロープによる摩擦の跡が残ります。ですが、ご存じのように天窓の縁には、何ら異常が認められないということでした」

「確かに、そうでした」

「それから第五に、垂れ下がっているロープをのぼるというのは、口で言うほど容易なことじゃありません。足はハダシにならなければならないし、腕だけでのぼるとしたらかなりの力を要します。訓練されていない人間が、あるとき急にやろうとしても、おそらくできないでしょうね」

「どうやらロープ説は、通用しないようですな」

「いずれにしても犯人は事前に何かの小細工を施したり、道具を用意したり、地下室へ物品を持ち込んだりはしてはいません。そういうことをすれば、西城夫妻を警戒させることになります。犯人は、何も置いていないし、そこには用もなく、まったくはいる必要のない地下室へ、西城夫妻を連れ込まなければならなかったんですからね」

「その通りですね」

「結果的に犯人は、警戒心を西城夫妻に抱かせることもなく、きわめて自然に地下室へ連れ込んでいます。従って、犯人の第一の条件として、西城夫妻から信用されていて、疑われる余地などまるでない人間ということがあります」

「そんな人間なんて、われわれの中にいますかな」

「はっきり言って、ひとりもいないと思います。綿貫さんにしても、そうでしょう。伯父・甥の関係にあろうと、綿貫さんが自分たちに対していい感情を持っていないということを、西城夫妻は承知していたでしょうからね。いかに巧みな口実を設けようと、綿貫さんがあの地下室へ連れ込もうとすれば、西城夫妻はもちろん警戒します。ましてロープが垂らしてあったりすれば、西城夫妻はあの燃料倉庫へ近づこうともしなかったでしょう」

「ところが犯人は、西城夫妻に毛の先ほどの不安感も与えずに、地下室へ誘い込んでいる。そして、ご夫妻を地下室に監禁してしまった。その時間は、午前七時よりも前だったと、こういうことになるんですね」

「わたしは午前六時三十分頃だったのではないかと推定しているので一応、午前六時三十分に西城夫妻はあの地下室に監禁されたものと、仮定しておきましょう」

「午前六時三十分とその前後の綿貫純夫さんのアリバイは完璧だから、綿貫犯人説は成り立たないというんですね」

「そうです」

「よろしい。天知さんの論理的解明を正しいと認めて、潔《いさぎよ》くぼくの事前準備説もロープ説も綿貫犯人説も、引っ込めることにしましょう」

そう言って、石戸医師はニヤリとした。反論もしないし、天知の意見に対して素直すぎる石戸であった。しかし、それは石戸の全面的敗北を、意味するものではなかった。自分の推論も簡単にメッキがはげたが、天知の場合もすぐにボロを出すという見方が、いまの石戸を支えているのである。

「そうしてもらいます」

天知はコップの水に、口をつけた。

「そのうえで、一つこれを見て頂きたいんですがね」

果たして、石戸が立ち上がった。彼は椅子の下から、筒状に巻いてある紙を取り出した。その紙を広げると、一メートル四方の大きさになった。そこにはマジックで、十三人の名前と時間が書き込まれていた。

「これは天知説にヒントを得て、昨日のうちに調べ上げたアリバイ一覧表です。九日の朝六時から朝食の八時まで、みなさんが、どこでどうしていたかを記したものです。証人とあるのは、裏付けをしてくれた証人のことです。一応、天知さん、富士子さんも含めて、調べておきました」

石戸は全員が見えるように、広げた紙の向きをゆっくりと移した。

「それはどうも、ご苦労さまでした」

天知も石戸の労作に、目を走らせた。

「この一覧表のうちの、午前六時から七時までを見れば、天知説によるアリバイの有無が決定します」

石戸が言った。

「あなたご自身で、決定してみて下さい」

天知はチョコレートのカケラを、口の中でゆっくり嚙んだ。チョコレートの味と香りが、いつものように天知の思考力の潤滑油になるはずだった。

「綿貫純夫氏と澄江夫人の午前六時から七時までのアリバイは、証人も揃っていてなるほど完璧です。それから第三者の証言によってアリバイが確かなのは、天知さん、富士子さん、沢田真弓さん、進藤夫人、大河内夫人、浦上礼美さん、小野里さん、それに石戸ということになります」

「以上の十人のアリバイは、完全なわけですね」

「そうですね。残る三人は就寝中ということだったんですが、第三者による立証はありません。大河内教授の場合は昌子夫人が、進藤助教授は季美子夫人が、前田秀次君は浦上礼美さんがと、それぞれ配偶者か準配偶者の証言しか得られないんです」

「その配偶者と準配偶者の証言も、採用していいんじゃないですか」

「すると、十三人全員のアリバイが、成立してしまうんですがね」

「構いません」

「構いませんって、天知さん、そうはいかないでしょうよ」

「いや、わたしのほうは、一向に構わないんですよ」

「そんな馬鹿な……。アリバイがある十三人の中に、犯人がいるってことになるんですか。ねえ天知さん、いいかげんになさったらどうなんです」

石戸医師が天知にニヤニヤと笑いかけた。

「いいかげんにしたらとは、どういう意味なんですか」

天知は、髪の毛をかき上げた。

「正直なところ、あなたにはそれ以上に具体的な説なんて、ないんじゃないですか。それで苦しまぎれに、全員のアリバイが成立しようと問題じゃないなんて、非論理的なことをおっしゃっているんでしょう。だったらこれ以上に立場がなくなる前に、シャッポを脱いでしまったほうがいいと思いますよ」

丸めた紙を床に投げ捨てて、石戸医師が言った。

「犯人に欠かせぬ条件は、三つあります。第一は、まったく警戒心を抱かせずに西城夫妻を、あの地下室へ誘い込むことができる人間です。第二に、九日の朝六時から七時までのあいだに、この建物の外へ出ている人間であること。そして第三に、西城夫人が書き残したWSに当てはまる人間であることです」

無視するように、天知は石戸に背を向けていた。

「頑張るなあ」

苦笑しながら、石戸は椅子にすわった。

「このWSは、石戸さんのお説通り、犯人を表わしているものです」

マントルピースのほうへ、天知はゆっくりと足を運んだ。

「だとしたら、綿貫純夫氏のほかにいないでしょう」

石戸のやや苛立った声が、天知のあとを追って来た。

「綿貫純夫さんのイニシアルは、S・Wです。それを間違えて、WSと書いたなんて判断は、Double《ダブル》 Suicide《スーサイド》と同じコジツケにすぎません」

「しかし、現にWSなんてイニシアルの人間なんて、ここにいないじゃないですか」

「わたしはWSが、イニシアルだとは言っていません」

「犯人が誰かを伝えたかったら、最もわかりやすく書き残すはずだってことは、もう論じ尽くされている。WSは犯人のイニシアルであって、そこにはわかりにくい謎や暗号なんて隠されていませんよ」

「それは、あまりにも単純な解釈です。石戸さんは内科医として優秀でも、人間の心理を読み取る能力は平凡のようですね」

「人間の心理と、WSが結びつくとでもいうんですか」

「その通りです。よろしいですか。石戸さん。西城夫妻は刃物で脅されて、いやいやミネラル・ウオーターを飲んだわけじゃない。何の警戒心も抱かずに、むしろ喜んで西城夫妻はミネラル・ウオーターを飲んだ」

「そうですかね」

「あなたは、致死量の四倍近くの酸化砒素を使っていると、おっしゃいましたね」

「ええ」

「それは、どうしてだと思いますか」

「もちろん、酸化砒素の致死量を知らなかったからでしょうよ」

「専門家だからって、素人を見くびってはいけません。計画的に二人も殺そうという犯人が、そんないいかげんなことをしますか。犯人はちゃんと致死量を承知のうえで、その四倍に近い酸化砒素をミネラル・ウオーターに混入したんです」

「なぜです」

「一つには、古くからあった酸化砒素なので、質が低下していないか、という不安もあったんでしょう。しかし、犯人が致死量の四倍近い酸化砒素を用いた主目的は、たとえ二口か三口しか飲まなかったとしても、西城夫妻が確実に絶命するだけの強い毒性というものにあったんです」

「二口か三口しか飲まない場合もあり得ると、どうして見込んでいたんですか」

「西城夫妻は、喉が渇《かわ》いていました。その夫妻に、ミネラル・ウオーターを与えます。待ち望んでいた水だから、夫妻は深く考えることもなくラッパ飲みにするでしょう。しかし、これは頭の中での単なる想定であって、実際にその通り事が運ぶとは限りません。二口か三口飲んだところで、夫妻のいずれかがミネラル・ウオーターの味か匂いに異常を感ずる場合も考えられるわけです。もし、そうなったら夫妻は互いに声をかけ合って、ミネラル・ウオーターを飲むのを中止するでしょう。その結果、夫妻あるいはその一方が一命をとりとめるということになったら、計画殺人は完全な失敗に終わります。ですが、毒物が致死量をはるかにオーバーしていれば、万が一ミネラル・ウオーターの異常に気がついたとしても、そのときはもう手遅れになると、犯人はそこまで計算していたと見るべきでしょう」

「ずいぶん念入りに、計画を練り上げたものですね」

「その通り、実に念入りです。南京錠の鍵の指紋さえも拭き取ってあるというのが、その証拠ですよ」

「しかし、結果的にはご夫妻とも、中型瓶のミネラル・ウオーターの三分の二以上を、飲まれたことになりますね」

「そうなんです。あなたがおっしゃるように刃物で脅されて強制されたんだったら、ゴクゴクと大半の水を飲んでしまったりはしなかったでしょう」

「なるほど、脅されて飲むのであれば、恐る恐る躊躇《ちゅうちょ》しながら二口、三口ということになるかもしれません」

「西城夫妻は、喉がカラカラだった。そこへ差し出されたのが、冷やしたミネラル・ウオーターだった。しかも、水を持ち運んで来た相手は、疑いようもない人物だった。それで西城夫妻は無我夢中で、ミネラル・ウオーターを一気にラッパ飲みしたんです」

「西城ご夫妻が、それほど喉が渇いていらしたということを、理論として言いきれるんですかね」

「その点については、当然ということになります。完全に密閉されたあの地下室は、真夏であれば朝のうちだろうと蒸し暑く、日が射せばなおさらのことです。そこに三時間以上も監禁されていれば、喉が渇いて何よりも水が欲しくなるでしょう」

「まるでそのために、ご夫妻を、地下室に監禁したみたいですね」

「実は、そうなんです」

「ご夫妻が喉の渇きに、水を欲するようになる。そうした状態を作るために、ご夫妻を三時間以上も地下室に閉じ込めておいたんですか」

「それが監禁の目的の一つでもあり、密室トリックのための細工にもなるんです」

「念のために、お尋ねしますがね。犯人はどうして、二本のミネラル・ウオーターを用意したんでしょう。一本だけでも、事はたりたんじゃないんですか」

「一本のミネラル・ウオーターを、二人で交替に飲むことになれば、先に飲んだほうが苦悶の状態を示し、それを見たもうひとりが毒殺に気づくという恐れもあります。それに、西城夫妻がそれぞれ一本ずつの毒物入りミネラル・ウオーターを同時に飲んだほうが、同意と覚悟のうえでの夫婦心中に、見せかけることが容易になるからです」

「もう一つ、あなたは二口か三口飲んで異常に気づくとか、一方が苦悶の状態を示したためにもう片方が毒殺に気づくとか、ご夫妻が途中で水を飲むのを思いとどまるということに、ひどくこだわっておいでですね」

「当然でしょう。途中で気づかれたら、計画はすべてご破算になりますからね」

「しかし、そうなったときこそ、最終的手段に訴えればよかったんじゃないでしょうかね」

「最終的手段とは……？」

「凶器で脅して、強制的にミネラル・ウオーターを飲ませるんです」

「それは、不可能です。考えついたとしても、実行できません」

「どうしてですか」

「第一に、犯人はとても凶器など使えないからです」

「凶器を、使えない……？」

「第二に犯人は、西城夫妻のすぐ身近にはいなかったからです」

「加害者が、被害者の身近にいなかったんですか」

「そうです」

「それはまた、なぜなんです」

「なぜって、犯人は西城夫妻と一緒に地下室の中にいたわけではありません。犯人は、密室の外にいたんですよ」

「密室の外にいて、どうやって先生ご夫妻にミネラル・ウオーターの瓶を手渡せるんですかね」

「天窓があるでしょう」

「天窓から……？」

「みなさんは、この別荘に合成樹脂の瓶に詰めたミネラル・ウオーターがたくさんあるので、犯人もそのうちの二本を使ったんだと、単純にお考えでしょう。確かに特殊な瓶よりも、この別荘に何本もあるものを応用したほうが、いろいろな意味で有利でした。しかし、それ以外にもこの密室のトリックには、合成樹脂の瓶を使わなければならないという条件があったんです。この合成樹脂の瓶というのも、大いに注目すべきで、見逃すことはできません」

「どうして、合成樹脂の瓶でなければならなかったんです」

「ガラスの瓶では高いところから、コンクリートの床へ落としたら、割れる恐れがある。犯人は天窓から瓶を持った手を伸ばして、下にいる西城先生も手を高く差しのべる。それでもまだ開きがあるので、犯人は瓶を手放し、西城先生がそれをキャッチすることになる。ところが、もし西城先生がキャッチしそこねたら、瓶はコンクリートの床に落ちて割れてしまうかもしれない。それで、落ちても割れない合成樹脂の瓶を、使わなければならなかったんです」

天知は時間を気にしながら、コップの水を飲んだ。

話を聞く人々の手も、ホッとしたようにジュースの瓶やコップへ動いた。石戸医師は、真剣な面持ちになって腕を組んでいた。ボロを出すどころか、天知の推論がより詳しく、具体的になりつつあったからである。

「密室については、あとで説明することにして、WSが何を意味するかを先に片付けましょう」

天知はチョコレートを口に入れてから、またコップの底を天井へ向けた。

4

ＷＳのイニシアルに当てはまる者は、確かにひとりもいなかった。しかし、これが犯人の名前を語っていることに、間違いはないのである。ＷＳのイニシアルが当てはまるとすれば、当人しかいないのだ。

西城若子――。

そのイニシアルは、ＷＳであった。

だが、西城若子が自分のイニシアルを、書き残したりするはずはない。これも、駄目だった。天知はなおも、あれこれと考え続けた。そのうちに、小野里説から思わぬヒントを得た。

小野里説によるとDouble SuicideをＷＳで表わしたのだという。正しくはＤＳとなるのだが、それではまるで判断がつかなくなってしまう。Double《ダブル》は日本の慣用語になっていて、ダブるという言葉として一般化されている。

それでDoubleを、Ｗによって表わそうとしたというのが、小野里説であった。そのＷ

に関してだけ、小野里説を取り入れてみたらどうかと、天知は考えついたのである。そうしないと、姓ではなく名前にWだけが、どうしても当てはまらないからだった。

Wはイニシアルに無関係で、ダブるという意味なのではないか。

Sが、ダブるのである。それで天知も最初、綿貫純夫のイニシアルSWを、WSに間違えたというのではなく、あくまで夫妻を対象として見た場合なのだ。

純夫のS。

澄江のS。

Sがダブるということで、綿貫夫妻の共犯と考えてみたのだった。だが、それならWSなどと暗号めいた言葉を、書き残したりするはずはない。簡単明瞭に、スミオとスミエとか、スミオフウフとか書くのに違いなかった。

では、なぜWSといった不可解な文字を、書き残したのだろうか。そこには、死を目前にした西城若子の複雑な心理が、作用していたのではないか。

天知はおぼろげながら犯人の影を捉えたとき、その想定に自信を持つことができた。西城若子の複雑な心理を、読み取れたのであった。

ミネラル・ウオーターを飲み、まず西城豊士が苦悶する状態となった。西城若子をも、苦しみが襲った。そこで初めて、毒入りの水を飲まされたことに気づいたのだ。それは若子にとって到底、信じられないことであった。

死が迫っている。このままでは、誰が自分たち夫婦を毒殺したのかも、わからずじまいになることだろう。果たして、それでいいのか。犯人が誰かを明記しておくことが、自分の義務のようにも思えてくる。

だが、とても信じられないことだし、何かの間違いかもしれない。殺すつもりなど毛頭なく、たまたまミネラル・ウオーターの中に毒物がはいっていたのを、気づかずに持って来ただけなのではないか。

そのほうが、まだ納得できる。

それなのに名前を明記したりしたら、犯人でもない者を犯人にしてしまうことになる。やはり、名前をはっきりと書き残すのは、やめたほうがいいのではないか。

いや、過失といったことは、絶対に考えられない。計画的にやったことなのだし、自分たちを殺した犯人である。犯人としてその名前を、明記しておこう。

待て、もし何かの間違いだったとしたら……。

西城豊士のうえに重なって倒れ込んだ若子は、一瞬のうちに迷い、躊躇し、逡巡したのである。何も書き残さないわけにはいかず、また明記するのも恐ろしいという複雑な気持ちに、若子は支配されたのであった。

そのとき若子の頭をよぎったのは、日頃ふと思ったりする犯人の名前の特徴だった。若子のほかに、その犯人の名前の特徴に関心を向けている者はいない。同時に、その気になれば誰だろうと、考えつく名前の特徴でもある。
　書きたくないけれど、書かなければならない。
わからない者にとっては不可解な記号にすぎないし、気がついた人間には読み取れる暗
号。
そうした判断と心理状態から、最後の力を振り絞って、若子が瓶の王冠でコンクリート
の床に刻み込んだ文字が、WSだったのである。
「Sがダブると、いったい誰の姓名になるんですか」
　石戸医師が、身を乗り出して訊いた。彼の顔には、緊張感に好奇心が加わっていた。部
屋の空気が、ピーンと張りつめている。全員が彫像のように、身じろぎもしなかった。恐
ろしいほどの静けさが、広間を支配していた。
「Sがダブる、すなわち犯人のイニシアルはS・Sです」
　マントルピースの前で向き直り、天知昌二郎はまた時計に目を落とした。
「この中に、S・Sというイニシアルの人間がおりますか」
　石戸が広間の中を見渡して、呼びかけるように言った。
　だが、石戸のほうへ目を向ける者は、ひとりもいなかった。全員の視線が、天知に吸い
寄せられたまま動かなかった。
「西城夫人は、SSとも書きませんでした。SSと書けば、日本字で犯人の名前を明記す

るのと変わらないからです」

　天知は歩き出して、広間の中央へ向かった。

「まさか……！」

　悲鳴に近い女の声が、部屋の空気を震わせた。

　声の主は、富士子であった。

「その、まさかなんです。S・Sのイニシアルに当てはまる姓名は、西城サツキのほかにありません」

　天知は、宙の一点を凝視して言った。

「そんな……！」

　首を振りながら、富士子は絶句した。

「西城夫人は本来ならば、犯人の名前をサツキと明記すべきだったんです。しかし、幼い自分の子どもを両親殺しの犯人として、指名することが母親にはできなかった。これは何かの間違いだと、信じたかったんでしょう。同時に西城夫人は、これには何か裏があるのに違いないと思った。だとしたら、サツキの名前を伏せてしまうわけにもいかない。西城夫人はサツキとも明記せず、SSとも書き残さなかった。西城夫人は、サツキのイニシアルはS・SダブルSね、と日頃そう言っていたことを思い出して、WSと書き残したんです」

広間の中央のテーブルに、上体を折って両手を突き、天知はじっと動かなくなった。重労働のあと汗が噴き出すように、サツキという名前を口にするまでの精神的消耗が、いま激しい疲れを呼んだのであった。

「驚いたな」

「ちょっと、考えられませんね」

「サツキちゃんが犯人だなんて、そんなことあり得るかしら」

「そんな馬鹿な……」

「まるで、小説だわ」

「でも、事実は小説よりも奇なりって、言うじゃないか」

「想定に、無理がありすぎる」

「とても、信じられないわ」

小さな声で交わされる感想が、ざわめきとなって広がった。緊張感が極度に上昇したところで、天知の口から待望の名前を聞かされた。だが、その犯人の名前が、予想もつかない意外な人間をさしていたのだ。

それだけに、人々の失望感が肩すかしを喰らったように、大きかったのである。

黙っているのは、富士子と石戸だけであった。富士子は姿勢を低くして椅子の背に凭れかかり、気分が悪くなったような顔で目を閉じていた。石戸医師は、舞台の袖で出番を待っている役者のように、固く口を結んでいる。

「犯人は、西城サツキです」

批判的なささやきを封ずるように、天知は姿勢を正して、テーブルのそばを離れた。潮が引くように、ざわめきは消えた。人々は再び、天知に注目した。

「さっき、犯人には欠かせない三つの条件があると、申し上げました。西城サツキとその三つの条件とを照らし合わせてみて下さい。犯人は、西城夫妻にはまったく警戒心を抱かせない人間でなければならない。西城夫妻がこの世で誰よりも、警戒心、不安感、不信感を必要としない人間となれば、それはサツキちゃんをおいてほかにないでしょう。第二に、犯人にはアリバイがないということです。サツキちゃんに、アリバイはありません。第三に、犯人にはWSが当てはまらなければならない。WSとはS・Sのイニシアルを意味していて、西城サツキのイニシアルと一致するんです」

テーブルの周囲を回りながら、天知は抑揚のない声で、犯人サツキ説の結論を出した。天知の表情は変わっていないが、その眼差しがいかにも暗かった。

「犯人の第二の条件なんですが……」

石戸医師が、発言した。

「アリバイの件ですね」

天知は足をとめて、石戸医師と対峙《たいじ》する恰好になった。

「天知さんは、サツキちゃんにアリバイはないと断定していますが、それは確かなんですね」

「そのつもりでいます」

「九日の午前六時からのアリバイ、それに犯行時間の午前十時前後のアリバイと、サツキちゃんにはその両方ともないんですか」

「ありません」

「朝のアリバイはともかく、午前十時のほうにいささか疑問があるんです。ぼくの記憶では、プールでの遊びにサツキちゃんも加わっていたはずなんですがね」

「午前九時から、騒ぎが起こる十時三十分頃まで、サツキちゃんはわれわれと一緒にプールで遊んでいましたよ」

「それでいて、サツキちゃんにアリバイがないってことになるんですか」

「そうなんです」

「なぜなんです」

「プールから燃料倉庫まで走って行き、地下室の西城夫妻にミネラル・ウオーターの瓶を与え、すぐにまたプールへ引き返してくる。途中、ミネラル・ウオーターが隠してある場所に寄ったとしても、十分間あれば事はたります」

「するとサツキちゃんは十分間ぐらい、プールから離れたことがあったというわけなんですね」

「そうです。ただ、それに誰も気づかなかった、というだけなんです。わたしも実は、プール・サイドにいてずっとプール全体の光景を眺めていたんですが、サツキちゃんが抜け出したことに、まったく気がつきませんでした」

「ぼくも、サツキちゃんをずっと見かけていたような気がするんですがね」

「それが、子どもというものなんです。子どもは常に、盲点になります。それは、子どもが不審な行動をとるはずがないという大人の先入観によるものだし、子どもは子ども同士で遊んでいるという、われわれの習慣的な無関心さ、対等に扱わず子どもを自然の存在と見てしまう気持ちが働いているからだと思います」

「確かにサツキちゃんは天知さんのお子さんとだけ組んでいたし、われわれと同じ場所で遊んでいながら、われわれの仲間にはなっていませんでした」

「それに子どもたちは、はしゃぎ回り、駆け回り、落ち着くこともなく目まぐるしい動きを見せています。いまそこにいたと思うと、次の瞬間にはもう離れたところではね回っています。われわれはそれを当然のこととして受け入れているし、そのために大勢の大人の中にまじっている子どもというものは盲点になってしまうんです」

「用がない限り、大人は子どもの姿を捜し求めたりはしない。道路など危険な場所であればともかく、別荘内の自家用プールで遊んでいる子どもには、特に気を配ったりもしない。

そのうえ、大人たちも遊びに夢中になるか、のんびりと解放感を味わうかしている。目には映じていても、意識の中では子どもの存在を忘れている」

「その通りです。おや姿が見えないなと思っても、しばらくして目につくと、何だそこにいたのかと、やはり当たり前なこととして受け取ってしまうんです」

「綿貫純夫さんが十時三十分までプール・サイドに姿を現わさなかったことには、ほとんど全員が気づいている。それなのにサツキちゃんの存在に関しては、漠然とした記憶しかない」

「観客は舞台の主なる登場人物の顔を記憶しますが、通行人や群集になると存在していることは承知していても、その顔までは記憶しません。それと、同じようなものなんでしょう」

「子どもはどうしても、ミソッカスになってしまうんだな」

「もし、みなさんの中に午前九時から十時三十分まで、サツキちゃんがまったくプール・サイドを離れていないということを、確認されている方がいらっしゃるなら、遠慮なくおっしゃって下さい」

天知は全員の顔を見渡しながら、またテーブルのまわりを一周した。十分に時間をとって発言を待ったが、動く者も口を開く人間もいなかった。全員が、記憶に自信がない、ということになる。

「では、逆にサツキちゃんが姿を消したのを、確認している人間がいるんですか」

石戸医師が、質問した。

「たったひとりだけ、おりました。それも、われわれと違って、常にサツキちゃんと行動をともにしていたし、対等な相手としてサツキちゃんに関心を払っていた人間です」

天知はそう答えて、バルコニーに面しているいちばん端のガラス戸へ、目を走らせていた。

そのガラス戸の外に、小さな人影が立っていた。小さな人影は、遠慮がちにガラス戸をあけて、広間の中へはいって来た。春彦であった。

サツキに対等な相手として関心を払い、常に行動をともにしていた人間とは、もちろんこの春彦のことなのである。

「わたしの息子ですが、証人として呼んでおきました」

天知は、時計を見た。時間を気にしていたのは、春彦との約束があってのことだったのだ。午前十時三十分である。春彦が正確に時間を守ったことに天知は満足を覚えていた。

その天知の手招きに応じて、春彦はマントルピースの前を回り、広間の中央へ向かって来た。さすがに固い表情であり、おずおずとした歩き方だった。この小さな証人の姿を、全員が目で追っていた。

「今朝、話し合ったことを、もう一度ここで繰り返すんだ」

並んで立った春彦を、天知は表情のない顔で見おろした。

春彦が、うなずいた。

「この別荘へ来た翌朝のことだけれど、春彦が起きたのは何時だったんだ」

天知は春彦のそばを離れて、髪の毛をかき上げた。

「六時だよ」

春彦が甲高い声で、はっきりと答えた。

「すぐ、部屋を出たのか」

「そう」

「どうしてだ」

「サツキちゃんと、遊ぼうと思って……」

「サツキちゃんと、会えたのか」

「家の中をずいぶん捜したけど、サツキちゃんは見つからなかったよ」

「それで、どうしたんだ」

「庭にいるんじゃないかと思って、外へ出ていったよ」

「サツキちゃんは、いたのかな」

「いなかった。だから、ひとりで遊んでいたんだ。そうしたら、サツキちゃんが遠くから走って来た」

「遠くからって、どっちのほうだったんだ」

「北のほうにさ、ずっと松林が続いているでしょ」

「うん」

「あの松林のほうから、真っ直ぐどんどん走って来たんだよ」

「サッキちゃんは、ひとりだったんだな」

「うん」

「何か、手に持っていたかい」

「大きな白いハンカチを、振りながら走って来たよ」

「それから、二人はどうしたんだ」

「この部屋へはいって、テレビを二人で見たんだ」

「テレビでは、何をやっていたんだ」

「夏休みマンガ大会の第一部が終わったところで、コマーシャルのあと第二部が始まったよ。『宇宙船X号』ってマンガだった」

「よし、次はプールで遊んでいたときのことを、話し合おうじゃないか。春彦はプールで、ずっとサツキちゃんと一緒だったな」

「うん」

「別々になったことは、一度もなかったのかい」

「うん」

「サツキちゃんが、いなくなっちゃったこともなかったんだな」

「それは、一度だけあった」

「どうして、サツキちゃんはいなくなったんだろう」

「おトイレへ行くって、走っていったんだ」

「それが何時頃のことだったか、春彦にはわかるか」

「わからない」

「そのとき、春彦とサツキちゃんは、どこで何をしていたんだ」

「プールと池のあいだあたりの芝のところで、大きくふくらましたボールのぶつけっこをしていたんだ。そうしたら、キンコーンって鐘が鳴ってさ。サツキちゃん、あ、キンコーンが鳴ったからおトイレに行かなくっちゃって、走っていっちゃったんだよ」

「どっちのほうへ、走っていったんだ」

「池のほうだったみたい」

「それで、サツキちゃんは、すぐに戻って来たのか」

「うん」

「どのくらいの時間か、見当がつくかな」

「きっと、十分ぐらいでしょ」

「わかった、ご苦労さん」

「もう、行ってもいいの」

返事も待たずに走り出したが、春彦はすぐに立ちどまって振り返った。

「いいよ」天知が言った。

再び走り出した春彦は、ガラス戸をあけてバルコニーへ出ると、あっという間に姿を消した。

5

このあと、天知は若干の説明を補足した。

テレビの夏休みマンガ大会は、正しくは夏休み子どもマンガ大会で、夏休み中に限り朝の六時から九時まで放映されているものである。第一部は六時から五分間のコマーシャルがあって、マンガを六時三十五分まで放映する。

第二部は六時三十五分から五分間のコマーシャルがあり、六時四十分に始まることになっている。第二部は、『宇宙船X号』というマンガだった。春彦とサツキはコマーシャルが終わって、第二部の『宇宙船X号』が始まったときからテレビを見ているのだった。

時間は、六時四十分である。

六時に起きて、春彦はサツキを捜し回った。しかし、サツキは見つからずに、所在不明であった。そのサツキは六時四十分近くになって、北の松林のほうから走って来た。北の方角の松林と、燃料倉庫との位置は完全に一致する。

六時から六時四十分まで、サツキは外にいたのである。サツキのアリバイは、誰にも立証できない。同時にサツキはその間、燃料倉庫の方角にいたという可能性が強い。

また、九時から十時三十分までプールとその周辺で遊んでいた春彦とサツキは、一度だけ離れ離れになっている。キンコーンの鐘というのは、別荘の西側にある小さな教会の時間を告げるチャイムであった。

この教会では一日に五回、自動的に鳴るチャイムを聞かせていた。朝の七時五分前、十時五分前、正午五分前、午後の三時五分前、夕方の六時五分前の五回である。プールで遊んでいるときに鳴ったのは当然、十時五分前を告げるチャイムということになる。

そのチャイムを聞くと同時にサツキは、キンコーンが鳴ったからトイレへ行くと言って走り出している。十時五分前に走り去り、十分ぐらいして戻って来たという。この十分間と、西城夫妻の死亡時間は一致する。

更に、サツキは池の方向へ、走り去ったということである。トイレへ行くなら、母屋がある北東へ走らなければならない。だが、サツキは池の方角、西へ向かって走り去ったのだ。

そのことについては、三つの理由が考えられる。第一に、池の方角へ走れば、築山を越えることになるので、すぐに姿が見えなくなる。第二に、築山を越えて北に走れば、燃料倉庫まで直線コースである。

第三に、ミネラル・ウオーターが、池の中に隠してあったのではないかという見方だった。池には地中を通した鉄管によって、水が注入されている。水が流れ込むあたりは、池の底が浅くなっていて、鯉などもあまり集まってこない。

ミネラル・ウオーターの瓶を隠すには、絶好の場所である。流れ込む水の温度が低いので、ミネラル・ウオーターもよく冷えることになる。待ちかねていた水を飲むのに、よく冷えていたほうが、西城夫妻を夢中にさせることができる。

「このように多くの情況証拠が、サツキちゃんが犯人であることを立証しています。これらをすべて否定できる材料は、ないものと思われます」

天知は、目を伏せたままで言った。

ほかに、声はなかった。石戸も、俯《うつむ》いている。天知の理論的解明に、文句のつけようがないことを、全員が認めたのである。しかし、それはあくまで理論的解明として、是認したのにすぎなかった。

六歳の娘が両親を殺したという話を、事実として受け入れることはできないのだ。六歳の幼児が、殺意を持って犯行を計画したり、密室のトリックを用いて完全犯罪を試みたりするはずはない。

直接、手を下した犯人は、天知が指摘した通りサツキに違いない。だが、サツキを犯人だと決めつけただけでは、この殺人事件は解決したことにならないのだ。サツキは実行者というロボットにすぎないし、それを自由にリモート・コントロールできる人間が、もう一人犯人として存在しなければならない。

そうと察していながら、あえて人々は口を噤《つぐ》んでいるのである。誰にもそのことに触れる勇気はないし、だからと言ってここで打ち切ってしまうわけにもいかないのだ。人々は大きな悲劇の訪れを予期しながら、重苦しい沈黙を続けているのだった。

「小野里氏は昨日、富士子さんに求婚する資格を失い、いままた石戸氏もプロポーズの権利を奪われたんです。そこで今度は、わたしが告白しなければなりません」

天知が言った。彼はテーブルの端に尻をのせるようにして、どこか遠くを見やるような目をしていた。

「富士子さんは最初から、小野里氏や石戸氏との結婚を望んでいませんでした。富士子さんには心の底から激しく愛し合い、結婚についても真剣に考えていた相手がいたんです。二人は知り合ってから日も浅いし、結ばれてまだ間もない仲でした。しかし、いまその激しく短かった恋に、終わりが訪れようとしています。それも、愛する人に最後の審判を下し、愛する人から死刑の宣告を受けるという残酷なかたちによってなんです」

虚《うつ》ろな目つきであったが、天知の顔に感情は表われていなかった。

富士子も椅子にすわったまま、凝然と動かずにいた。虚脱したような顔が異様に美しく、うるんだ目だけが生きているみたいにキラキラと光っていた。

そのような天知と富士子を、石戸が信じられないという顔つきで見比べていた。反対側の席では、小野里が茫然となっている。

「富士子さんの相手とは、このわたしでした」

天知は力なく、言葉をこぼした。

男たちは意表をつかれたという反応を示し、女たちは真摯な眼差しで天知を見つめていた。再び、全員が沈黙を続けることになった。

三分がすぎた。

「さて……」

気持ちを改めるように、天知は膝を叩いてから勢いよく腰をのばした。相変わらず無表情だが、眼差しに鋭さが加わっていた。天知は二、三歩ゆっくりと進んで、髪の毛をかき上げた。

「実は、春彦からこういう話も、聞かされています。その話によるとサツキちゃんは春彦に、ママはわたしのほんとうのママよ、あのママがわたしを生んだお母さんなのよ、わたしはママの命令だったら何でも聞くのよ、と言っていたそうです」

天知は、立ちどまった。思わぬ方向から、声が飛んで来たからである。

「春彦君に、証言能力はありませんよ」

小野里だった。小野里は立ち上がって、ベルトをしめ直していた。

「ここは、法廷と違います」

天知は、小野里を見据えた。

「しかし、いまの春彦君の話というのは、富士子さんの意志、すなわちサツキちゃんの行動であることを、立証しているとは思えないんです。子ども同士の罪のないお喋り、ということになります」

小野里はメガネをはずして、それをテーブルのうえに投げ出した。

「この春彦の話を抜きにしたとしても、残念ながらサツキちゃんを自由自在に操られるのは、富士子さんひとりしかいないんです」

「あなたはサツキちゃんというロボットを、富士子さんがすべて操作したんだと、断言されるんですか」

「その通りです。富士子さんが主犯であり、サツキちゃんは従犯です。ママの命令だったら何でも従うというサツキちゃんは、ロボット以上に完璧に、富士子さんから指示された通りのことを実行したんです。たとえば、サツキちゃんは地下室の南京錠にも、土管の中に投げ込んだ鍵にも、指紋を残していません。これは、何かに触ってはいけない、触る必要があるときはハンカチを使え、という富士子さんの命令をサツキちゃんが忠実に守ったからなんです。あなたも、サツキちゃんが北の松林のほうから大きくて白いハンカチを振りながら走って来た、という春彦の話を記憶しておられるでしょう」

「サツキちゃんはほんとうに、富士子さんのことを実の母親だと、思っていたんでしょうか」

「年の差も母娘だし、よく似ています。それに西城夫妻を祖父母とし、富士子さんをママと呼ぶ日常生活の中で育ってくれば、サツキちゃんがそう思い込むのは当然です。サツキちゃんのほうにも、富士子さんが実の母親であって欲しいという願望があっただろうし、富士子さん自身がそうだと言い聞かせれば、サツキちゃんはその通りに信じます」

「母娘として生活していながら、富士子さんにはサツキちゃんへの情というものが、まったく湧かなかったんですか。少しでも情があれば、サツキちゃんを殺人ロボットなどに、使いたくても使えなかったはずです」

「富士子さんにしてみれば、見せかけだけの母娘だったんでしょう。富士子さんは西城夫妻を憎悪し、恨んでいたんです。その西城夫妻の実の子どもだと思えば、サツキちゃんにすら嫌悪を覚えたはずです」

「富士子さんは、西城先生ご夫妻を憎悪し恨んでいた。それが、今度の殺人の動機なんですか」

「そうです。その動機についても、説明しておかなければならないでしょう」

天知は小野里のテーブルに近づくと、富士子のほうには背を向けて話を始めた。

西城豊士は相当の年配になってからも、女子学生に騒がれたりして、いわゆるモテる男であった。ここにいる浦上礼美もラブレターを贈るほど熱烈な西城教授ファンだったし、沢田真弓も結婚の夢さえ捨てて西城豊士を愛した女である。

西城豊士が若い頃は、更に多くの女たちを魅了したらしい。若子という妻がありながら、西城豊士は何人かの女との短期間の関係を経験していた。しかし、世間体を重んずる西城は、身の引き方もまた巧みであった。

西城豊士の親友のひとりに、細井直人という評論家をかねた詩人がいた。西城より、二つ年下だった。金にならない文筆業で生活は楽ではなかったが、妻のマリ子と娘の富士子との三人家族には平和な暮らしがあった。

しかし、その一家の平和を、西城豊士が破壊したのである。細井直人の妻マリ子は、娘の時分から西城家に出入りしていた。若い頃から西城豊士とも親しかったし、彼の紹介によってマリ子は細井直人を知り、二人は結婚したのだった。

ところが、それから八年もたった頃になって、西城豊士とマリ子が不貞を働いたのである。西城が女盛りを迎えた美貌のマリ子に惹かれたのか、生活に疲れた人妻のマリ子が有名になった西城豊士に魅せられたのか、とにかく二人は合意のうえで、何回かベッドをともにしたのであった。

だが、間もなく、細井直人が、そのことに気づいた。細井は、激怒した。妻を愛していただけに、彼は怒り狂ったのだ。細井は酒を飲んで、マリ子に殴る蹴るの暴行を加えた。八歳だった富士子はその光景を見て、乱暴を働く父親だけを悪人として憎んだ。

ついにマリ子は、実家へ逃げ帰ってしまった。

翌日になっても戻らない母親のことを思って、富士子は泣き続けていた。傷を負わせて母親を追い出した父親は極悪人であり、富士子にとって許すことのできない敵となっていた。

その夜も、細井直人は泥酔していた。酔っぱらった細井は、幼い娘に八つ当たりした。富士子に、物をぶつける。富士子が泣き出すと、父親が飛びかかってくる。富士子は恐怖と憎悪に、震えていたのである。

テラスが付いていない小部屋の出窓に腰をおろして、父親が急にボソボソと何か言い出した。おれは死にたい、殺してくれ、おい富士子おれを突き落としてくれ、頼むからひと思いにやってくれ……。

次の瞬間、富士子は出窓へ突っ走っていた。富士子は身体ごと、父親の後ろ姿にぶつかった。抵抗感がまったくなかったし、椅子を押し倒すよりも軽かった。ふわっと父親の姿は、窓の外の闇の中に消えていた。

この事件に、いちばん慌てたのは西城豊士だった。すべての事情が明らかにされたら、彼の立場は苦しくなる。西城は若子とも話し合ったうえで、富士子の口を封じ、細井直人の死を事故ということにした。

世間体を考えて、若子もそれに協力した。そのうえで、富士子を養女として引き取ったのである。事故死した親友の娘を養女にする、という美談にすり替えたのであった。一切がそのまま、過去のこととなった。

養父母は富士子にとって、厳格なだけで冷ややかな保護者にすぎなかった。養父母が口にする言葉は、常に決まっていた。生まれ、育ち、血統、身分の違い、名家、名門、世間体であった。

富士子は早く独立したい一心から、女優になろうとした。しかし、芸能界は良家の子女が出入りするところではないと養父母に猛反対されて、ようやく恋愛や男女の交際、勝手な結婚はしないと誓約することで許されたのだった。

やがて若子が、大河内教授の努力もあって、無事にサツキを出産した。その後の養父母は事あるごとに、養女の富士子と実子のサツキを比較するようになった。サツキは生まれも血統もよくて、名家名門の出だというわけである。

それに引きかえ、富士子は西城家の養女ということで、世間に通用し、大きな顔もしていられるのだそうだった。富士子を屈服させようとするとき、養父母は『あんたは八つのときに実のお父さんを殺した人なんですからね』と言うようになった。

「わたしは、わたしの友人の驚異的なスピード調査によって、ある人物の正体というものを知らされていました」

天知は、コップを口に運んだ。だが、彼は水を飲もうともしないで、コップをテーブルのうえに戻していた。咳ばらいをする者もいない広間は、針を落とした音でも聞こえそうな静寂に支配されていた。

天知は横顔に、富士子の視線を感じていた。わたしの友人が驚異的なスピード調査によって、という天知の言葉に対して示された富士子の反応に違いなかった。その友人とは田部井編集長だろうと、富士子の視線は指摘しているようであった。富士子はいま、知人のひとりである田部井のことを、遠い存在として思い浮かべているのではないだろうか。

「それは、この別荘の管理人である内海良平氏の正体です。内海良平氏は、富士子さんの実母マリ子さんの兄さんだったんです。マリ子さんは夫の死によるショックと自責の念から精神に異常を来たし、十五年間も入院生活を送っておりました。そのマリ子さんが四年前に退院するとき、それを迎えに内海良平氏は長野県へ出向きました。そうなると内海氏は当然、すべての真相を承知しているはずです。そう思ったので、わたしはさきほど内海氏と会って、何もかも打ち明けてくれるように懇請しました。内海氏はなかなか口を開いてくれませんでしたが、やがて西城夫妻もこの世の者ではなくなったし、犯人についても見当がついているいまとなってはということで、知る限りの真相をわたしに話して下さったんです。内海良平氏はそれと同じ話を、マリ子さんを迎えに長野県まで行った直後、つまり四年前に、実母について知りたいとせがまれるままに、富士子さんの耳に入れたということでした」

天知は富士子のほうを、チラッと振り返った。

伯父の内海良平の話を聞いて、富士子は強い衝撃を受けた。罪は実父の細井直人にあるのではなくて、実母の不貞が引き起こした悲劇だったのだ。しかも、その悲劇の原因になっている不貞の相手は、養父の西城豊士だったのである。

悪いのは不貞を働いた西城豊士と、実母のマリ子であった。だが、マリ子はそれ以後を廃人として過ごし、罪の償いは十分に果したと言える。無傷でいるのは、西城豊士だけではないか。

加害者は西城豊士ひとりで、細井直人もマリ子も、そして富士子自身も被害者ということになる。それでいて西城豊士は富士子を養女として引き取り、マリ子を経済的に援助し、その兄の内海良平を別荘の管理人にするという金力による美談と善行で世間を欺き、無事平穏な人生を送って来た。

あまりにも、不公平ではないか。富士子こそ、最大の被害者なのではないだろうか。それなのに養父母は、八歳で実父を殺した女だと、富士子を批判する。

養父母には何も言う資格はないのだし、自分の好きなようにするという反発心から、ただひとりやさしくしてくれる義理の従兄との恋愛へ、富士子は走ったのだった。ほんとうに富士子が綿貫純夫を愛するようになったのは、彼と肉体関係を持ってからのことであった。

しかし、養父母は身分違いだという理由で、富士子と綿貫純夫の仲を引き裂いた。そのとき綿貫は、死ぬことを考えた。富士子と心中するのである。綿貫はそのつもりで、勤務先から酸化砒素を持ち出した。彼の決意を聞いて、富士子も心中する気になったのだ。

ところが、綿貫純夫の心が一変してしまった。綿貫は富士子から遠ざかり、半年後には現在の妻の澄江と結婚した。富士子のほうも、男とはそうしたものかと綿貫純夫とのことを過去へ押しやり、女優としての仕事に打ち込んだのである。

最近になって西城夫妻は、富士子の結婚を急ぎ始めた。世間体を考えていろいろと綺麗事を並べ立てているが、西城夫妻の真意は、富士子を西城家から追い出すことにあったのだ。

そのために西城豊士は自分の意のままになる小野里実と石戸昌也を、富士子の婿の候補として選んだ。莫大な持参金付きではあるが、富士子は小野里富士子か石戸富士子かになって、西城家を去るのであった。

それに西城夫妻にはもう一つ、富士子からサツキを引き離すという目的があったのだ。

いまのままだとサッキは富士子の娘になりきってしまって、自分たちには祖父母への情しか持てなくなるのではないかと、西城夫妻は不安を覚えたのである。

富士子を追い出せば、西城家には実の娘のサツキしか残らない。そして、サツキにとっては、西城夫妻こそ実の親ということになる。こうした憎悪と思惑がらみのパーティが八月八日に軽井沢の別荘で開かれて、翌日には西城夫妻が殺され、その犯人としていま富士子とサツキの存在が浮き彫りにされたのである。

「以上が、わたしの得た調査結果にわたし自身の推定を加えた富士子さんの、西城夫妻への殺意が凝結するまでのプロセスです」

天知は汗が浮いた顔に、ハンカチを押し当てた。それは暑さのせいではなく、脂汗《あぶらあせ》であった。

「あと二、三、お尋ねしたいんですが……」

小野里が椅子に腰を戻して、ネクタイの結び目を緩《ゆる》めた。天知の疲れきった顔を見ているうちに、小野里も息苦しくなったのだ。

「どうぞ」

中指と親指で、天知は眉間を強く摘まむようにした。

「あなたはさっき、犯人には古い酸化砒素の質が落ちてという不安があったと言われましたけど、どうして古いってことになるんですか」

「三年前に富士子さんが、手に入れた酸化砒素を使ったからなんです。勤務先から持ち出した酸化砒素を、綿貫純夫さんは心中の決意を伝えるために、富士子さんにも見せたはずです。恐らくそのときに富士子さんは、酸化砒素の半分以上の量を、自分のものにしておいたんだと思います。そのことに気づかずに間もなく気が変わった綿貫さんは、酸化砒素を容器ごと捨てるかして、処分したつもりでいたんでしょう」

「綿貫さんが急に気が変わった理由ですが、おわかりですか」

「わたしの推定ですが、綿貫さんが富士子さんから遠ざかる気になったのは多分、西城夫妻からこう言われたためだったんでしょう。もう時効だからきみだけには言ってもいいと思うんだが、富士子には八つのときに実の父親を窓から突き落として殺したという恐ろしい過去があるんだよ……。後日そうした事実を知って、富士子さんはそのこともまた西城夫妻への殺意を構成する一面に、加えたんではないでしょうか」

「その殺意なんですが、四年前から構成され始めて次第にふくらみ、重みも熱さも増していったということはわかります。しかし、殺意が殺人を呼び起こすには、引き金というものがあります。富士子さんの場合は八月八日のパーティの翌朝に的を絞って、かなり前から計画が練られていたのか。それとも、急に引き金になるようなことがあって、実行に踏みきったのか。そのどちらでしょうか」

「犯行方法、トリック、ロボット利用といった案は以前から、富士子さんの頭の中にあったはずです。しかし、実行に移そうと決意したのは最近になってからで、八月八日の夜に引き金となるようなことがあったんです」

「その引き金とは……？」

「富士子さんの心がほかの男へ走っていて、小野里さんや石戸さんとの結婚を何とか避けようとしているということに、西城夫妻は察しをつけていた。そして、その男がわたしだということに、西城夫妻は気がついた。夫妻がわたしをパーティに招待したのも、富士子さんの気持ちをはねつけてくれと、わたしに頼むことが目的だった。富士子さんは、それを何よりも恐れていたんです。ところが八月八日の夜になって、明朝わたしに折り入って話したいことがあるからと、西城夫妻が申し入れて来た。そのことが富士子さんにとって、西城夫妻殺しを実行に移す引き金となった。つまり、綿貫さんの場合と同じように、西城夫妻はまたわたしにも、八つのときの実父殺しの一件について聞かせる気なのだと、富士子さんは判断したんです。そうなったら万事休す、このままにはしておけない、明朝わたしと会う前に西城夫妻殺しを実行に移そうと、富士子さんは決断を下したんだと思います」

「富士子さんとしてはどうしても、サツキちゃんをロボットに使わなければならなかったんでしょうか」

「もちろん、密室のトリックを活かすためには、サツキちゃんこそ不可欠の主役でした。

だからこそ、富士子さんはサツキちゃんを使わざるを得なかったんです。しかし、それだけではなかった。長いあいだ何かにつけて富士子さんは、実の父親を殺した恐ろしい娘と、西城夫妻から言葉の暴力を振るわれて来た。それを富士子さんは、そっくりお返ししたかったんでしょう。自分たちの子どもも、実の両親を殺す恐ろしい娘。そして西城夫妻は、実の娘サツキと養女の富士子によって殺される。そうした復讐心からも、富士子さんはサツキちゃんを協力者にしたかったんだと思います」

「では最後に、密室のトリックについて説明をお願いします」

小野里の声が、遠慮でもしているように小さくなっていた。

「そうしましょう」

目を閉じたままで天知は、広間の中央のテーブルまで戻った。途中、足がもつれた。土気色になった顔には、また脂汗が浮いている。富士子を除いた全員が、病人のようになった天知に注目していた。しかし、天知がそうなった理由について、わかっている者はいないのだ。いま天知は睡眠不足と、全神経と全思考力を集中させるための消耗、そして愛する人を告発する精神的苦痛に、辛うじて耐えているのである。

「この密室トリックの最大の特徴は、被害者が加害者に協力しているという点にあります。トリックの謎を解くキーは、南京錠の鍵が土管の底に投げ込まれていたということにあったのです」

天知昌二郎はコップ一杯の水を飲んだあと、荒々しく脱いだ背広の上着をテーブルのうえに投げ捨てた。

6

なぜ、排水口の土管の中へ、南京錠の鍵を投げ込んだりしたのか、土管は完全に詰まっているが、その底まで一メートルはある。手を差し込むことは不可能だし、細い腕だろうと一メートルの距離までは届かない。

つまり、南京錠の鍵を絶対に取り出せないところへ、投げ込んだということになる。その鍵が取り出せない限り、南京錠をはずすことはできない。南京錠をはずせなければ、鉄扉はあかないのである。

被害者である西城夫妻が、そんなことをするはずはない。偶然、土管の中へ鍵を落としてしまったとは、どうしても考えられなかった。

それに西城夫妻が鍵を手にしていれば、どちらかの指紋が残っていたはずである。ところが、鍵からは指紋が検出されていない。つまり西城夫妻は、南京錠の鍵に手を触れていないのであった。

このことだけでも、小野里実の心中説は否定されるわけである。いずれにしても西城夫妻と、土管の底に落ち込んでいた南京錠の鍵は、無関係だったと断定できるのだった。

そうなると犯人が意識的に鍵を捨てたものと、判断するほかはない。

その結果、犯人の目的はまず西城夫妻を地下室に監禁することにあったのだ、ということが読めた。そこまでわかれば、あとは簡単であった。富士子の指示通りに行動したロボット、サツキのあとを追ってみればいいのである。

八月九日の朝六時に起きて、サツキは西城夫妻の部屋を訪れた。一緒に散歩したいというサツキの申し出に、西城夫妻は大喜びで応じた。三人は庭へ出ると、広い敷地内をゆっくりと歩いた。

あっちがいい、こっちへ行きたいとサツキが言えば、西城夫妻はその通りにする。サツキにとって、西城夫妻を旧燃料倉庫へ誘導することは、至って簡単であった。サツキは、この地下室にはいってみたいと、西城夫妻に甘える。

西城夫妻は、逆らわない。三人は、かつて石炭の貯蔵庫だった地下室へはいる。サツキは、鉄扉に寄りかかって押す。鉄扉がしまる。次にサツキは、南京錠に興味を示す。珍しがって、南京錠をかけてみてくれと、西城豊士にせがむ。

よしよしと西城豊士は言いなりになって、鉄扉の舌に掛け金を嚙み合わせ、穴にパッド・ロックの湾曲した鉄の棒を差し込み、南京錠をガチャンとおろす。南京錠をおろしてしまっても、鍵が差し込んだままになっているのだから、心配も不安もない。

ところが、そこでサッキは南京錠に差し込んである鍵を、抜き取ってしまうのである。サッキは用意して来た白い大型のハンカチに、その鍵を包む。富士子に指示されていることで、鍵にサッキの指紋を残さないためであった。

西城豊士もさすがに心配になって、鍵を元に戻しておくようにとサッキに言う。だが、サッキは逆に逃げたりして、排水口のうえでハンカチを広げる。土管の穴を狙って、鍵を落とす。

鍵は土管の底に、落ち込んでしまう。大変だとサッキは、慌てて見せる。西城夫妻も、困惑する。鍵は拾えない。南京錠をはずすことができないし、鉄扉も開かない。地下室には、釘や針金の一本も落ちていなかった。

脱出は、不可能である。コンクリートの箱の中に、完全に監禁されてしまったのだ。ここでいくら叫ぼうと怒鳴ろうと、人間がいるところまで声は届かない。天窓を下から押しあけることはできるが、三メートル八十センチの高さである。

三人が行方不明になったことは誰かが気づき、捜し回るに違いない。やがては、ここにいる三人を見つけてくれるだろう。それまで待つほかはないと、西城夫妻は騒ぎ立てることをやめる。

そのとき、サッキが脱出する方法を考えつく。天窓からサッキだけが抜け出すというのであれば、決して不可能ではない。とりあえずサッキを脱出させて、人を呼びにいかせればいいのである。

サツキの思いつきに、西城夫妻も乗り気になる。ここで、被害者と犯人が協力するという密室トリックの奇妙な特徴が見られるわけであった。三人が一体となって、重なるのである。

まず若子が、サツキを肩車する。その若子を、西城豊士が肩車する。西城豊士は両手を壁に突いて身体を支えながら、徐々に立ち上がる。両足を踏ん張って、西城豊士の身体がようやく固定する。

次に若子が両手でコンクリートの壁を押えながら、西城豊士の肩のうえでそろそろと直立する。壁で身体を支えて、若子の姿勢が安定した。その次は、サツキである。サツキも壁を頼りに、若子の肩のうえで立ち上がるのであった。

六十一歳になった西城豊士、それに五十四歳の若子にとってはかなりの重労働であり、危険な離れ業でもあった。だが、いざというときの人間は、気力や精神力で年齢とか非力とかをカバーして、驚異的なことでもやってのけるものだった。

ここで、単純な計算をしてみよう。

西城豊士は長身で、一メートル八十センチある。その身体から首の分と、足を開いている分として三十センチを引く。西城豊士の高さは、一メートル五十センチである。

若子も大柄なほうで、身長が一メートル六十センチある。それから三十センチ引くと、一メートル三十センチになる。西城豊士との合計が、二メートル八十センチであった。サツキはやや小柄だが、身長は一メートル二十センチだった。両手を高く差し上げて背伸びすると、身長プラス二十センチという計算になる。サツキの一メートル四十センチを加えれば、三人の高さは四メートル二十センチであった。

あるいは計算通り、四メートル二十センチにはならないかもしれない。しかし、仮に四メートルだったとしても、天窓の高さ三メートル八十センチに対して、二十センチほどの余裕がある。

サツキの手は天窓に届くし、それを二十センチ以上も押し上げることができる。おそらく工夫と努力次第で、もっと大きく天窓を押し開くことが、可能であったはずである。サツキは天窓にハンカチを押しつけて、そのうえから手を使う作業を続けたのに違いない。天窓にサツキの指紋や掌紋を、残さないためであった。

サツキの頭が、天窓の外へ出る。あとは腕の力だけで、這《は》い出すことができる。こうしてサツキだけが、密室から脱出したのであった。外へ出てからサツキは天窓の縁とその周囲を、ハンカチでふいて痕跡を残さないようにした。

若子が、夫の肩のうえからおりる。西城夫妻は、天窓から覗いているサツキの顔を見上げる。誰かを呼んでくるようにという西城豊士の言葉に、ええと答えてサツキは地上へ去った。

ここで初めて、被害者だけが閉じ込められた地下室となる。依然として土管の中の鍵は取り出せないし、鉄扉をあけることもできない。天窓はあいているものの、サツキを脱出させたいまとなっては、そこも出口とはならなかった。

西城夫妻だけでは、肩車をしようと頭のうえに乗ろうと、天窓にはとても届かないのである。西城夫妻は監禁されたままであり、二人にとっては完全な密室と変わりなかった。しかし、間もなくサツキの知らせを聞いて、大勢の連中が駆けつけてくるはずである。それを待とうと、二人はすわり込む。

ところが、時間だけがいたずらに経過していく。いつまでたっても、誰もこないのだ。暑くなる一方で、二人は汗をかくばかりであった。あるいは、遊びに夢中になってしまって、サツキは忘れているのかもしれない。

やはり、叫んでも人を呼んでみても、効果はないだろう。いずれにせよ。待つほかはない。喉が渇《かわ》く。汗をかく。水が欲しい。二時間たち、三時間がすぎた。何としてでも、水が飲みたい。

十時ちょっと前になって、ひょっこりサツキが天窓から顔を覗かせた。水泳帽をかぶり、タオルを手にしている。西城夫妻は、慌てて立ち上がる。サツキがタオルに包むようにして、二本のミネラル・ウオーターの瓶を持っていたのだ。

ミネラル・ウオーターの瓶に指紋を残さないようにタオルで包んでいるとは、西城夫妻が気づくはずはない。またサツキが富士子から、教会のチャイムが鳴ったらトイレへ行くという口実で、地下室へミネラル・ウオーターを運べと指示されていて、それに従ったのだとは夢にも思っていない。

「みんな出かけちゃっていて、いま帰って来たの。これからすぐここへくるけど、その前に冷たいお水を上げておきなさいって言われたのよ。栓も抜いてあるわ」

これが西城夫妻の聞くサツキの最後の声だったのだ。サツキはミネラル・ウオーターの瓶を、一本ずつ西城豊士の手に落とした。冷たい水である。一度抜いている栓をはずすと、西城夫妻は夢中で瓶の中身を喉の奥へ流し込んだ。

二人が水を飲んだ――。

そう見きわめた瞬間に、サツキはタオルをかぶせた天窓に全身の重みを預けていた。天窓は、密閉された。サツキはプール・サイドを目ざして、全速力で走り出していた。

あとに残ったのは、西城夫妻の死体が転がっている完璧な密室であった。

「ここで終わっていたら、密室のトリックはわたしにもわからなかったでしょう。わたしもまさか、サツキちゃんが主役を演じているとは、想像も及ばなかったんですからね。サツキちゃんに疑いの目を向けない限り、この密室の謎は解けません」

天知は、あたりを見回した。焦点の定まらない目で、にらみつけているという感じであった。

全員が顔を上げて、天知の視線を受けとめていた。それぞれの表情に特徴があったし、立場の違いというものが反応の示し方に表われている。たとえば石戸医師は、薄ら笑いを浮かべながら、小刻みにうなずいていた。

それは、みずからの敗北を、自嘲的に認めているのであった。一方の小野里弁護士は、深刻な面持ちで考え込んでいる。彼は改めて自分の完敗を振り返りながら、この悲劇的な始末にショックを受けているのである。

大河内教授夫妻と進藤助教授夫妻は、ともにホッとしたような顔つきだった。醜悪で卑劣なのは自分たちだけではなく、西城夫妻の過去もまた同じようなものではないかと、満足と安堵感を覚えているのだ。

綿貫夫妻は、熱っぽい目で天知と富士子を、交互に見やっていた。天知の理論的解明に敬意と感謝の意を表わし、富士子に対しては同情と憐憫《れんびん》の思いを寄せている。綿貫夫妻はいまになって、人間らしい感情を取り戻したのであった。

前田秀次と浦上礼美は、思い出したように顔を見合わせては、感嘆したというふうに首をひねっている。二人は単純に、難解なパズルなりクイズなりの答えを引き出した人間に対して、驚きを示しているのである。

沢田真弓は、放心した顔でいた。だが、彼女は細かい計算をすませて、はっきりした回答を読み取っている目つきであった。彼女は感情に走らず、事実だけは冷静に見極めているのだ。それは、解放されそうで解放されることのない女の姿、と言ってもよかった。

こうした人々の反応に、一つだけ共通点があった。理解し納得し、間違いなく謎が解けたという結論に達していることである。全員が密室のトリックが解明されたことを、認めているのだった。

完璧《かんぺき》な密室は、突き崩された。加害者が被害者の協力によって密室内から脱出し、それが巧妙なトリックの第一段階となる。その意外性に富んだ密室トリックも、天知に見破られたのである。

密室が密室でなくなったとき、トリックと謎が解明されたとき、あとに残るのは弁解の余地もない犯人の敗北であった。

西城富士子は、ぼんやりと天井を見上げていた。その顔は夢みる美少女が、過去の恋を追憶する古城のお姫さまを思わせた。

7

サツキの存在が、天知の意識の中にクローズ・アップされない限り、密室の謎は解けなかった。サツキはそれまで、舞台の通行人のひとりにすぎず、観客は死角の中にその影を捉《とら》えていただけなのだ。

そのサッキの姿が準主役として天知の目に映じたのは、二度目の放火事件の直後であった。それに気づいたとき、天知は軽井沢の爽快な朝に違和感を覚え、思わずベランダから自然の美しい風景に見入らずにはいられなかったのである。

放火犯人は誰か。

小野里実でないことは、確かである。被害者として死亡したかもしれないのはサツキであり、石戸昌也ではなかった。そうなると放火犯人の狙いは石戸ではなく、サツキにあったというふうにも考えられる。

サツキを殺さなければならない動機を、招待客たちが持っているはずはない。西城夫妻とサツキが死んだ場合、大きな利益を得る人間は富士子しかいない。だが、富士子が物欲や目先の利益のために人を殺すとは、絶対に考えられない。

しかし、その辺の事情に何かが、根深く埋没しているのではないだろうか。天知はそう思ったことから、俄《にわ》かにサツキの存在に注目するようになった。同時に、富士子という人間の裏側にも、関心を持ったのである。

「計画犯罪に、無理は禁物です。ところが、九分通り綿密な計画によって完全犯罪に成功しておきながら、最後のちょっとした無理がすべてをぶち壊してしまう。こういう例は、珍しくありません。では、どうして最後になって、無理をするのか。それは、九分通り成功してから、計画のうちになかったことに気づいて急に不安になるためです。不安を感じて、犯人は焦《あせ》ります。焦れば、思いつきで行動に走ります。それで犯人は、綿密な計画による完全犯罪に成功しかけた人間とは思えないような、薄っぺらなカバーで補おうとするわけです」

天知は肩で息をしながら、最後の説明を続けた。

「富士子さんはサツキちゃんに、もちろん口止めをしておきました。富士子さんが絶対に喋ってはならないと命じておけば、サツキちゃんはそれを忠実に守ったはずです。事実、サツキちゃんは、何一つ口外しておりません。ただし、それは大人に対して、ということになります」

富士子は、春彦とサツキとの接触、子ども同士の親密な関係というものを、計算のうちに入れていなかった。今後はますます、春彦とサツキの接触の機会が多くなるだろう。いくら口止めしておいても、春彦だけにはポロッと喋ってしまう恐れがある。

現在そして将来にわたり、サツキが春彦に秘密を漏らす可能性は、十分にあるのではないか。そうした不安に取り憑《つ》かれた富士子は、焦りから無理をしてでも早々にサツキの口を封じようと思い立った。

富士子は、石戸医師を狙っての放火事件と見せかけて、サツキを殺そうとしたのである。サツキが狙われるわけがないし、彼女の死はあくまで偶発的な事故によるものとしなければならなかった。

最初の放火で、まず石戸医師が目標だったということにされる。石戸は、離れのように独立した部屋へ移った。その第二の部屋でまた放火事件が起これば、もう誰もが狙われているのは石戸だと決め込むだろう。

そこでサツキが死んでも、石戸の身代わりとしてトバッチリを受けたのだということになり、偶発的な事故と看做《みな》される。本命と見られている石戸の陰に隠れて、サツキの死は両親に次いでの不幸ですまされるはずだと、富士子の焦りが読みを浅くしたのだ。

一方寺への往復で、石戸と親密なところを小野里に見せつける。その夜、小野里の目を計算したうえで、富士子は石戸の部屋へはいり込む。

管理人の妻にサツキを預けたのも、天知との自由な時間を作るためだけではなく、小野里の疑心暗鬼をかき立てようと一石二鳥を狙ったのである。

今朝、富士子は乙江に預けてあったサツキを引き取るとすぐに、またしてもリモコン操作にとりかかった。サツキをロボットとして、動かすのであった。富士子は次のような指示を、サツキに与えた。

これから、小野里さんのお部屋へ行きなさい。

もし小野里さんが寝ているようであれば、起こしてもかまわないから、お部屋の中へ入れてもらって、少しのあいだだけお喋りをするのです。

それから小野里さんに、『ママを捜しに行ってくる』と言いなさい。小野里さんが何か訊いたら、『ママは突き当たりの奥の部屋にいるかもしれないから、見てこようか』と言うのです。

小野里さんが『そうしなさい』と言っても、『やめなさい』と言っても、あなたはそのまま突き当たりの奥のお部屋へ行って、寝室のベッドの向こうでじっとしているのです。

サツキは完全なロボットとして、富士子の命令に従った。

小野里は石戸の部屋に、富士子が泊まったのではないかと気になっている。石戸の部屋の様子に、関心を向けている。そこにいまでも富士子がいるのかどうかを、確かめたがっている。

そのような小野里の気持ちを、富士子はちゃんと計算ずみであった。その小野里の心理とサツキの行動を結びつければ、そこに二つの必然性が生ずる。一つは小野里がサツキを石戸の部屋へ行かせたということ、もう一つは小野里が石戸の部屋に火を放ったことである。

失敗してサツキが死ななかったとしても、子どもの言うことだから、小野里が嘘をついているのかもしれないからと、矛盾を誤魔化せる。それに、人々から隔離するためにサツキを、連れ出してしまうことであった。

富士子はその通り、放火現場からサツキを大急ぎで運び出した。そのためにサツキの口から直接、それまでの経緯を訊き出すことはできなかった。富士子がサツキの代弁者を、勤めたのである。

一方、富士子は石戸と昨夜のうちに、告別式についての相談があるという口実で、今朝の六時に庭に面したバルコニーで落ち合う約束をすませていた。石戸はとっくに部屋を出て、約束の場所で富士子を待っている。

誰もいない部屋へ、サツキひとりがはいり込んだのである。化粧室に隠れてそれを待ち受けていた富士子は、サツキが寝室へはいるのを見すまして、応接セットのある部屋を包んでいるカーテンに火を放った。

廊下の突き当たりで鉤《かぎ》型に折れて、更にその奥にある部屋である。室内の作業を、廊下から見通される心配はない。そのあと富士子は廊下に人影がないことを見定めてから、鉤型の窪《くぼ》みを飛び出して、目前の階段へ走った。

その足で富士子は、石戸が待つバルコニーへ向かったのである。

富士子は、火に驚いてベランダへ逃げたサツキが、手摺りにつかまって助けを求めているうちに、柵ごと地上に転落して死亡することを期待したのであった。富士子の計算としては当然、期待通りにいくはずだったのである。

サツキが死ねば、西城夫妻殺しとサツキ自身の死亡とその両方について、リモート・コントロールの秘密は永遠に発覚しない。死人に口なしで、サツキはロボットの役目を果たして自分すら死地へ追いやったことも、気づかず語らずだったのだ。

だが、富士子にとって不運だったのは、計算よりも早く、トイレに行った春彦が煙を見つけたことであった。そのために、天知が駆けつけるのも早くなり、富士子の計画は失敗に終わった。

しかし、それ以上に大きな失敗は、放火という小細工によって、天知の目をサツキに向けさせてしまったことだろう。

最初の石戸の部屋での放火は、ただそれだけのことであって、死に結びつくような状態にはならなかった。だが、二度目のときは明らかに墜落死を狙っての放火であり、しかも罠にはまりかけたのが石戸ではなくサツキだったことから、天知はその小細工の裏側を見抜いたのである。

同時に、サツキを重要人物として、注目する結果となったのだ。

「以上です。これで、すべて終わりました」

天知は頭を垂れて、それっきり動かなくなった。散らばった髪の毛が、震えるように揺れているだけだった。天知はもう完全に、テーブルに腰かけていた。彼の身体がひとまわり、小さくなったように見えた。

沈黙が続く。

身動きする者もいない。

その中で、ふわっと影が動いた。富士子が、立ち上がったのである。富士子の上体がぐらりと傾き、それを石戸昌也が後ろから支えた。

「ありがとう」

チラッと笑ってから、富士子は歩き出した。富士子の足は、広間の中央へ向かっていた。それを、沈黙した人々の視線が追った。富士子は、天知と一メートルほどに間隔を縮めて、立ちどまった。

「何もかも、おっしゃる通りだわ」

天知を見つめて、富士子が言った。皮膚が透明になるくらい血の気が引いていたし、重病人としか見えないような顔色であった。だが、富士子の表情は、重荷をおろしたというふうに、すっきりとしていた。

「でも一つだけ、サツキに対するわたくしの感情というものを、訂正させて頂きます」

富士子は泣いてもいないし、悲しみの色を見せてもいなかった。

「どう訂正するんだ」

天知は初めて、富士子の顔をまともに見据えた。

「わたくしはサツキに対して、嫌悪感なんて抱いていませんでした。嫌悪感も、というべきでしょうか。嫌うとか憎むとかいった感情すらなかったんです。サツキはわたくしにとって、何でもない存在。他人以上に、他人だったんです」

「そうかな」

「だからこそ、わたくしは一つベッドにも寝てやれたし、母親らしいことは何でもやってやれたんだと思います。なまじ好き嫌いの感情があったら、母親の代理は勤まりません。どうでもいい子どもだから、代理の母親になりきれるんです。わたくしに対する西城若子が、そうでした」

「しかし、サツキのほうは、あなたのことを実の母親のつもりでいた。あなたの命令には完全に従うロボットでいたのも、サツキちゃんがあなたと精神的に結びついているという証拠じゃないのかな」

「精神的に結びついていたとか愛情とか、それは子どもは純粋だという大人の見方によるものでしょう。心から子どもの将来を案じて厳しく育てる母親と、何でも言いなりになってアメ玉をしゃぶらせておく甘くて無責任な母親と、幼児はそのどっちに懐《なつ》くでしょうか。もちろん後者だし、幼児とはそんなものなんです。サツキはわたくしのようなママが欲しかったし、わたくしは巧みにサツキを手懐《てなず》けた。ただ、それだけのことでした」

「もう一つ、あなたに答えてもらいたいことがある」

「はい」

「小野里氏や石戸氏が、求婚者の資格を獲得するとは、最初から考えてもいなかったのだろうか」

「お二人に真相の理論的解明などできるはずはないと、絶対的な自信がありましたわ。それで最初から、お二人が求婚者の資格を失い、婚約にも結婚にも至らないことを見越していたんです」

「ところが……」

「あなたに……」

「悲劇だ」

「でも、後悔はしていません。いまはあなたから死刑の宣告を受けたことに、心の安らぎを覚えているくらいです」

「わたしも最後に、あなたに言っておきたいことがある。それは、たとえ西城夫妻からあなたの過去について、どんな話を聞かされようと、わたしは動揺もしなかったし、あなたへの気持ちも変わらなかったということだ」

「あなたのその言葉だけは、聞きたくありません。それが、いまのわたくしにとって、何よりも残酷な言葉なんです」

富士子は目を伏せて、弱々しく首を振った。

「それ以上に、残酷なことを聞かせよう。これは内海良平氏から聞いた話で、西城夫妻も知らないことだそうだ。あなたがもし、このことを承知していたら、悲劇はもっと違ったかたちになっていただろう」

天知は、口早に言った。

「どうぞ、おっしゃって……」

「マリ子さんの告白によると、細井氏と結婚する直前に、すでに西城豊士と関係を持ったことがあるという。細井氏はあなたが一カ月ほどの早産で生まれた赤ン坊だということを、まったく疑わなかったそうだ。そして、あなたはサツキちゃんと、よく似ている」

「そんなこと、信じません」

「あなたが実の父親を殺したのは十九年前の話ではなく、つい数日前だったということになる。あなたが他人以上に他人と感じていたサツキちゃんは、あなたと異母姉妹だった……」

天知の声は、低くなっていた。どうでもいいという言い方だったし、彼の表情も死んでいる。悲劇の幕が閉じるとき、舞台の主人公には何の感情も残らない。残るのは、肉体的な疲労感だけであった。

「何もかも、すぎ去ったことです。すべてが、無に帰しました」

両耳を塞いでいた手をはずすと、富士子はゆっくりと向き直った。そして、歩き出した。

「みなさん、さようなら」

歩きながら富士子は、席も立たずにいる左右の人々に会釈を送った。その富士子のあとを、天知が追った。二人は、広間を出た。ドアをしめると、天知と富士子は向かい合いになった。

「田部井さんからの電話のあと、わたくしを強く抱きしめて下さったわね。あのときはもう、わたくしのことを疑っていらしたんでしょ」

「九分通り……」

「それでも、わたくしのことを抱きしめて下さったのね」

「疑ったからこそ、抱きしめずにはいられなかった」

「それを聞いて、安心しました。わたくし、とっても嬉しいわ、わたくしがはっきり言い残せるのは、あなたを愛しているということだけなの。あなたを、愛しているわ」

「わたしもだ」

「愛し合いながら、さようならするのね」

「富士子……」

「ここで、見送って下さいね」

次の瞬間、富士子は身を翻して、走り出していた。長い廊下を、富士子の後ろ姿が遠ざかっていく。天知は、それを見送った。一度も振り返らずに、富士子の姿は二階への階段に消えた。

広間には、変化がまったく見られなかった。

全員が黙り込んだまま、じっと動かずにいる。これから何が起こるかを知りつつも、それを妨げる気にはなれないのである。別荘の門の前には、パトカーに乗った警官もいる。だが、その警官に事態を急報しようと、言い出す者もいなかった。

いまはむしろ、富士子のために時間稼ぎをしてやるべきであった。それが関係者たちの最後の義務であり、この別荘の客としてのエチケットでもある。こうしているのは、富士子が手もとに少量でも残してあるはずの酸化砒素を使用するときまでだと、全員の気持ちが一致していたのだった。

三十分後——。

二人の子どもを除いた十二人の男女は、プール・サイドに並んで立っていた。彼らは虚脱したような顔で、プールの水に目を落としていた。そのプールの片隅の水面には、花が無数に浮いていた。

ヤマユリ、オニユリ、金魚草、リンドウ、ダリヤ、ムクゲ、オミナエシ、カンナ、フヨウ、キク、白バラ、紅バラ……。それらは、富士子の寝室から運ばれた花に違いなかった。天知との愛の褥《しとね》を花畑で飾ったとき、富士子はすでにこうなる結果を予測していたのかもしれない。

花の中に埋まっている富士子の死に顔が、天知にそう告げているようであった。それにしても、富士子の顔は眠っているように安らかで、薄化粧が美しい。天知は、その美しさに見とれていた。

人間はひと皮むけば、醜くて薄汚れている。正体をばらせば、世間の評価とはまったく違ってしまう。ここにいる連中にしても、西城夫妻にしても、例外ではなかった。しかし、三人の人間を殺し、ひとりの幼女を殺し損《そこ》ねたこの殺人者、富士子の顔が、こうも美しいのはなぜだろうか。

反対側のプール・サイドに、内海良平と乙江がすわり込んでいる。その背後に、緑豊かな庭園が広がっていた。午後の日射しに蟬が鳴き、真っ青な空と白い雲がプールの水に映じて、水面の花畑が揺れている晩夏の軽井沢——。それよりも平和で美しいのはお前だけだと、天知昌二郎は西城富士子の死に顔に語りかけていた。

Closing

有栖川有栖

※本編を読了後にお読みください。

密室を掲げたタイトルどおり、メインディッシュが密室という潔さ。しかも、そのトリックが「誰かがこんなふうにしたのだ」という種明かしに留まらず、解明に伴って異様な事件の構図が浮かび上がり、物語全体を包んでいくという構成がスリリングで、妙味《みょうみ》がある。

〈密室の巨匠〉の呼び名も高いディクスン・カーが『三つの棺』の作中で書いたのを筆頭にこれまで何種類もの密室トリックの分類が考案されてきた。『求婚の密室』のトリックをどの項目に当て嵌《は》めたら適切か、判断に迷う。密室トリックの分類とはいかなるものか。詳細に書くと長くなりすぎるので、かいつまんで記してみる。

・意外な抜け穴があった。
・道具や特殊な方法を用いてドアや窓を室外から施錠《せじょう》した。
・室外から室内の被害者に攻撃を加えた。
・攻撃を受けた後で被害者が施錠した（外から室内に逃げ込んだり、犯人が立ち去ったりしてから）。

・室内に潜んでいた犯人が、密室が開かれてから隙《すき》を突いて逃走した。
・密室に最初に飛び込んだ者が、早業で犯行を行なった。
・犯行推定時刻に錯覚《さっかく》があり、現場が密室でない時に犯行が行なわれた（ある時間帯、現場は監視下にあって密室状態だったが、犯人のアリバイ偽装工作などにより実際の犯行は監視下にない時に為された等）。
・現場に出入りした足跡などの痕跡《こんせき》を偽装した。
・自殺や事故死が殺人と誤認された。

厳密さを欠く分類だが、ご容赦《ようしゃ》を。

『求婚の密室』は、どのパターンに入れようとしても微妙にズレる。作者がまったく新しい原理を発明したからではない。いくつものパターンを思いがけない形で組み合わせているためだ。何というテクニシャン。

私が大学の推理小説研究会に所属していた時、ある先輩（ミステリ作家として白峰良介の筆名を持つパズル作家の三輪みわ氏。笹沢ミステリの面白さを指南してくれた先輩でもある）は、思案の末に笑いながら言った。——「これは抜け穴トリックだね」。

冗談のようで、あながちそうとも言い切れない。確かに現場には人が出入りできる穴があったが、あの頭上にぽっかりと開いた空間は、犯人が利用できるとは思えないもので、読者の推理を誤導させるために作者がちらつかせているようでもあり、何とも悩ましい存在だった。まさか被害者たちがあんなことを……。

　作中には、真相につながる手掛かりらしきものがバラ撒《ま》かれているのに、どれが何とどう結びつくかが判らない。この按配《あんばい》も絶妙。もどかしさが霧消していく解決パートは、複雑なパズルがみるみる組み上がっていくのを目撃するようで、驚きながら読み進めるしかない。

　あくまでも密室の謎を前面に押し出しながら、様々に解釈できるダイイングメッセージ、自殺か他殺を巡る考察、意外な犯人（そして意外な共犯者）を配置した濃厚な本格ミステリであり、笹沢ミステリの中でも異彩を放っている。その輝きは、書かれてから四十年以上を経ても変わらない。

『他殺岬』とはまるで違うタイプの謎を見事に解いた天知昌二郎。彼を名探偵役とした作品を書き続けてもらいたかった気もするが、シリーズ第三作にあたる『地下水脈』でも読者を唖然《あぜん》とさせてくれた後、ダンディな子連れ探偵は読者への別れの挨拶《あいさつ》もなく退場してしまう。

　誰がどんな化けの皮をかぶっているのか、どこから真相が飛んでくるのか予測できないミステリを書くには、シリーズ探偵ではやりにくい場合があったのかもしれない。結末が常に予測不能。それこそ笹沢ミステリが目指すものだから。

本作は1984年12月刊の光文社文庫版を底本といたしました。作品はフィクションであり実在の個人・団体などとは一切関係がありません。

なお、本作品中に今日では好ましくない表現がありますが、著者が故人であること、および作品の時代背景を考慮し、そのままといたしました。なにとぞご理解のほど、お願い申し上げます。

（編集部）

徳 間 文 庫

有栖川有栖選 必読！ Selection 6

求婚《きゅうこん》の密室《みっしつ》

2022年8月15日 初刷

著者 笹《ささ》沢《ざわ》左《さ》保《ほ》

発行者 小宮英行

発行所 株式会社徳間書店

東京都品川区上大崎三−一−一 〒141−8202
目黒セントラルスクエア

電話 編集〇三(五四〇三)四三四九
販売〇四九(二九三)五五二一

振替 〇〇一四〇−〇−四四三九二

印刷 大日本印刷株式会社
製本

ISBN978-4-19-894764-4 （乱丁、落丁本はお取りかえいたします）